みんなに好かれなくていい

和田秀樹

JN049016

小学館
Youth
Books

はじめに

私たちの生活は、新型コロナウィルスの感染拡大によって大きく変わりました。それは当然、大人だけでなく子どもにも大きな影響を与えています。

２０２０年春には、感染予防のために全国で一斉休校が行われましたが、学校が休みになったことでラッキーと思った人もいれば、友だちと会えない寂しさを味わった人もいるでしょう。

特に、友だちとの交流がＬＩＮＥやインスタグラムなどＳＮＳ上のつながりだけになったことで大きな不安を感じた人も多かったようです。

というのも、今の学校は子どもを傷つけないよう気を遣って指導していますし、あからさまないじめは減っていますから、学校生活があるときには、表面上は仲間はずれはめったにありません。

顔を合わせていれば友だちと話ができるので、安心することができます。

でも休校になった途端にＬＩＮＥが来なくなり、自分から気軽に遊びに誘うのもためらわれるため、結果的に友だちとのやりとりが減ると、たちまち不安に陥ってしまう子も少なくないようです。「自分には、本当に友だちがいるのだろうかと悩んだ」と話す女子中学生もいました。

デジタル的なつながりの強い子どもたちにとっては、休校自体はつらくなくても、「友だちとつながっている確証がないこと」がつらいのでしょう。多くの友だちとつながっているはずなのに、人間関係に自信が持てないのです。

最近はＳＮＳが普及したことで、私が子どもだった時代にはなかったような悩みも増えているようです。

クラスのグループＬＩＮＥで同級生の動向がわかってしまう。友だちだと思っていた人たちが自分をはずしてグループをつくっていることを知ってしまった。ＬＩＮＥにすぐ返信しないとはずされてしまう……。表面上は仲良しに見えていても、実は非常にもろい関係であることがＳＮＳによってあからさまになるのです。

なぜ今、多くの人が人間関係に自信を持てないのでしょうか。

私が精神科医として懸念するのは、今の若い世代は非常に「仲間はずれ恐怖」が強いのではないかということです。

「変なことを言って、みんなから嫌われないようにしよう」

「人と違うことをして、浮かないようにしよう」

そんなふうに戦々恐々としながら生きている人が多いことを強く感じます。

その背景にあるのは、「友だちが多い人のほうが幸せなはず」という幻想です。

たとえば、２０１４年に厚生労働省が行った「全国家庭児童調査」によると、18歳未満の男女約１０００人に「大切なことだと思うこと」を３つ挙げてもらったところ、もっとも多かったのが「健康であること」でしたが、次に挙がったのが「友達がたくさんいること」でした。３位が「将来に夢を持っていること」、４位が「勉強ができること」です。

驚くことに、健康の次に気になっているのが、「友達がたくさんいるかどうか」なのです。彼らにとって、友だちの多さや自分の属しているグループの多さ、いつも遊ぶ友だちがいるかどうかといったことが、人間の価値の基準となっているのかもしれません。

もちろん、友人がいるかどうかは誰にとっても大切なことです。特に集団生活を送る10代の悩みの多くは友人関係にあるといってもいいでしょう。

でも、友だちが「たくさん」いることが、それほど重要なことでしょうか。

その「たくさん」の友だちは、本当の友だちといえるのでしょうか。

むしろ、そうした幻想に縛られて、周りに合わせて生きることに疲れ果ててしまっている人が少なくありません。

なぜそんな幻想に縛られる人が増えたのかについては後ほど詳しく触れますが、「友だちが多い子のほうが幸せ」「たくさんの人から好かれる人が素晴らしい」といった思い込みが多くの人を苦しめているのは確かです。

では、そうした苦しみから抜け出すためには、どうしたらいいのでしょうか。

まずは「みんなから好かれなければいけない」という思い込みを捨てることです。

そして表面的な友だちではなく、心から信頼できる親友をつくることです。

さらに大切なのは、自分が最大限に輝ける場所を自分で探すことです。

そんな難しいことはできないと思う人もいるかもしれません。そうしたくてもできないのだ、と反論する人もいるかもしれません。

でも、もし「今の自分をちょっとだけ変えてみたい」と思っているなら、今のあなたに必要なのは、これまでの考え方を変えて一歩を踏み出すことだけです。


この本には、そんな「親友」をつくるためにはどうしたらいいのか、今の自分を変えるためにはどう行動したらいいのかという具体的な方法が書かれています。

精神科医である私が考える、心をラクにする方法も書かれています。

あなたが今、少しでも生きづらいと感じることがあるとしたら、ぜひこの本を読み進めてほしいと思います。

みんなに好かれなくていい●目次

第1章

友だちは本当に必要か

「おまえの母ちゃんデベソ」

友だちとの付き合い方について考える前に、本章ではまず、友だちとはどんなものかを考えてみましょう。

そもそも友だちって必要なのだろうか、と悩んでいる人もいるかもしれません。

私は精神科医なので、心理学の立場から、人の発達段階を論じた理論で人の心の動きを考えてみることがあります。

この発達理論から見ると、10代頃の思春期には親から自立しようとする心の動きが出てきます。

小さな子どもの頃には「おまえの母ちゃんデベソ」といった言葉が悪口になることがありますが、これは考えてみたら不思議ですよね。相手はなぜ本人ではなく、その母親を攻撃しようとするのでしょうか。

それは、子どもの時代は母子が一体化しているからです。相手の母親を攻撃することで、相手の人格も攻撃できると考えているわけです。

このように学童期には親と一体化して何でも話せた子どもも、10代にさしかかる頃には親や保護者に言えない秘密などが出てきます。

好きな人ができたとか、エッチな本を見たとか、性的な興奮をしたとか、とにかく「親にはちょっと言いづらいな」という秘密が出てくるわけです。すると今度は、自分は人と違うのではないか、異常なのではないかということが気になってきます。

そこで、その秘密を打ち明けられる相手が必要になります。

好きな人のことであれ、性的な夢想についてであれ、誰にでも話せる内容ではないため、「この人にだったら話せそうだ」という相手を選んで話す。その相手が親友といわれるものです。

自分がこれと見込んだ相手に自分の秘密を話して相手の反応を見ることで、自分だけが異常ではないことを確認しようとする心の動きですね。

そうやって一人の親友ができると、徐々に友だち関係が広がってグループ化していき、思春期以降はグループ同士で行動するようになります。

これが精神分析の世界では、思春期の心理発達の基本形と考えられています。

ですから、発達理論からいえば、まずは「一人の親友をつくること」が大人になる第一ステップというわけです。

いきなり大勢の友だちと同じ程度に仲よくなることは、むしろ不自然だといえるでしょう。

孤独に対する不安

こうして親と一体化していた子どもも、たいていの場合は思春期以降に自立を始めます。

しかし自立はしていても、「誰かとつながっていたい気持ち」は人間の本能であって、基本的に人間が持つもっとも大きな不安は「分離不安」である、とイギリスの精神科医ジョン・ボウルビィは提起しています。

ボウルビィは子どもの精神分析を専門とする医学者ですが、彼のこの分離不安説は、それまで定説だったジークムント・フロイトの本能理論に異議を唱えるものでした。精神分析の創始者フロイトは、人間には生の本能である「エロス」（これが愛情の源泉と考えられます）と死の本能である「タナトス」（これが攻撃性の源泉と考えられます）があり、この二大本能を満たすために生きているという理論を唱えました。

しかし、ボウルビィや彼の周りの精神分析家たちは、人間の本能は「人とつながっていたいという思い」である、という説を立てたのです。

平たく言えば、フロイトが人はエロスを満たす目的のために恋人と交際すると述べたのに対し、ボウルビィらは、エロスを満たすためではなく人と仲良くなってつながり合うことが交際の目的だ、と言ったわけです。

本能を満たすためでなく、関係を深めるためにセックスをするという考え方です。セックスをして本能が満たされても、それで相手に冷めることなく、もっと仲よくしようというわけです。

現在では、精神分析学者たちの間ではこのボウルビィの説のほうが主流になっています。

人間は孤独に対して強い不安を持っていて、「誰かとつながっていたい」という思いが行動原理になっているという考え方です。

少し極端な例になりますが、子どもに対する虐待のうち、親に暴力を振るわれるものよりも、親に無視されるネグレクトのほうが、子どもに与える精神的ダメージが大きいといわれています。

殴られたり蹴られたりするほうが、無視されるよりもましだという意見です（もちろん、どんな暴力も許されるものではありません）。孤独に対する本能的な不安が、たとえ暴力を振るわれても親とつながっていたいという、歪んだ感情を生み出しているのかもしれません。

こうした構図はいじめでも見られることがあります。

どんなに嫌な思いをしても、いじめっ子についていくいじめられっ子を見て周囲の大人が怪訝《けげん》に思うことがありますが、それは、どんな相手であれ自分に関わる人に「見捨てられたくない」という思いがあるからなのでしょう。

友だちはなぜ必要なのか

このように、友だちは孤独に対する不安を埋めてくれる存在ですが、それだけではありません。

親友を持つ意義は他にもたくさんあります。

まず、親友は自分を客観的に見てくれる存在だということです。

どんな人でも自分の行動や考えが正しいかどうか迷うときがあると思いますが、親友は、自分がやっていることに対して他の人がどう思うのかというモニターの機能を果たしてくれる存在になります。

現代アメリカでもっとも人気のある精神分析理論である、自己心理学の創始者ハインツ・コフートは、人間には、同じ人間なのだと感じさせてくれる双子のような存在が必要だと晩年になって主張しました。

自分が仲間はずれにされているときとか、自分の考えが異常なのではないかと不安に感じるときに、私だけはあなたの仲間だよとか、私も同じ考えだよと言ってくれる親友が一人でもいれば、自分も同じ人間なんだ、自分は異常ではないと思えて、生きることに自信が持てます。

このようにありのままの自分を受け入れてもらうことで、ほかの人と付き合うときに、自分はおかしいかもしれないという不安を感じなくて済むようになり、人間関係が広がっていくのです。

もちろん親との関係性も非常に大事ですが、自分の心身の変化が激しい思春期には特に、お互いの関係性が公平な親友が大切だと私は思っています。

けんかをしても決定的な仲間割れにはならないような親友が1人でもいれば、本音を言い合うことができます。本音を言い合うことができれば、「自分はこのままでいいのだ」という安心感を持つことができます。

そうした親友は、あなた自身が気づかなかった長所や取り柄を見つけてくれることもあるでしょう。

また、親友はいざというときに精神的な支えになってくれる存在でもあります。困ったときに声をかけてくれるような存在です。

このように考えてみると、一般的には友だちも持たないような一匹狼タイプの人のほうが自由に生きられるというイメージがあるかもしれませんが、実際には一匹狼タイプの人間よりも、親友がいる人のほうが自分らしく、つまり自由に生きられるのではないかと思うのです。

本音を話せる１人を

では、親友はどんな人でもいいのかといえば、それは違います。

孤独への不安があると同時に、私たちは「ありのままの自分でいたい」「自分の好きなように生きたい」という願望も持っています。

たとえば、自分のちょっとした言動で相手を怒らせたら大変なことになるという関係性の人とは安心して話すことができませんよね。いつも相手に嫌われないように気を遣っている状態では、精神的にも疲れてしまいます。

そうかといって、こちらの言葉に何でも「いいね」しか言わないような友だちであれば、この人は自分のことをきちんと見てくれているのだろうかと心配になってしまうでしょう。

自分も相手も、ある程度は本音で話せて「素」の自分でいることが許され、いいときにも悪いときにも正直に言ってくれて、お互いに困ったときには支えになるような存在。それが本当の親友といえます。

また、先ほど人間の本能の話をしましたが、これは「たくさんの人と仲よくしたい」ということとは違います。

むしろ、たくさんの友だちがいても、それぞれの人としっかり向き合えていない場合は、相手の本音もわかりません。

たぶん今のところはたくさんの友だちに好かれていると思うけれど、実際にはその確信はない、今後もどうなるかわからないという状態であれば、人間関係に不安を感じてしまうのは当然です。

そこで、「友だちみんなに嫌われないようにしておこう。そうすれば安心していられる」という発想になります。

そのせいで、うかつなことは言わないようにしようとか、それほど興味もないのに、みんなが見ているYouTubeや動画をチェックしておこうとか、SNSでこまめに返信しなきゃいけないとか、とにかく「やらなければいけないこと」が増えて、精神的に疲れてしまうのです。

その反対に、親友だと思える人の数が1人、あるいは2人程度であっても、それぞれの相手としっかりと向き合えていて、相手のことを信じられるなら、人間関係のしんどさはそれほど感じていないはずです。

自分も相手のことを深く信頼できているし、相手も自分のことを嫌いではないという確信があれば、多少うかつなことを言って相手を怒らせたとしても、仲間はずれまではされないだろうと思えるからです。

つまり、人は本当の自分のことをわかってくれない友だちが100人いるよりも、本音を話せるような親友が1人でもいれば安心できるということです。友だちの数が多いか少ないかよりも、気心が知れている人がいるかどうかが問題なのです。

ところが、自分にとってどうでもいいような友だちでも単純にその数が減ることを怖がっているのが、今の子どもたちの問題ではないかと思っています。

友だちが少ない人は欠陥品？

ところで、今の子どもたちには「人から好かれたい」ではなく、「みんなから嫌われたくない」という思いのほうが強いようですが、こうした思いが強いのは10代だけではありません。

20代、もしかすると30代以上の大人にもあるかもしれません。

十数年前に「便所飯」とか「トイレでぼっち飯」といったキーワードが話題になったことがありますが、これは学校や会社で一緒にランチをとる相手のいない人が、1人で食事をする姿を他の人に見られないように、トイレなどの個室で食事するという行為のこと。

なかには、１人で食べる姿を見られるのを嫌がるあまり、ランチをとること自体を諦める人もいるそうです。

彼らがトイレで食事をするのは、孤独を楽しんでいるからではありません。ランチを一緒にとる相手のいない自分は、「人間としての価値がないのではないか」という強い不安を持っているからです。また、そうした姿を周囲にさらすことによって、周囲の人に自分を価値のない人間だと思われてしまうのではないかという恐れもあります。

こうした現象が、ある程度は一般的なものとして語られていることを考えると、「友だちが少ない＝欠陥のある人」といった思い込みを持つ人も一定数存在するといえるでしょう。

「はじめに」で書いたように、こうした複雑な人間関係の背後にあるのは、「友だちが多い人のほうが人間的に優れている」という〝幻想〟です。

「ぼっち飯」を恐れる人が増え始めたのがいつ頃かは明確にはわかりませんが、少なくとも私が10代の頃には、クラスの中には1人で道を外れていくような人が(それも悪い方向へ1人で突っ走っていくような人が)必ずいたものでした。

さらに、決まってそういうクラスメイトに興味を持つ人もいて、「なんだか面白そうだから、俺も一緒にやるよ」「俺も」とつるんでいく空気もありました。

しかしある時期から、日本の学校には「仲間はずれ禁止教育」が導入され、クラスでぽつんと1人だけ仲間はずれになっているような生徒がいれば、教師が積極的に介入して人間関係の面倒まで見るようになったのです。

私から見れば、大きなお世話のように思えますが、とにかくそうやって表面上は仲間はずれがないクラスであるかのように装うようになりました。

なぜなら、教育の現場では「子どもを傷つけない」ことが重要視されるようになったからです。

子どもたちに仲間はずれを許していたら、子どもの心が傷ついてしまうというわけです。

そのうち、子どもたちにも「みんなと仲良くするのがいいこと」「友だちは多ければ多いほどいい」といった考え方が定着していきました。

その考え方が次第に強化されていった結果、「みんなと仲よくできないとだめ」とか「友だちが多くなければいけない」という空気を生み出してしまったのではないかと思っています。

競争は子どもを傷つけるのか

このような子どもを傷つけない教育が招いたものは、教師の介入だけではありませんでした。

学校生活における「競争の回避」も生み出したのです。

勉強ができる生徒を褒めれば、勉強ができない生徒の心を傷つけてしまいます。

そのため、教育界では１９７０年代の後半から、生徒たちに競争させることや成績結果を公表するようなことはやめようという風潮が出てきたのです。

そのうち、勉強面だけでなく運動やスポーツでも同じことがいえるという理由で、運動会の競技で順位をつけるのをやめる学校も出てきました。

子どもの能力を伸ばすことよりも、子どもを傷つけないことに気を遣うあまり、なるべく競争させない、比べない方向へシフトしていったのです。

一時期に話題になった、徒競走で「みんなで手をつないでゴール」などはさすがに都市伝説ではないかと言われていますが、学芸会では主役に選ばれなかった子どもがかわいそうだという理由で、主役を決めずに集団劇にするとか、主役のシンデレラが場面ごとに他の人に代わるといった劇が行われるようになりました。学級委員を選出しない地域もあります。

以前の学校教育には、かけっこで一番になったり、テストで良い点をとったり、ピアノの伴奏に選ばれたり、学級委員に選ばれたりして、人から褒められ、認められることで生徒がさらにやる気を出して能力を伸ばしていくという構図がありましたが、このような機会は学校から減っていったのです。

「褒められたい」という思い

でも、人間はもともと「人から認められたい」「人から褒《ほ》められたい」「人から愛されたい」という思いを持っています。

心理学の分野ではこうした思いを「自己愛」と呼びますが、子どもを傷つけないことに気を遣って競争をさせない教育では、この自己愛を健全に満たしてあげることができないのではないかと懸念しています。

自己愛というと、一般的には自惚《うぬぼ》れが強いとか自分勝手というイメージが浮かぶかもしれません。

フロイトの伝統的な精神分析理論でも、自己愛は良くないものと捉えられ、人は自分を愛する自己愛から、他人のことを愛せる「対象愛」に移行するのが正常な発達だとされてきました。

そのフロイトの説に「それは違うのではないか」と異議を唱えたのが、先ほど触れた精神分析学者のコフートです。

コフートは、人が「他の人から愛されたい」「人から認められたい」という思いを持つのは自然なことであって、そうした思いがある以上は自己愛を否定してはいけないと言いました。そのうえで、自分だけを愛する「未熟な自己愛」の段階から、他の人を愛することを通じて相手にも愛されて、自己愛も満たす「成熟した自己愛」の段階に成長することが必要だと述べたのです。

たとえば、相手が自分のことを少しも考えてくれないのに、自分だけが相手のことを愛しているという状況に満足できる人は少ないのではないでしょうか。

またその反対に、自分は相手のことを大事に思ってもいないのに、相手には自分だけを大切にしてほしいと求めるのも無理がありますよね。そんな人が他人と正常な関係を結ぶことは難しいはずです。

問題なのは、大人になってからも未熟な自己愛を抱えている人です。

こういう人は他人を愛する大切さを知らず、自分自身の自己愛も満たされていないため、少しでも人から否定的な行動をとられると自己愛が激しく傷ついてしまうのです。

その極端な例が、自分のことをものすごく偉大だと感じて、自分だけを愛してほしいと願う「自己愛性パーソナリティ障害」ですが、コフートはこうした障害を生み出している要因の一つに、成長過程で自己愛が健全に満たされていないことを挙げています。

自己愛というのは、誰かに褒められたり、認められたり、愛されることによって初めて満たされるため、子ども時代に「あなたはすごい」と褒められたり、「あなたなら大丈夫」と勇気づけられたりする経験が少ないと、自己愛が未熟なまま大人になってしまうというのです。

そして、人から褒められたり好かれたりするためには、勉強でもスポーツでも習いごとでもがんばらないといけません。

自分でがんばって成果を出し、そのことを他の人から認められる経験を重ねていくうちに、もっと人から褒められるためにがんばろう、さらに人から好かれるために努力しようと思うようになるわけです。

それを、コフートは「野心」と呼びました。その野心が人間のやる気につながっていくのです。

小さな頃から褒められる体験を通して健全な自己愛が育てば、道徳観も育ち、不安にも強い人間になって、さまざまな状況でも努力して自分を成長させられる人間に育つとコフートは考えました。

友だちの数で満たされる自己愛

でも、前述したように、日本の学校ではテストで良い点をとっても、かけっこで一番になっても、褒められる機会が減っています。

そうなったとき、子どもたちの野心は一体どこへ向かうのでしょうか。

私は、教師たちが推奨する「友だちの多い人になる」ことで自分の野心を満たそうとするのではないかと考えています。

成績やスポーツで比べられなくなった分、比べられるのは友だちの数ぐらいになりました。

テストで良い点をとっても、徒競走やマラソンでがんばっても、褒められないどころかクラスで浮いてしまう可能性もある。それなら、みんなから嫌われないようにして友だちをたくさんつくろうと考えるのはある意味自然の流れかもしれません。

「友だちの多い自分は大丈夫だ」というように、友だちの数で自己愛を満たそうとする傾向もあるのではないでしょうか。

ただし、これは非常に難しいことです。

もしもテストで良い点をとりたいと思ったら、どうしたらいいのかは簡単にわかりますよね。

勉強をすればいいのです。

その勉強法が効率的かどうかという問題はありますが、とにかく勉強すればいいという意味では単純です。

シンプルに言ってしまえば、徒競走で一番になりたいのなら走る練習をすればいいし、音楽会でピアノを伴奏したいならピアノの練習をすればいいわけです。

でも、クラスのみんなに好かれるためには、何をどう努力すればいいのか。

それはとてもわかりにくいことですし、そう簡単に身につくものでもありません。

それで結局、みんなと話題を合わせようとか、みんなが言っている意見に賛成しようとするわけです。「周囲の人と話を合わせる」「異論を言わない」「空気を読む」というのが、人から嫌われない無難な方法だからです。

でも、考えれば当たり前のことですが、みんなと同じような人間というのは、嫌われはしなくても、特別に好かれるわけではありません。

また、とりあえず人に合わせて「いいね」と言い合っている関係性では、自分のどんな部分が人に好かれるのかもわかりません。

結果として、自分が友だちから好かれているのか確信が持てないという状況に陥り、人間関係に自信が持てなくなってしまうのです。

押しつけられる建前

実際はクラスの全員から好かれるというのは非常に難しいことですし、その反対に全員から嫌われるというのも滅多にないことです。

そして自分自身も、クラス全員のことを好きになれるかといえば、そんなことはありませんよね。

それなのに学校では「人の好き嫌いをしてはいけない」「みんな平等」が建前として押しつけられるのです。

もちろん人を差別してもいいとか、自分と合わない人には優しくしなくていいとか、嫌われる人がいて当然だということを言いたいわけではありません。

どんなに性格が合わない人であっても、相手の言っていることに耳を傾けて尊重する姿勢は必要ですし、何かあったときに声をかけ合うのは大切なことです。

ただ、相手がどんな人であっても嫌いになってはいけないとか、万人と仲よくしなければいけないというのは、人間の自然な感情や心理に反するものでしょう。

大人の世界では「無理をして、嫌いな人にまで好かれなくてもいい」という本音が許されているのに、子どもたちにだけは「みんなを好きにならなければいけない」という建前が押しつけられている。自ら湧き出てくる感情と、人から押しつけられている建前が違うわけですから、無理が生じているのです。

このように無理をしてたくさんの友だちと付き合っている状況では、生徒たちがこう考えても不思議はありません。

「自分が無理をしているのだから、他の人だって無理をしているのではないか。本当はみんなも、自分のことなんてそれほど好きではないのではないか」

そう考えて自分の存在に大きな不安を感じたとしても、無理のない話です。

仲間はずれになる「裏メッセージ」

子どもを傷つけない教育が最優先されるあまり、「みんな仲よし」が推奨され、競争が回避されている日本の教育。

私がさらに問題だと思うのは、友だちと仲よくすることは教えても、自分と違う考えを持つ友だちがいたときにどう接したらいいのかを教えていないことです。

誰かが言った意見が自分のものとは違ったとしても、その意見を尊重することが大切であるとか、多くの人と違う意見であっても、それによって相手の人格を否定することはやめようと教えることをしてきませんでした。

そのため、場の調和を乱すような人を敵視したり、非難したりするような風潮をつくってしまったのではないかと思っています。

もちろん人と仲よくすることは大切ですが、「友だちと仲よくする」ということは、「常に友だちと同じ意見をもつ」こととは違います。

本当の意味で仲がよい状態とは、人を傷つけるようなヘイトスピーチや悪意のある発言でない限り、自分が言いたいことを言ったときにも受け入れられるということです。意見が違ったとしても、「なるほど、そういう考え方もあるのか」と受け入れられることです。あるいは、議論になって意見が違ってもケンカ別れにならないような関係です。

日本の教育では、そうした姿勢は尊重されていません。

とにかく、その場の和を乱すようなことは言ってはいけない、多くの人と違うことを言った人が悪いということになってしまう。つまり、「あなたはあなたのままでいい」というメッセージは足りないのに、「みんなと仲よくしよう」というメッセージだけが強いために、結果的には「みんなと合わせていなければ、仲間はずれになってしまう」という〝裏メッセージ〟を子どもたちに与えてしまっているのです。

子どもの個性を育てる場であるはずの学校が、個性を殺して周囲に合わせるような人間をつくる場になってしまっているのではないでしょうか。

人間にとって本能ともいえる「孤独に対する不安」は、特に成長過程である子ども時代に強く表れます。

そんな子ども時代に「みんなと仲よくしなければ孤独になる」という裏メッセージを与えているのですから、子どもたちが萎縮して自分の意見を言わなくなるのは当然の成り行きといえるでしょう。

スクールカーストの歪み

また、生徒を競争させない教育によって子どもたちは実際に競争することがなくなったのかというと、そうではありません。表面的には目立たなくなったものの、逆に目に見えないところで人と競争するようになったのです。

その競争心理が歪んだ形で表れたのが、「スクールカースト」という学校内の階級社会です。

先ほど成績やスポーツで比べられなくなった分、比べられるのは友だちの数だけだと書きましたが、それが陰湿な形で表れたのがスクールカーストでした。

コミュニケーション能力が高くて社交上手な明るい性格の子は、友だちが多いためにカーストの上の「一軍」に位置します。そして、一軍の言うことに合わせていることでクラスの多数派にいるのが「二軍」です。しかし、コミュニケーション能力が低くて社交下手な子は、友だちが少ないためにカースト最下部の「三軍」に位置付けられてしまいます。

子どもたちは、三軍よりは二軍、二軍よりは一軍にいたいと考え、下の階級に落とされることを恐れます。

ですから、今のいじめは、殴ったり蹴ったりするような暴力を振るう積極的ないじめではなく、仲間はずれにして二軍や三軍に落とすという形がとられることが多いといわれています。

こうしたいじめでは、仲間はずれにされた生徒も教師や親に「いじめられている」と訴えることは少ないようです。こうした自分の仲間はずれの状況を知られるくらいなら、仲間はずれや階級落ちを受け入れるほうがましだと考える生徒が多いからでしょう。

友だちと競争することを学校から排除して、学力や運動能力などの優劣を見せないようにしてきた教育が、結果的にこのような陰湿ないじめや複雑な上下関係を生んだといえるのではないでしょうか。

　これは、子どもたちにとっては大きな損失でしょう。

　というのも、勉強やスポーツで競争しあうということは、自分自身を鍛え、自分のパフォーマンスを高めることにつながります。そこで努力した経験は、その後も子どもたちを支え続けるはずです。

　しかし、スクールカーストの中で上位に残ろうとする競争は自分を高めることにはつながりません。

　むしろ「あまりいい成績をとると、友だちに嫌われてしまうかもしれない」などと考えて、わざと答えを間違えるという子どもさえいます。自分のパフォーマンスを高めるどころか、マイナスの方向へ向かってしまうこともあるのです。

　また、あるコミュニティで上位の階級にいた人が、その後、他の環境でも優位にいられるかどうかはわかりません。当たり前の話ですが、環境が変われば人間関係も変わるからです。

親が人の目を気にすると……

このような子どもたちの人間関係をさらに複雑にしているのは、周囲の大人たちの存在です。

特に問題なのは、こうしたスクールカーストの存在を知っていながら、あえてそれを利用して教室運営をしようとする教師たちです。

一軍の子をうまく手なずけておけばクラスがまとまりやすくなるため、クラス内の勢力地図を見抜いたうえで一軍の子をうまく利用している教師もいる、という話を聞いたことがあります。友だちが多くなければならないという価値観を、教師が悪用しているのです。

さらに、多くの親が「友だちが多い子のほうがいい」という価値観を子どもに押しつけていることも、子どもたちを苦しめています。

たとえば子どもに何があったとしても、「親はいつでもあなたの味方だ」と言い切れる親であれば、子どもは相談できるはずです。

でも、親自身が「みんな仲よし」幻想に染まっている場合、「友だちがいない」とか「友だちにいじめられた」などと子どもが言おうものなら、たちまち動揺してしまうのです。当然、子どもは親に何も言えなくなり、１人で抱え込んでしまいます。

親が人の目を気にしていると、その子どもはますます人の目を気にするようになるのです。

ちなみに、一般的には親から愛されずに育った人のほうが孤独に強いといったイメージがあるかもしれませんが、実際には逆です。

精神分析の分野では親子間の基本的な信頼関係を「ベーシックトラスト」といいますが、このベーシックトラストがしっかりしていないと、学校でいじめがあっても親には言いにくいと感じたり、そんな話をしたら自分は親からも見放されてしまうのではないかと心配になったりするのです。

でも、親から「あなたはあなたのままでいい」という無条件の愛情を得ていた人は

「自分は自分のままで大丈夫だ」という根源的な自信があるため、精神的にも打たれ強いといわれています。

ですから、もしも子どもが学校で人間関係に悩んでいるとしたら、親だけでも「あなたは大丈夫だよ」としっかり勇気づけてあげるべきなのです。

そして、子どもが学校で素の自分を出せないとしたら、家庭だけは、せめてありのままの自分を出せる場にしてほしいと思います。

たとえばあなたが「クラスのみんなと合わせるのは疲れる」と本音を言ったときに、親から「そんなことでは友だちができないよ」などと説教をされたら、何も言う気が起こらなくなってしまうでしょう。

ですから、たとえ子どもが友だちの悪口を言ったようなときにも、私は正論で叱ってはいけないと思っています。自分がその子に勝っているという自信を認めてあげて「私の前では言っていいけど、外で言うとまずいかもね」と言えばいいのです。学校や人前で言ったら揉めごとになりそうなことでも、「親の私だけは味方だから、あなたの個性を尊重しているよ」と言ってあげるべきなのです。

そして子どもが吐露した本心について、「なぜそう思うのか」「では、これからどうしたいのか」と対話しながら、子どもがよりよい人間関係を築くサポートをしていくのが親の役目です。

でも実際には、せっかく子どもが親に本心を吐露しても、「そんなことは言ってはいけない」といった口先だけのきれいごとで済ませてしまう親が実に多い気がします。

こうした対応を続けていれば、子どもがそのうち親に本心を吐き出さなくなっても仕方のないことでしょう。

第2章　嫌われるのが怖い？

仲間はずれ恐怖

大人の世界では友だちが多いか少ないかによって評価されることなどないのに、子どもの世界では、友だちが少ないと人間的に欠陥のある人のように言われてしまう。

前章では、それが日本の学校の問題だと述べました。

長年このような教育が行われてきた結果、生み出されたのがスクールカーストであり、「人から嫌われたら仲間はずれにされてしまう」という恐怖感です。

そして、その恐怖感こそが、今の日本に過剰なバッシングの風潮を起こしているのではないかと考えています。

みんなが序列を乱すことを恐れて、ひたすら場の空気を読むようになった挙げ句、少しでも調和を乱すような人がいると非難されてしまうのです。

周囲の人と同じように考えて行動するよう、暗黙のうちに強制するような空気を「同調圧力」といいますが、最近の日本ではそうした空気がますます強くなっています。

多くの人が、子ども時代から「みんな仲よしでいなければいけない」と言われて育ってきたために、少しでも自分の住む世界のルールからはずれたら仲間はずれにされてしまうのではないかという恐怖感が強いのです。

そして実際に、少しでも他人から否定されようものならひどく動揺してしまう。

なかには、いじめられたり、ひどくバッシングされたりしたときにも、学校や会社を辞めることや逃げることを考えるのではなく、もう自分はダメだと絶望して、自分から死を選んでしまう人もいます。

もちろん、うつ病などの深刻な問題もありますから簡単には言えませんが、こうした人が増えた原因の一つに、私はこの「みんな仲よし幻想」があるような気がしてならないのです。

競争あってこそわかる敗者の気持ち

いや、大人の中には、今より昔のほうが同調圧力は強かったと思う方もいるかもしれません。

でも、戦前のある時期や戦中はさておき、戦後は学生運動などでもさまざまな立場の人がいました。大学闘争のなかでも、無党派から左翼、新左翼など、いろいろな立場の派閥が出てきては、それぞれの主張を叫んでいたのです。みんなが同じという感覚はほとんどありませんでした。

また、教育界で「みんな仲よし教育」を推進する学者や官僚たちは、昔の受験戦争を批判して、競争社会は人を冷淡にさせるなどと主張していますが、私はそれはまったく逆だと思っています。

受験戦争を勝ち抜いてきた人がみんな他人を蹴落とすような冷酷な人間になるかといえばそんなことはなく、むしろ受験戦争が盛んだった頃のほうが、各大学では学生運動が盛んに行われていたのです。

貧困層の人々を助けるために「セツルメント」という社会運動グループに入る学生や、共産党系の活動をする学生もたくさんいました。

受験に勝ち抜いた人が、必ずしも選民意識の強いエリートになるわけではありません。

むしろ競争をして勝ち負けを経験してきた人のほうが、負けた人間に対する憐憫の情が生まれるのではないでしょうか。

自分自身が競争してきたからこそ、負けたときの悔しさや悲しみが実感として感じられ、敗者へ思いが及ぶのです。負ける体験もし、また、負ける人間を見ていなければ、負ける人間の気持ちはわかりません。

究極の競争社会であるはずのアメリカで寄付行為やボランティアが多く行われるのも、こうした理由のように思えてなりません。

他方、日本には上も下もなく「みんな仲よし」という幻想があるために、そこからはずれてしまった人だけが徹底的に叩かれるわけです。

近年は、生活保護受給者やうつ病患者、依存症患者など、一般的な道をはずれた弱者に対する壮絶なバッシングが問題になっています。

現実はまったく違うのに「みんな仲よし」であるかのように信じこませる害が、弱者に厳しい社会を生み出しているのではないかと私は考えています。

勝ち馬に乗る安心感

以前、こんな話を聞いたことがあります。

日本では選挙の際には事前に候補者の支持率を発表しませんが、昔はメディアが「どの候補者が優勢か」という予測記事を書くと、劣勢に立つ候補者の支持が増えました。しかし最近では、予測記事を書くと、優勢に立つ候補者の支持が増えるようになっています。

つまり、昔は立場の弱い者、あるいは劣勢にある者を応援する「判官びいき」が多かったけれど、今は有利な側・強い側について勝ち馬に乗りたい人が増えているというのです。もしかしたら、それが長く続いた安倍政権の背景にもあったかもしれませんが、自分が「大多数のマジョリティの側にいること」に安心感を持つ人が増えているということでしょう。

特にコロナ禍ではその傾向が顕著になり、見えない同調圧力が強くなりました。法律で禁じられているわけではないのに、一般的なふるまいから少しでもはずれる人がいれば非難され、異論を唱えるとバッシングされます。

コロナ禍では「感染しないこと」だけがクローズアップされていますが、家のなかに引きこもることによる運動機能の低下や、人との交流の少ない生活や楽しみのない生活によって精神的な疾患が増えることや、免疫機能が低下することなどもひどく心配です。

もちろん感染予防は大切ですが、コロナ渦以降に自殺者数増加など大きな問題が起きていることを考えると、精神科医としては「コロナに感染しなければ、何でもいいのか」と言いたくなります。

「コロナから命を守るのか、コロナ対策から心を守るのか」と考える視点が欠如しているのです。

でも、そんなことを指摘すれば、たちまちバッシングされてしまいます。実際に私もそうした発言をして非難を浴びましたが、「今、本当に大切なことは何か」という本質的な問題よりも、「多くの人とはずれたことをして後ろ指を指されないこと」が必要以上に大事な社会になってしまっているのではないでしょうか。

２０２０年5月のコロナウィルス自粛要請中には、プロレスラーの女性がＳＮＳでの誹謗中傷に苦しめられ、自殺に追い込まれました。

テレビの「リアリティショー」での言動が一般的なふるまいからはずれているという理由から、壮絶なバッシングが行われたのです。

自分が正義の味方だと思っている匿名の人たちが、自分と同意見の人が多いことで自分は強い軍団に属しているかのように感じたのでしょう。自分とは異質の者をコテンパンに叩くことで自分の行為を正当化したのです。

海外では、叩かれる人がいたら、必ずそちら側にも味方する人が出てきますが、日本では、叩かれる人の味方をする人もまた同じように叩かれてしまいます。

そのため、多くの人が傍観者になります。

その構造は、大人のバッシングも子どものいじめも同じです。みんなと同じ意見、マジョリティの意見であることが正義というわけです。

今の日本では、「他の人と同じように考え生きなければいけない」「他人の気持ちを忖度しなければならない」という強迫観念が、かつてないほどに強くなっているのではないでしょうか。

不安を可視化するＳＮＳ

さらに、こうした強迫観念や不安を可視化しているのがＳＮＳです。Facebookやしｌ ＩＮＥなどのＳＮＳが人々の間に浸透したのはここ十数年のことですが、日本ではこうしたＳＮＳも同調圧力のツールになっています。

たとえば、クラスや部活のグループＬＩＮＥは「仲よしの証」であって、そこからはずれることは孤独を意味します。

しかも学校にいる間だけではなく、自宅にいるときも、まさに24時間縛られ続けるわけです。

友だちとのつながりが途切れたり、仲間はずれにされたり、無視されたりすることを恐れている人は、とにかくみんなの意見に合わせ、みんなが喜びそうな返信をすぐに送らなければいけないと考えます。

SNSでつながり合ってはいるけれど、すぐに返事をしなければ仲間はずれにされる関係。さらに、気に入らなければ、すぐにグループから排除される関係。

そうした関係の中にいては、安心して過ごしていられないはずです。SNSの輪からはじかれないよう、いつも注意深く生活しなければいけないという状態では、精神的な負担も大きくなってしまうでしょう。

そもそもインターネットというのは、その初期の頃は、いわゆるオタクたちの心強い味方でした。インターネットのコミュニティを通じて、同じ趣味の人や同好の士とつながり合うことができたのです。

でも、SNSがマジョリティになってからは、インターネットは同じ考えや趣味の人たちがつながり合うツールという側面よりも、「つながっていなくてはならない」という同調圧力のツールという側面が強くなってしまった気がしています。

ただし、ＳＮＳのやりとりというのは、ほとんどが２語や３語程度の短い文章です。真剣な話題も出てこない、表面的なやりとりです。

でも、その短いやりとりのほうがみんなに合わせやすいし、本心を出さなくて済むので安心できると思う人も多いそうです。

みんなのなかに紛れてしまえば、とりあえず嫌われることもありませんし、仲間からはずされる心配もないからでしょう。

自分の感覚を裏切ること

では、そうした浅い付き合いだけで、本当に満足することができるのでしょうか。

みんなと同じ意見を持っていて、ＳＮＳでもたくさんの友だちとつながり合ってさえいれば、安心できるのでしょうか。

いいえ、いつもたくさんの友だちに囲まれているのに苦しい、と訴える人は少なくありません。

むしろ、周囲の人に合わせてばかりいることで疲れ果てている人が多い、というのが精神科医としての実感です。

周囲の人たちに合わせる生き方をしていると、なぜ疲れるのでしょうか。

多くの人は、自分が周囲から「変わり者」と思われることを嫌います。なるべく周りの人たちと合わせて「同じ」であろうとします。そうしないと、みんなとうまくやっていけないと考える人が多いからです。

確かに、周囲と合わせていれば、とりあえず仲間はずれにされることもないかもしれませんし、いろいろな機会に誘ってもらいやすくなるかもしれません。

その代わり、周囲に合わせていれば、自分が思ったことをはっきり口にすることはできませんし、誰かの意見に反論したいと思っても、その思いは飲み込むほかないということになります。

でも、「何か違うのではないかな」と感じたことでも「そうだね」と合わせてしまうとしたら、それは自分の心を裏切るということでしょう。「間違っているような気がする」と思ったことでも、とりあえず「いいね！」と応じてしまうとしたら、それは自分に嘘をつくということです。

こうした感覚から目をそらし続けていれば、そのうち自分の感覚を信じることすらできなくなってしまうでしょう。

もしも「嫌だな」と感じたなら、「嫌だな」と言っていいのです。

「そういう考えもあるかもしれないけど、こういう見方もあるんじゃないかな」と言ってもいいのです。

言い出せないなら、自分に嘘をついて「いいね！」などせず、せめて無言でいればいい。

たったそれだけのことでも、自分の感覚を信じて行動したことで、つまり嘘をつかなかったことで、あなたのなかには小さな誇りが生まれるでしょう。

それはごく小さな誇りかもしれませんが、とても大事なものです。

自分の感覚を信じて行動するというのは、本当はとても誇らしいことなのです。

自分を信じる人は幸せ

また、自分の感覚を信じる人は、自分がおいしいと思うものは「おいしい」と素直に認めることができますし、嬉しいことには「嬉しい」と素直に喜ぶことができます。

これは何でもないことのように感じるかもしれませんが、精神科医から見ると、とても大切な習慣です。周囲の評価よりも、自分の感覚を信じる人のほうが幸せに生きることができるからです。

現在の心理学では、「幸せは主観的なもの」という考え方が主流です。人がどう言おうとも、どう評価しようとも、自分なりの幸せを感じられる人が幸せだということです。

このように幸せが主観的なものである限り、自分の感覚を大切にして、それを信じる気持ちがある人のほうが幸せに生きられるということなのです。

たとえば、私たちには、どんなときにも「幸せだな」と感じることがあります。

とても些細な出来事や、ありふれた体験であっても、嬉しいとか楽しいと感じることができます。

たとえば、スポーツの後に飲み干す1杯の水や、気を許した相手とのたわいない笑い話、空腹のときに食べたおにぎりの味。私たちは、そうした些細なものからも幸せを感じることがあります。

自分の心や感覚を信じることができるということは、普段の日常生活のなかで小さな幸せに出会えるチャンスがたくさんあるということです。

しかし、自分の感覚を信じることができなければ、自分の感覚よりも周りの人たちの評価を信じようとします。みんなが「いいね」と支持しているもののほうが、自分が安心できるからです。

そうなると、自分の身の回りの些細な日常には幸せなどはないということになってしまうでしょう。誰も評価してくれないからです。

もちろん、そうした人でも「一瞬の幸せ」なら味わうことはできます。自分の食べたものがおいしいと感じたときに周りの人もおいしいと言ってくれたら、安心を感じます。でも、自分の感覚がみんなの評価と少しでも違っていれば、やはり不安になってしまいます。

結局、みんなと同じ価値観からはずれることを恐れている限り、幸せを感じ続けることはできないということです。

相手に思いを伝えること

さらに、自分を押し殺して周りに合わせる生き方をしている人は、本当に好きな人や尊敬できる人と出会うチャンスも減っていきます。

というのも、たとえ好きな人ができたとしても、思いを告白しようとすれば、周りの人から、からかわれたり妬まれたりするリスクが高くなりますから、周囲から浮くことを恐れている人は、たとえチャンスがあっても尻込みしてしまうことになりがちだからです。

また、相手に否定されたり、嫌われたりすることを恐れている限り、思い切って相手に自分の気持ちを伝えることもできないでしょう。

でも、相手に思いを伝えたとしても、必ずしも嫌われるとは限りません。

それどころか、もしかしたら相手も同じ気持ちだと言ってくれるかもしれませんよね。自分の思いをぶつけてみることで、相手も自分の気持ちを打ち明けてくれるかもしれないのです。

ありのままの自分をぶつけたときに相手も心を開いてくれるとしたら、そこで初めて好きな人との人間関係が成り立つのです。

ですから、自分を信じて相手に思いを伝えるということは、好きな人に出会うための大切なステップといえます。

しかし、自分の気持ちを押し殺している限り、そうしたチャンスを自らあきらめて、自分のすぐそばにある幸せに出会えない生き方になってしまうでしょう。

そこにいるのは、本当に好きな人には思いを伝えられないのに、たいして好きでもない人たちには無理をして気に入られようと一生懸命になる自分です。

あなたは、そんな自分の姿を誇りに思うことができるでしょうか。

正しい決断

私自身にもこんな経験があります。

医師になろうと東大医学部に入学した後、せっかく東大医学部に入ったのだから、このまま大学に残って教授を目指せば、医学界で最高の肩書きと地位を手に入れることができるだろうと考えました。

教授の肩書きさえ手に入れられれば、何もしなくても世間から「頭のいい人」だと思ってもらえると思ったのです。

今から思えば浅はかな考えだと思いますが、「どんな医師になり、何をするか」という本質的なことよりも、どんな肩書きを身につけるかばかりを考えていたのでしょう。

そのためには、自分が付いている教授に嫌われたら大変です。

たとえ疑問を感じても教授に気に入られるようにふるまわなければいけませんし、

自分が正しいと思うことより教授が正しいと言うことを実行しなければいけません。

それは私にとって辛い生き方でした。

そんなある日、自分が教授のことを尊敬していないということに気がついたのです。

そして、尊敬してもいない人に、何とかして気に入られようとしている自分のことが嫌になりました。

そこで大学病院を辞め、勤務医の道を選びました。

この決断に大いに役に立ったのは、誘われた病院や留学先のアメリカの病院で、心から尊敬できる先生たちに出会うことができたことです。

そして、尊敬できる人のほうが、肩書きや地位のある人よりはるかに自分を成長させてくれることに気づくことができました。

その人たちから教えられたり、学んだり、ともに考えたりしたことが、精神科医として大きなプラスになったからです。

また結果的には、勤務医を選んだおかげで他の自由を手に入れることができて、もともと持っていた「いつか映画を撮りたい」という夢を叶えるための資金を稼ぐこともでき、実際に好きな映画の制作もできています。

人に合わせることよりも、自分が正しいと思うことを信じて行動した結果、よりよい人生が送れるようになった。私はそう考えています。

どうがんばっても合わない人もいる

人に嫌われたくないと思えば、どんなことでも周りと同じように合わせたり、自分の思いを隠したりするでしょう。

でも、そういうことをしているうちに疲れてきて、「これは本当の自分なのだろうか？」と思うようになるかもしれません。

本心を隠しているあなたは、本当のあなたではありません。そしてあなたが本当のあなたでない限り、いつまでも本当の親友ができなくても不思議はないのです。

本当の親友というのは、お互いに長所も欠点もありのままに見ながら、それでも仲よくしようと思える相手のことです。

本当の自分を偽っていたら、本当の親友はできないということになります。

そういえば、ユダヤ教にはこんな教えがあるそうです。

「10人の人間がいたら、そのうちの１人は必ずあなたを嫌う。しかし、２人はあなたに好意をもつ。残りの７人はどちらでもない」

数字の割合については個人差があると思いますが、先ほども書いたように、クラスの全員から好かれることなどまずあり得ませんし、全員から嫌われることもないはずです。

また、どうがんばってみても周りの人とそりが合わないということも、ときにはあるのです。

それが人間の自然の姿です。

また、人の好き嫌いや評価は曖昧なもので、移ろいやすいものです。

大人もそうです。ましてや人生経験の少ない子どもや10代であれば、無視やいじめの理由がはっきりしないことも少なくありません。

相手の気分次第で、意地悪をされることだってあるかもしれません。

ですから、友だちから意地悪をされたときに「全部、自分が悪いせいだ」などと自分を責める必要はないのです。そういう相手からは少しずつ距離を置いていくしかありません。

そもそも気の合わない相手がいるのは自然なことであって、たくさんの人と同じように仲よくすることなどほとんど無理なことなのです。

人間関係をよくする3つの方法

さて、これまで2章にわたって、なぜ多くの人が人間関係に悩むのか、友だちとつるんでいても不安を感じるのかについて考えてきました。

学校教育で教え込まれた「みんなが仲よくなければならない」という価値観が、多くの人を縛って不安にしているというのが、私の見解です。

では、どうしたらいいのでしょうか。

私はこう考えています。

①少数でいいから、信頼できる友だち（親友）をつくる
②自分のパフォーマンスを上げる（周りに合わせなくても生きていけるようにする）
③自分のパフォーマンスが発揮できる世界を探す

この３つのことを考えて生きていけば、誰でももう少し自分らしい人生を楽しめるようになるはずです。


でも、もしかしたら「人間なんてどうせ変われないもの」と諦めている人もいるかもしれませんね。

こうした考えは、とても根強いものがあります。

どうせ変えられないと思って諦めてしまえば、現在の人間関係のなかだけで周りの人に合わせてうまくやっていくしかありませんから、自分のそういう生き方を正当化するために、「どうせ人間は変われないから」と自分に言い聞かせているのです。

そういう人は、まずは目標を高くしすぎないで、自分にもできそうなことから少しずつ試してみることが大切です。

大事なことは、どんなことでもいいから自分の足でファーストステップを踏み出すということ。

たとえ小さな一歩でも、自分を変えることができたと気づけば、少なくとも「人間は変わらないもの」というそれまでの強い思い込みから脱け出し、新しい自分を目指すことができるはずです。

第3章

本当の友だちをつくる方法

親友1人いれば十分

ここからは、人間関係をよくするためにできる具体的な方法について考えてみましょう。

まずは、先ほど挙げた3つの方法のうちの1つ目、「①少数でいいから、信頼できる友だち（親友）をつくる」ということから考えてみましょう。

これまで、「友だちが多いほうがいい」「誰とでも仲よくするのがいいこと」という考えは捨てるべきだ、という話をしてきました。

誰とでも分けへだてなく仲よくなれる人よりも、1人か2人の本当に仲のよい人をつくることのできる人のほうが幸せになる可能性が高いからです。

それはこんな例で考えてみると、わかるかもしれません。

たとえば「多くの異性からモテたい」などという人もいますよね。

でも、どんなにたくさんの異性にモテていても、本当に好きな相手から好かれないとしたら、その状態は幸せといえるでしょうか。自分にとって「どうでもいい人」からモテたって、大して嬉しいとは思えないはずです。

たくさんの人にモテることが必要なのは、芸能人や有名人など、人気を競う商売の人たちだけです。そうした人は、１～２人の熱心なファンがいるだけでは仕事になりませんから、大勢のファンが必要です。

でも、一般の人はそうではありません。

たった１人信頼できるパートナーを見つけさえすればいいのですから、大勢にモテるかどうかは重要ではありません。

私はモテなくてもいい。そう思っていれば気がラクになるでしょう。

友だちも同じです。４人も５人も親友がいる必要はありませんし、ましてや友だちが大勢いる必要はないのです。

親友は１人いれば十分。

そう考えれば、あまり気負わずに済むのではないでしょうか。

大勢の友だちよりも信頼できる友だち

第1章で述べたように、10代というのは親には言えない本音を言える友だちを見つけていく時期です。

誰かのことが気になるといった恋愛の話や、性的なことなど多少込み入ったことも話せる友だちを見つけて、少しずつ本音を出していきます。

そのときに相手が受け入れてくれる場合と、受け入れてくれない場合があります。相手の出方を見ながら本音を小出しにしていくうちに、「この人にだけは何でも話せるな」という人が見つかるのです。

そして、本音を打ち明けられるごく少数の親友と、本音を言えない「その他大勢」の友人に区別することを覚え、人間関係をつくっていきます。

自分にとって本当に大切な人というのは、本音を言える人です。

そういう人が1人でもいれば毎日の生活は楽しくなりますし、ラクに生きることができるようになります。

ですから、まずは１人でも本音が話せる親友をつくること。

そうした親友が自然にできれば喜ばしいことですが、そううまくいくことばかりではありません。

では、どうしたらいいのでしょうか。

私は以下の方法をお勧めします。

①「嫌われない」より、「好き」「好かれる」を考える
②気の合う人を見定める能力を磨く
③１人がだめでも、諦めずに別の人を探す
④はじめから正解を出そうとしない

次からはその内容を詳しく見ていきましょう。

①「嫌われない」より、「好き」「好かれる」を考える

私は、子ども時代に人間をもっとも成長させるのは「成功体験」だと思っています。何かを成し遂げたときの達成感や、人から認められたときの嬉しいという感情が次のがんばりを生み出すのです。

ですから、人間関係でも成功体験を積み上げていくことが大切ですが、「人から嫌われないようにしよう」というネガティブな生き方をしていたら、決して成功体験は得られないでしょう。

これまで述べてきたように、人から嫌われないということは、「人の反感を買わないように気をつける」「自分の考えを出さない」など、自分を偽って生きるということにつながるのです。

そのように自分自身を押し殺して生きていると、自分の人生を思い切って生きることもできません。何より楽しくないでしょう。

また、「〜しないようにしよう」というネガティブな目標では、失敗をすることを恐れてしまい、前向きな気持ちになりにくいものです。

それよりも、人から好かれるように自分の行動を切り替えていくと、もう少し前向きに考えられるのではないでしょうか。

人に「嫌われない」ことではなく、人に「好かれる」ことを考えてみるのです。

具体的には、「自分の取り柄や長所を磨く」「自分から声をかける」「人を笑わせることや喜ばせることをする」などです。

つまり本音で話せる友だちをつくるために、周りに合わせて無難に過ごすのではなく、自分から動いてみるということです。

嫌われないためにいろいろなものを我慢するより、好かれるためにいろいろなことをやってみる。それが自分の長所や取り柄を伸ばし、結果的にはあなたの個性をつくっていくのです。

さらに言えば、誰かから「好かれる」だけでなく、誰かを「好きになる」ことも考えてみましょう。たくさんの友だちを得ようとして自分の本心を隠しているより、「この人は面白いな」「あの人は素敵だな」という人を見つけて仲よくなることを考えたほうが、ずっと楽しいはずです。

人に嫌われないことよりも、他の人から好かれることや他の人を好きになることを考えてみる。

そのほうが、より前向きな気持ちで暮らせるのではないでしょうか。

自分の取り柄や長所を磨く

では、自分の長所はどうやって磨けばいいのでしょうか。

たとえば、スポーツで突出している人や運動部の部活で目立っているような人は、学生時代には比較的、人気者になりやすいと思います。

でも運動は得意でなくても、「この分野だったら誰にも負けない」というものがあれば、友だちをつくりやすくなります。

なぜなら、周囲の人に自分のことをわかってもらいやすくなるからです。

ある程度は自分の個性を出さない限り、人から好かれることも、嫌われることもありません。特に人から好かれるためには、「自分のことをわかってもらう」のが最初のステップですから、取り柄や長所がはっきりしているのは大切なことなのです。

昆虫オタクでも、鉄道オタクでも、漫画オタクでも、ＩＴ系の知識でもいい。たとえそれがくだらないとかマニアックといわれるものであったとしても、「この人と話していると面白い」とか「この子はみんなが知らないことを知っていてすごい」というのも、誰かの興味をひく秘訣になります。

また、自分の興味のある分野が同級生にはウケない歴史ネタなどであっても、好きなものがあるなら積極的に磨いていくことをお勧めします。

子ども同士でウケなくても、大人に話したときに「へえ、よく知っているね」「君はすごいね」などと感心されることがありますが、そうした体験が自信につながっていくからです。周りの子どもがわかってくれなかったとしても、大人を感心させられるとしたら、素晴らしいことですよね。

こうした「好き」や「得意」は、将来あなたの「飯のタネ」になっていく可能性もあります。

そういえば、魚類学者でタレントのさかなクンという方がいますね。

彼はもともと絵を描くのが大好きでしたが、魚類に興味を持ったきっかけは、小学校のときの同級生が一生懸命ノートに描いていたタコの絵だったそうです。

そのタコが飛び出てきそうなほどの勢いで、あまりに迫力いっぱいの絵だったため、衝撃を受けたさかなクンは「これはいったい何なんだ?」と思い、タコについて調べていくうちにどんどんほかの魚も好きになっていったといいます。

一人の子が夢中で描いていたタコの絵が、同級生の人生を変えたのです。

そしてさかなクン自身、魚オタクであることが現在も大いに活かされていますよね。

「好き」や「得意」には、大きな力があるということです。

そんな自分の原動力を押し殺してしまうなんて、本当にもったいないことだと思いませんか?

長所は友だちが見つけてくれるかも

時折、「自分には長所や取り柄なんてひとつもありません」と言う人がいます。

でも、誰にでも短所と長所はありますし、もともと自分の長所は自分では見えにくいものなのです。

なぜなら、多くの人が自分に「あるもの」よりも、「ないもの」のほうが気になるからです。これはほとんどの人に共通することで、自分の短所や欠点ならすぐに何個も思いつくのに、長所と言われると、なかなか挙げることができないのです。

むしろ、自分の長所だけを挙げられる人はめったにいません。多くの人は自分が持っていないものや足りないものばかりが気になって、自分のいいところには目を向けられないのです。

でも、人と接していると、自分が予想していなかったときに、ふと褒められることがあります。

「おまえって本当に面白いよな」とか「結構、人情に厚いよね」とか、いろいろあると思いますが、友だちから何気なく言われた自分の評価に「えっ、君はそんなふうに思ってくれていたの?」と驚いて嬉しくなった経験は誰にでもあるのではないでしょうか。

それは、他人が見つけてくれたあなたの長所です。

他人のほうが、人のいいところに気がつきやすいのです。

第1章で紹介した精神分析学者のコフートは、人間には「鏡」のような存在が必要だと言っています。つまり「自分のことをきちんと見ていてくれる相手」です。

きちんと見るというのは、付き合い始めたカップルのようにお互いのことを何でも愛おしく見てしまうというのではなく、いいところも悪いところも冷静に、公平に見るということです。

そのうえで、「君は、普段はバカなことばかりやっているけど、こういうところでは芯が通っていて信頼できる」などという話をされたら、この人は本当に自分のことを見てくれているとわかるでしょう。

ですから、友だちに褒められたことは、素直に「自分の長所なのだ」と認めてもいいのではないでしょうか。そして、その部分をさらに伸ばしていくべきです。

友だちの長所を探す

その反対に、あなたも友だちと接するときには、「この人の長所はどこかな」「この人の魅力を探してあげよう」という気持ちで接してみることをお勧めします。

先ほども言いましたが、私たちは自分の長所にはなかなか自信が持てません。

とはいっても、自分の長所にまったく気がつかないというわけではないのです。

よく考えてみれば、「もしかしたら、これが長所といえば長所だろうか」というように、いくつかの点をボンヤリと挙げることはできる。ただ、その長所に自信を持つことができないのです。

「私は穏やかな性格だとは思うけれど、果たしてそれが長所といえるほど、他の人より優しいだろうか」などと考え出すとわからなくなり、長所として挙げていいものかと迷ってしまいます。

そうしたときに、誰かが「あなたは優しいね。そんなふうに思えるのって素敵なことだと思う」などと指摘してくれたら、初めて自分の長所として実感することができるのです。

何より、そんなふうに自分のいいところを見てくれる友だちがいたら、誰だって嬉しい気持ちになりますよね。

実際に思ったことを言うのですから、嘘やおべっかを言うのとは違います。

友だちの長所を探す方法は、簡単です。

普段から「この人の長所はどこだろう」「この人のよさって、どんなところだろう」と相手のいいところを探そうという気持ちを持って接することです。

どんな人にも長所と短所の両面があるはずですが、長所にクローズアップしようと思って共に過ごすことで見つかりやすくなりますし、関係は確実に向上します。

相手の「いいところ探し」

また人間というのは不思議なもので、反対に相手の欠点ばかりが気になると、イライラしたり落ち着かない気分になったりするものですが、「この人のいいところはどこだろう?」と長所を探しながら見ていくと、相手の欠点よりも長所に目が向くようになり、欠点もそれほど気にならなくなってきます。

たとえば、今までは「すぐに威張る人だ」と苦手に思っていた人でも、長所を探すつもりになれば、他の面が見えてくるのです。

「この人にはすぐに威張るところがあるけれど、みんなの話をまとめるのはうまいな。仕切り上手でもある」

そんなふうに考えながら接していると、相手の言動もそれほど気にならなくなってくることがあります。

長所を探そうという視点で相手を見ることで、私たちは相手を好意的に見つめることができるようになるのです。

すると少なくとも、こちら側はゆったり構えて接することができるようになります。不要な怒りや劣等感に苛まれたりすることもなく、自然な態度で接することができるようになるのです。

また、基本的に人間関係というのは、こちらが好意的に接していれば、相手からも好意的な態度が返ってくるものです。

初対面の人と向き合うときにも、相手のいいところを探してみようと思えば、先入観なく相手を見られるようになりますし、ゆったりした穏やかな態度で相手と向き合うことができるようになります。

自分から声をかける

能動的に動くためには、自分から声をかけることも大切です。人は、自分が関心を持たれていると気がつくと、自己愛が満たされて嬉しくなります。

たとえば、あなたが髪型を変えたときに誰も気づいてくれなかったら、がっかりしてしまいますよね。でも誰かが気づいて褒めてくれたら、「きちんと見ていてくれる人がいた」とホッと安心します。

このように、言葉をかけるということは自分が相手に関心を持っていることをアピールする効果もあるのです。

髪型を変えた友だちを見て、内心で「あの子の新しい髪型、とても似合っているな」と思っていても、言葉に出さない限りは相手に関心を持っていないのと同じことです。少なくとも、相手には何も伝わりません。思ったことを口に出して初めて、相手の感情が動くのです。

たとえ短い言葉であっても、何かひと声かければ、この人は自分に無関心ではないということがわかります。それによって相手の自己愛は満たされ、あなたへの興味や好感も生まれるのです。

特に恋愛の場合は、少なくとも相手に対する好意の気持ちを伝えないと、相手も自分のことを好きになってくれる可能性は低いでしょう。こちらの気持ちは言わなくても伝わっていると思うのは、やはり勘違いです。好意はきちんと相手に伝える必要があります。

コフートが指摘するように、人は他人から自分の状態を鏡のように気づいてくれ、褒めてくれると嬉しいと感じるからです。

この「鏡」の役割を果たすには、何といっても観察力が必要です。

相手をよく観察して、ちょっとした変化に気づいてあげる。

あとは一声かけるだけです。

それを続けていけば、相手との信頼関係は確実に深まっていきます。

もちろん、あまり深く立ち入り過ぎたり、過剰に観察したりするのはよくありませんが、友だちが髪を切ったとか、持ち物を新しくしたとか、何か新しいことができるようになった、あるいは少し落ち込んでいるように見えるなどの変化があったときにはひと声かけてあげることで、人間関係は潤滑になっていくでしょう。

人に喜ばれることをする

いつも周りの人に合わせてばかりいると、人はどうしても言いたいことを我慢する習慣がついてしまいます。

ですから、周りに合わせているだけではなく、自分から面白いことをしてみるとか、人に喜ばれることも考えてみましょう。

そして何かを試してみて期待したほどウケなかったとしても、「やっぱりだめだ」と諦めるのではなく、もう一度トライしてみることです。

相手の気持ちを変えようと思ったら、試し続けるしかありません。

一度目に相手を笑わせることができなくても、二度目にやったことが面白ければ面白い人だと思われるでしょう。手を替え、品を替えながらやり続けているうち、少なくとも「面白いことが好きな人」という認識はされるはずです。

そして、先ほど親友は1人で十分だと書きましたが、面白いことをしてウケる相手もクラス全員でなくていいのです。誰か1人にウケたら十分だと考えてください。

一番大切なのは、自分の課題を乗り越えるために「何かを試してみる」ということ。それがファーストステップです。

実際に動いてみて、それでダメなら別の方法を考えてみる。少しでも可能性が見えてきたら、諦めずに続けてみる。その繰り返しが、いつかはっきりと目に見える成果につながっていくのだと思います。

人間は、経験や成功や失敗を重ねるうえで磨かれて成長していきます。

まずトライしてみなければ何も始まりませんし、実際に動いてみなければ、手応えを感じることもないのです。

②気の合う人を見定める能力を磨く

誰か1人にでも、面白い人だと思ってもらえたら十分だと思いましょうと、先ほど書きました。

そこで大事なポイントになってくるのは、２つ目の「気の合いそうな人を選ぶ能力」です。

思春期には、親に言えない秘密を打ち明けることによって親友ができるという話をしましたが、その際にもやはり相手を選ぶ必要があります。

私の同級生は、中学生のとき初めて目覚めた性についてある友だちに話したら、面白半分にクラス中に言いふらされてしまい、とても嫌な思いをしたようです。「それはひどいだろう」と思いましたが、その一方で、本音を話す相手はきちんと選ばなければいけないことに気づきました。

普段の言動を観察して、「この人なら、自分が本音を言っても受け入れてくれそうだ」という人を見定めるのです。

そして、その相手にもいきなりすべてを開陳するのではなく、相手の様子を見ながら、小出しに本音を出してみましょう。

好きになった異性の話などもそうかもしれませんが、相手の様子を観察しながら探り探り切り出していくうち、お互いに本音を言い合える仲になっていくのです。

また、クラスやグループのみんなと仲よくしなければいけないと思うと大変ですが、1対1の関係だと割とラクに話せることもあります。

ですから、まずは探り探り、自分と気の合いそうな人を見つけてみるのがいいでしょう。

黙っていたら共感は生まれない

何度も繰り返しますが、人は子ども時代に自分の言動によって友だちに好かれたとか、反対に言いすぎて嫌われたとか、そうした経験を重ねていくことによって、人間関係を学んでいきます。

でも、みんなで「いいね」を言い合っているような関係では、自分のどの部分が人に好かれるのか、どの部分が嫌われるのかがわかりません。

そして相手の共感を得ることもできません。

友だちとの間に本当の共感が生まれたとき、私たちは今までなかったような満足感に包まれます。自分のことがわかってもらえた、相手のことをわかったという嬉しさを感じるのです。

同時に、勇気を出した自分を誇らしく思えるはずです。勇気を出したからこそ、相手との共感を得られたのですから。

もしかしたら失敗して気まずくなることもあるかもしれませんが、それでも勇気を出して自分の思いをぶつけてみない限り、本当の共感は生まれないのです。

周りの人たちに何か課題があるときにも、黙ってやり過ごしていれば何も変わらないままですが、勇気を出して「自分はこうしたほうがいいと思う」と言ってみると、可能性は大きく広がっていきます。

それは周りの人にとっても有益なことですし、その案がよければ、「そうだね」「それはいい案だ」と周囲も賛成してくれるでしょう。

たとえ、そこでみんなに賛成してもらえなかったとしても、自分は自分なりの考えを持っているのだということは、誇りに感じていいと思います。

私はある程度、思春期の過ごし方によってどのような大人になるかが決まってくると考えていますが、その中でもたとえ人から反対されたとしても自分の考えをきちんと持つという経験は、とても大切なものだと思っています。

それに、本音を言ったからといって、嫌われるとは限りませんよね。

もしかしたら、あなたの他にも息苦しさを感じている人もいるかもしれません。「こうしたらいいのではないか」と感じた自分の感覚を信じてみることも大切です。

そして、自分の発した言葉で人の心をつかむこともあれば、嫌われることもあるという経験をするうちに、人は本当の意味で「人に好かれる」ことを学んでいきます。どんな言葉で心をつかみ、人から嫌われるかはわかりません。

時間をかけて相手を理解する

しかし、親友ができたからといって、相手に頼りすぎたり、甘えすぎたりするのもまた問題です。

いい関係を維持するためには、相手との距離感も大切だからです。

こちらに近づこうとする人間があまりにしつこいと、私たちは「ウザい」と感じてしまうことがあります。ウザいというのは好きな言葉ではありませんが、人間関係では「ウザい」としか言いようがない関係があるのも事実です。

そのように感じるときは、その人物は、相手のことをわかってあげようという気持ちよりも自分のことをわかってほしいとか、自分のことを認めてほしいという気持ちが強く働いているはずです。「ウザさ」の正体の多くは押しつけがましさです。

自分の要求だけを満たそうとする相手に対しては、誰も信頼することはできませんよね。

ですから、相手とわかり合いたいと思う気持ちは大切ですが、押しつけがましくすることは避けたほうがいいでしょう。

相手のことをもっとよく知りたいと思ったとしても、いきなり相手のプライベートな部分にズカズカと立ち入らないことです。相手は警戒して、何も話さなくなってしまう可能性があります。

また、自分のことをわかってもらいたいと思っても、聞かれもしないのに自分のことをずっと話していたら、やはりうんざりされてしまうでしょう。

いちばんいいのは、いきなり距離を詰めようとせず、日常の些細なやりとりの中で、少しずつ近づいていくことです。

どんな人でも、ベタベタとつきまとわれたらウザいと思うもの。

相手と本当にいい人間関係を結びたいと願うなら、時間をかけて、相手のいいところも悪いところも含めて少しずつわかろうとする気持ち、少しずつ距離を縮めていく努力が大切です。

SNSのやりとりは慎重に

相手の共感を得るために本音をぶつけてみることは大切ですが、難しいのはSNSでのやりとりです。

前にも触れましたが、SNSがコミュニケーションの大きなツールになっている現在は、こうしたツールとの付き合い方には十分に気をつける必要があります。

たとえば、ＬＩＮＥに書かれていた友だちの言葉に傷ついて、いつまでも悩み続けてしまうという人もいますが、それも無理のない話です。

なぜならＬＩＮＥやメッセージのような短い言葉で表現するものは、言葉足らずになることが多いからです。

相手がどんな意図で書いたのかもわからないのに、頭の中で「これはどういう意味だろう。何が言いたいのだろうか」と想像しているうちに、悪い方へばかり考えてしまう。結果的に、一つの言葉でいつまでもくよくよと悩んでしまう人もいるでしょう。

もしも友だちのメッセージを見て傷ついたときは、その気持ちを切り替えるために一旦スマホを手放して別のことを始めてみましょう。

すると、少しずつ意識の中から薄れていくはずです。後から思い出すこともあるかもしれませんが、少なくともしばらくの間は忘れておくことができます。

大事なことは、ＬＩＮＥやメッセージに書かれた言葉に四六時中翻弄されないように、適切な距離をおく時間をつくる、ということです。

普段はスマホを使っても構いませんが、ＳＮＳのメッセージで傷ついたとか、人間関係が苦しいと感じるときは、思い切ってスマホの電源を切ってしまいましょう。いや、スマホを手放すのは無理だという人は、すでに依存症に近い状態になっているということですから、なおさらしばらくの間、距離を置く努力をしたほうがいいでしょう。


また、本音は直接話すときだけにして、ＳＮＳやネットでは本音は吐かないようにすることもお勧めします。

時折、面と向かってのリアルな人間関係では当たり障りのないことを言っておいて、本音はネットにぶちまけるという人がいます。リアルな関係で家族や友人に無難なことばかり言っているために、ストレスが溜まって、余計にネットで本音や愚痴を吐き出したくなるのかもしれません。

でも、人間関係をよくするために本来すべきは、そのまったく逆です。

少数でいいから飾らずに話ができる友だちをつくってリアルの人間関係で本音を話し、ネットでは本音を書かないようにするのです。

ネットは何でも拡散され、また誰でもがアクセスできますから、あなたが書き散らした〝毒〟を、誰が見るかもわかりません。あなたの家族、大切な友人、先生、好意をもっている相手……見られたくない人がいつそれを読んでしまうかもわかりません し、一度ネットにあげれば、それは基本的に消すことができません。

人間というのは、自分の本音ですらよくわからないときがあります。

ネットに何か書きこむときは相手の顔が見えていませんから、読む側のことを考えずに書いてしまう傾向があります。書いているうちに一人で盛り上がって過激な表現になってしまうことも起きやすくなります。

心の底から思って発した言葉なのか、それとも感情にまかせて出てしまった言葉なのか。みんなを笑わせようと思ってこの言葉を発したのか、真面目な気持ちで発したのか。そのときは確信に満ちて書いたつもりでも、後から振り返ってみたら、どこまで本気だったのかわからなくなることだってあるかもしれません。

後になってから「あの人はこんなことを言っていた」と非難されたり、誤解されたりする可能性がありますから、本音を記録に残すことは、あまりにもリスクが高い行為だといえます。

文字に残る言葉には慎重になる必要があるということを忘れないでほしいのです。

③1人がだめでも、諦めずに別の人を探す

３つ目は、誰か１人の友だちと合わなかったとしても「自分には親友なんてできない」と短絡的に諦めずに、また別の人を探すべき、ということです。

クラスにも他のコミュニティにもたくさんの人がいるはずですから、もしも１人の人と合わなくても「他の人なら大丈夫だろう」と考えるべきですが、嫌われることを恐れている人は「やっぱり自分はダメだ」とすぐに諦めてしまう傾向があります。

でも、勉強でもスポーツでも１つの方法でうまくいかなければ、他のやり方を試してみないとできるようにはなりません。

ゲームでなかなかクリアできないときには、他の道を探そうとしますよね。

友だち関係も同じです。

うまくいかないなと思ったら、それまでと別のコミュニケーション方法を試してみる。それでもうまくいかないと思ったら、別の友だちを探す。

恋人の場合は趣向や好みがありますから、「この人以外にいない」ということもあるかもしれませんが、友だちの場合はその相手だけに固執することはありません。

繰り返しますが、どんな人も全員とウマが合うということはありえないのですから、誰かと合わない自分を責めることはないのです。

「話せばわかる」は幻想

ときには、親友だと思っていた人に本音を話したら嫌われてしまったということもあるかもしれません。

もちろん、そのことにショックを受けるとは思いますが、合わない人と無理に付き合っていくよりは、他の友だちを探すほうが賢明だと思います。

解剖学者で医学博士の養老孟司先生が『バカの壁』（新潮新書）という本の中でこんな内容を書かれています。

多くの人は「話せば相手もわかるはず」「相手の気持ちを変えられるはず」と思い込んでいます。でも、それは実際にはとても難しいこと。

「話せばわかってくれるはずだ」と思い込んでいる人は、相手が自分の思惑通りに理解してくれないと相手のことがバカに見えるかもしれませんが、人間は一人ひとり認知構造が違うのですから、相手がこちらの話を意図通りに受け取ってくれるはずだと思うほうが甘い。これがその本で強調されていることです。

人は、自分の思い通りには動いてくれないもの。

相手の考え方や行動を変えるというのはとても難しいことです。

これは、なにも人の気持ちを無視してもいいと言っているのではありません。

相手の気持ちを汲み取ったり、相手の気持ちを理解しようとしたりすることは良好な人間関係を築くために必要なことです。

人に好かれることをするとか、少なくともわざわざ嫌われるようなことはしないといったことも、社会生活には大切なことです。

でも、相手の気持ちはそう簡単に自分の思い通りに変えることができないのも事実です。

もしも、相手の気持ちを簡単に変えられるのであれば、失恋をする人などは１人もいなくなるでしょう。しかし、現実はそうではありませんよね。

ですから、どうしても誰かと合わないと思ったら、「相手の気持ちは変えられるはず」という幻想を捨てて、他の友だちを探すほうがいいのです。

人が変わることを期待しているよりも、自分と合う人を探すほうがずっとラクだと思いませんか？

④はじめから正解を出そうとしない

親友をつくろうとしていろいろ試してみても、うまくいかないこともあるかもしれません。

友だちをつくるために、時間がかかることもあります。

ですから、4つ目に挙げるのは「はじめから正解を出そうとしない」こと。友だちづくりがうまくいくかどうか、急いで結論を出さないということです。

人間関係が苦手だという人は、人間関係で失敗することを極端に恐れています。これまでに、嫌なことや深く傷ついた経験があって、そういう心境になったのかもしれませんね。

でも、天性の人気者でない限り、最初からうまくいく人なんてまずいません。痛い思いをして気がつくことや、「こんなときには、こうしたらいいのか」と学ぶこともあります。それを次に生かせばいいのです。

もちろん、テストで悪い点を取ったとかゲームで失敗したときよりも、人間関係で失敗したときのほうが、心は傷つくでしょう。「自分が相手に受け入れられなかったのだ」と苦しくなるからです。

でも、何度かそういう経験を繰り返しているうちに、そうした一時的な痛みをやりすごすコツのようなものも徐々にわかってくるはずです。

忘れてはいけないのは、そうした痛みを感じているのはあなただけではない、ということ。多くの人が人間関係で悩んでいるということです。

カウンセリングルームやクリニックに相談に来る人たちの悩みは、ほとんどが人間関係の悩みです。

特に若い人は、友だちとの関係に悩んでいます。

でも、人間は誰かと関係を持ちながら生きていくしかありませんから、人間関係で悩むのは当然のことです。

「他の人も悩んでいる」「悩むのも当然だ」という気持ちでいれば、少しは気がラクになるでしょう。

この「早急に正解を求めない」という姿勢は、何事においても大切なことだと考えています。

今の日本では、最初から「正解」を決めようとする人が増えているように思いますが、コロナウィルスのような災いへの対策にしても、何が正しいのか、何が間違っているのか誰にもわかりません。それなのに、誰かが決めた「正解」を信じ込んで、それを守れない人を皆で叩く。それは社会にとって、本当にいいことでしょうか。アフターコロナの生活様式やビジネスの展望についても、まだまだわからないことだらけです。

私たちは不測の事態に対しても、早急に正解を決めつけず、わからないなりに柔軟に対応していくしかないのです。

若い人たちには、友だちづくりを通して「はじめから決めつけない」「試してみなければ、何ごともわからない」といった人生観を学んでいってほしいと願っています。

第4章　自分のパフォーマンスを上げる

自分にしかできないこと

前にもお話ししたように、人間関係をよくしていくためには、ごく少数でいいから本音を打ち明けられる友だちをつくることが大切ですが、それと同時に「自分のパフォーマンスを上げること」、つまり自分自身の「生きる力」を強化していくことも大事です。

前半で、周りの人に自分という人間をわかってもらうためには取り柄や長所を磨くべきだという話をしました。

でもそれだけではなく、あなた自身が自分らしさを手に入れて幸せな人生を送るためにも、自分の能力を高め、取り柄を磨くことが大切なのです。

取り柄というのは、もちろん勉強でもスポーツでもいいですし、もっとマニアックな趣味でも何でもいいのですが、とにかくあなたにしかできないものを突き詰めるということです。

それが自信につながり、自分を支えてくれるのです。

すると、そのうち周囲にもそれを認めてくれる人が出てきます。


「人から嫌われたくない」と思う人は、その思いと表裏一体に「人に自分を認めてほしい」という思いを抱いています。

自分に自信がない分、他の人に認められることによって、自分自身を認められるようになるのかもしれません。

自信がない人ほど、人から嫌われないようにしようと周囲に合わせて自分を偽り、自分の思いを抑えて生きています。

そんなふうにして人の気を惹こうとする人が、人として魅力的でしょうか。そういう友だちを見て、楽しい人だと思えるでしょうか。

それよりも、人に認められるかどうかと関係なく、その人らしく生き生きとしている人のほうがずっと面白そうで、魅力的に見えるのではないでしょうか。

ですから、自分に自信が持てないという人は、とにかくできること・楽しいと思うことを徹底的にやってみることです。

人と比べてどうかではなく、まずは全力で物事に当たってみることが大切です。

また、パフォーマンスを高めることは、自分自身を救うことにもつながります。

人生の中では不幸にも周りの誰ともうまくいかないという時期だってあるかもしれません。後で触れますが、私にもそうした時期はありました。

でも、自分自身のパフォーマンスが高ければ、周りと合わせなくても食べていくことはできるのです。

自分にしかできないことを磨いて自分自身の価値を高めれば、不要な同調圧力に屈する必要もなく、誰かの顔色を気にしなくてもいいということです。

すなわち、それは「自分を持つ」ということ。

自分が正しいと思うことを信じて生きることであり、誰かに頼らなくても生きていけるということです。

本当の意味での「大人」とは、このように自分をしっかり持っている人だと考えています。

学歴は人生の選択肢を増やすため

ルポライターの斎藤貴男さんという方がいます。

彼が『機会不平等』（文藝春秋、後に岩波現代文庫）という本の中で「ゆとり教育」を批判したとき、そのゆとり教育推進の最高責任者だった三浦朱門氏と論争になったことがあります。

斎藤貴男さんのお父さんは、第二次世界大戦でシベリアに抑留され、日本にようやく戻った後は鉄屑などの売買で生計を立てていましたが、とても貧乏だったそうです。息子である斎藤さんはがんばって勉強して早稲田大学に入り、新聞記者になりました。

そのため彼は、「今のような学歴社会を維持してくれなければ、自分のような貧しい家の息子が新聞記者になることはできない」と三浦氏に主張したのです。

すると三浦氏はこのような内容で反論します。

「君は鉄屑の仕事をバカにしている。新聞記者のほうが鉄屑仕事より偉いと思っているからそんなことを言うのだろうが、職業に貴賤《きせん》などない」

それを受けて斎藤さんが言ったのが、こんな内容でした。

「それは違う。私は鉄屑屋の息子で小さな頃から父を手伝っていたから、いつでも鉄屑屋になれる。しかし鉄屑屋でも新聞記者でも自分で職業を選べるのは、私に学歴があるからだ。学歴がなければ、私は鉄屑屋しか選べなかった」


これは真理だと思いました。

学歴というのは偉くなるために得るものではなく、人生の選択肢を増やすために必要なものなのです。

そして、自分のパフォーマンスを上げておくことで、自分の生き方を選ぶことができるようになるのです。

くり返しますが、「パフォーマンス」は勉強である必要はありません。何かのスポーツでも、楽器の演奏でも、ゲーム、書くこと、トーク術、人を笑わすワザ……人よりちょっと上手かな、それをやっていると楽しいし、自信がもてるというものなら何でもいいのです。誰かと違うあなたの力。その力を磨いておけば、必ずそれが社会に出てからあなたを助ける場面が出てきます。これから幸せな人生を生きていくためにも、できるだけ自分自身のパフォーマンスを高めておく必要があるのです。

もちろん若い頃に何でも話せる友だちをつくるのも大切ですが、10代という時期は自分自身という人間の土台をつくっていく時期でもあります。

そんな大切な時期に、周りと足並みを揃えることばかりを考えていたら、自分の可能性を伸ばしていくことはできません。

10代のみなさんには、本音を話せる友だちをつくるだけでなく、自分のパフォーマンスをどうやって上げていくかをぜひ考えてほしいと思います。

万が一、友だちがひとりもいなかったとしても、あなたのそのパフォーマンス力がきっと人生を豊かにし、人を連れてきてくれます。

自分のパフォーマンスで生きていく

自分をしっかり持っている人には、信念や覚悟があります。そういう人には、自然と周囲に人が集まってきます。

私は灘中学校から灘高校に進みましたが、そのとき同級生だった中田孝さんという人は後にイスラム教の研究者となり、同志社大学の教授になりました。

この中田さんは、イスラム国に行こうとしていた北大生と関わったことで、「彼をイスラム国に送ろうとした」容疑で書類送検されてしまいました。

でも実際には中田さんは過激派でも何でもなく、「クルアーン（コーラン）」の日本語訳を翻訳したり、イスラム文化を日本に伝えたり、イスラム圏の人々の手助けをしている学者にすぎません。そしてたぶん、日本でいちばんアラビア語が上手で、イスラム文化圏内でおそらくいちばん尊敬されている日本人です。

しかし、イスラム国の一件で同志社大学の教授も辞めなくてはいけなくなりました。

それでも周りにいるたくさんの人たちが支援してくれるために、生活にはまったく困らずに食べていけたのです。

そもそもイスラム社会には、助け合いの精神を持つ人が多いそうです。

日本人はイスラムのことをよく知らないため、なんとなく「イスラムは怖い」というイメージを抱く人が多いようですが、実はイスラム社会には寄付行為をする人が多いなど、困っている人に進んで手を差し伸べる文化があります。

たとえば断食月の1か月間は日の出から日没まで飲食が禁じられますが、日が落ちた後であれば何でも食べられます。この時期、富裕層の人は食べ物をたくさん用意して、貧困層の人々に振る舞うのだそうです。だから、断食月は貧乏な人たちが一年のうちでもっともいいものを食べられる時期だといいます。

そんなイスラム社会で尊敬されている中田さんの周りには、彼を信じる人たちが「中田先生を何とかしてあげなくちゃ」と集まってきます。

彼自身が、これまでイスラム社会に貢献してきたからに他なりません。

また、彼は知識や知見、人的コネクションなどを豊富に持っているため、イスラム関係の本を執筆して食べていくこともできますし、会社の経営もしています。

彼のように自分の信じる道を生きている人は、たとえ世間からバッシングされても、自分のパフォーマンスで食べていくことができるのです。

イチローの強さ

自分自身を信じ、自分のパフォーマンスを上げる努力をして成功した人は他にもたくさんいます。

たとえば、2019年3月に引退した元大リーガーのイチロー。

彼はメジャーリーグでシーズン最多安打記録を保持するなど大活躍しましたが、1992年にオリックスに入団してプロ入りしたときにはドラフト4位指名でした。ドラフト4位以降は「下位指名」と言う人もいるように、イチローも当時はそれほど期待されていたわけではなかったのです。

また彼の「一本足打法」(後にマスコミが「振り子打法」と命名)は当初、一軍監督や一軍打撃コーチなどの首脳陣からさんざん批判され、「このままでは打てないからフォームを矯正しなさい」と頭から否定されていたそうです。

しかし、イチローは自分の打法に信念を持っていました。

そして二軍コーチだった河村健一郎さんも、その打ち方を支持します。そこでイチローと河村さんは話し合い、首脳陣からのフォーム矯正の受け入れを拒否することを決めたのです。

その結果、イチローは干されてしまいましたが、その後もめげずに猛練習を重ねます。

そして2年後にオリックスの監督が仰木《おおぎ》彬《あきら》監督に代わると、イチローを一軍に大抜擢。選手の個性を削《そ》がない方針の仰木監督がイチローの非凡さに注目して、彼のオリジナル打法を尊重したのです。

すると、日本球界初となる年間２１０安打や7年連続首位打者を達成するなど、イチローの才能が一気に開花します。

その後の彼の大活躍は多くの方がご存じの通りです。

彼の成功について、河村元コーチはこう語っています。

「彼に頑固さがなければ、歴史が変わっていた」

並の選手であれば、試合に出たいがために忖度して首脳陣の矯正を受け入れたことでしょう。

でも、イチローは2年間の逆境のなかでも自分自身を見失わず、黙々と練習し続けた。もしこのとき途中でフォームを変えていたら、その後の活躍やメジャーリーグへの進出はなかったかもしれません。

自己流ということで思い起こされるのは、名選手として複数の球団で活躍した後、中日ドラゴンズの監督を務めた落合博満氏です。

彼も「オレ流」を通した打者でしたが、イチローのバッティングについて、こう評しています。

「バッティングって自分にしか分からないんだ。血のにじむ努力を重ね、一人で磨きあげたものなんだから。イチローのような境地に達した打者なんて、ほぼ皆無。バットの位置やスタンスの幅がどうこうなんて、実体験が無いコーチや評論家が口を出せるわけない」（朝日新聞２０１９年3月23日）。


イチローも落合も、自己流を通して成功した選手です。

それこそ血のにじむ努力を重ねたからこそ、「自分はこれでいい」という信念にまで達することができたのでしょう。

また、「自分はこれでいく」と自分を信じる精神的な強さも持っていました。少なくとも、周囲に合わせようとか忖度しようという考えはなかったはずです。

人に何かを言われたとしても、「自分はこれでいく」と思える強さ。

そして、それを貫き通す情熱。

それらを持っている人は、人間関係で悩んでいる時間はないはずです。

「勉強で一番に。そうすれば人生で勝つことができる」

実は私も子どもの頃、学校で仲間はずれにされていたことがあります。

小学生のときは父の仕事の関係で6回も転校しました。

そのため、いじめにもあいました。

東京の学校で大阪弁を話していると、「オオサカベントウ」とからかわれましたし、ようやく標準語に慣れたと思った頃には再び大阪の学校に転校することになり、今度は大阪の学校で標準語を使っていると、「嫌味な奴」と言われることになってしまったのです。

そもそも、授業が簡単すぎてつまらないと感じて授業中もふらふら歩き回ってしまうなど、私自身も周囲にうまく適応できないようなところがありました。

また、当時の学校に「ガリ勉はかっこ悪いが、スポーツマンはかっこいい」という価値観があったのも嫌でたまりませんでした。

私は、勉強はできたものの、運動は大の苦手。それでいて負けん気が強くて生意気で、からかわれても絶対におとなしくなる気などありませんでしたから、余計にいじめられたのです。

そんな私でしたが、両親は、「周りに合わせなさい」ということは一度も言いませんでした。その代わりに、「おまえは変わり者で周りに合わせるのはたぶん無理だろうから、医師か弁護士かの資格をとって、将来独立して仕事ができるようにした方がいい」と言っていました。

また、いじめられている私を見て、母は「いじめている人を見返してやりなさい」と叱咤激励しました。

これはもちろん、ケンカに強くなってやり返せということではありません。「勉強で一番になりなさい。そうすれば、必ず人生で勝つことができる」と言ったのです。そして、母は私が勉強でがんばるのを常に応援してくれました。

母の言葉を聞いて、「とりあえず生きていくのに十分な収入が得られる資格を持てば、自分の信じるように生きていってもいいのだ」と納得し、自分なりにがんばって勉強をしました。

そして「やればできる」という気持ちを頼りに、小学生時代を過ごしたのです。学校では気の合う友だちはできませんでしたが、塾では仲のいい友だちができたこともあり、それほど孤独感や劣等感を感じることもありませんでした。

その後に進学した灘中学でも、いじめてくる生徒はやはり一定数いて、大きなゴミ箱に閉じ込められて鍵をかけられたり、泳げないのにプールの中に飛び降りさせられそうになったりもしましたが、その際も母は「いじめられないように、あなたの性格を直しておとなしくしていなさい」とは言いませんでした。

このときもまた、「あなたの得意なことで勝って、いじめた人たちを見返しなさい」と檄を飛ばしてくれたのです。

それがいじめに耐える力になると母は考えたのでしょう。灘という学校では多少勉強しても勝てない相手が大勢いて余計に落ちこみましたが、勉強法を工夫して再び成績が上がると、ダメなこともやり方を変えればいいという人生観も身につけることができました。

もちろん、いじめには程度があります。

暴力を振るうようなものは、もはやいじめではなくて犯罪ですから、そうしたものに対しては毅然と学校に対処を求めるべきですし、子どもが１人で抱え込むのはよくありません。

ただ、母がいうように、その人の得意なことで「勝つ体験」をしていると、本人にも「なにくそ！」という力が湧いてきます。

周りからも一目置かれます。

人は「勝つ体験」をすれば、劣等感が取り払われ、積極性を取り戻すことができるのです。「自分にもできる」「やればできる」という自信が積極性の原動力になるからです。

もしも運動で他の人にかなわないのであれば、勉強でも、ピアノでも、コンピューターの知識でも、ゲームでも何でもいいのです。運動とは別なことで挽回することを考えてみましょう。

取り柄というと難しく考えてしまうかもしれませんが、アニメオタクでも鉄道オタクでも、「この分野では人に負けない！」と思えることが、その人に幸福感を与えてくれるはずです。

とにかく1つ、何でもいいから自分が光るものを探してみましょう。

教授ウケのいい人が医師として優秀とは限らない

周りの人に合わせているだけではなく、自分のパフォーマンスを上げることで、人生はよりよくできるという話をしてきました。

それは個人だけでなく、社会にとっても必要な考え方だと思います。

なぜなら「人に合わせることで評価される社会」はある意味、有害だからです。

たとえば、「入学試験には面接が必要だ」という考え方があります。

2018年からは医師になる人間の資質を向上するためという理由から、すべての大学の医学部に面接試験が導入されるようになりました。

いろいろな意見があるのはわかりますが、私はこれに反対です。

というのも、試験の際には教授が面接官となるのですが、教授面接のウケがいい人間が必ずしも医師として優秀とは限らないからです。

医師の中でも、患者さんと向き合う臨床医であれば、相手の気持ちを推し量る技量や患者さんへの説明力が求められることがありますが、物理学や化学などの研究者にとって、それらの優先順位は高くありません。

それなのに、パフォーマンスが高くても面接でアウトになることがあるのです。

アメリカのハーバード大学の入学試験には面接はあるものの、教授には面接を担当させず、アドミッションオフィスの面接のプロが面接を担当しています。

なぜなら、アメリカの大学は、教授に忖度するような人材ばかりが入学してくるようになっては、学問が進歩しないと考えているからです。むしろ、教授と喧嘩できるほどの知識と精神力を持つ人材を選ぶといわれています。

そもそも、10分程度の短い面接で人間の本質を見抜けるかといえば、それは疑問でしょう。

東大医学部で入試面接を導入したとき、ある教授は「自分が教えたいと思う人間だけを採りたい」と明言していました。そういう人を見ていると、不完全な面接の犠牲になって、将来のチャンスを摘まれてしまう若い人がたくさんいるのではないかと心配になるのです。

さらに私が危惧するのは、学力やパフォーマンスの高さよりも、面接のウケがいい人が選ばれるとしたら、手術は下手なくせに、患者さんへの説明だけはうまい医師が量産されてしまうのではないかということです。

たとえば、群馬大学医学部付属病院では２００９年から２０１４年にかけての５年間に、ある助教が執刀した腹腔鏡手術と開腹手術で18人もの患者が相次いで死亡する事件が起こりました。高難度の技術が必要な手術なのに、信じがたいほど杜撰《ずさん》な医療が行われていたからです。

また、千葉大学医学部では学生３人による集団レイプ事件が起きています。

この２つの医学部には２０１８年以前から面接試験があり、該当する助教や学生たちも面接に合格していたことを考えると、面接試験によって若者の将来のチャンスが摘まれるどころか、むしろ有害な人材を生み出す一因になっているのではないかという不信感を持ってしまいます。もちろん面接して彼らを合格させた教授たちは何の責任もとっていません。

この「入試に面接は必要だ」という発想と、「友だちが多ければ多いほどいい」という発想。

少々乱暴な論かもしれませんが、私はこの２つの考え方はつながっているように思っています。

そこに共通しているのは、能力より人間関係がうまくいくことを重要視する「人間関係至上主義」です。

この主義の問題点の一つは、うまく人間関係を築ける人のほうがいいとしながら、企業では成果主義が求められていることです。

こうした歪みから、パワハラに苦しむ人や、思い悩んだあげくに自殺を選んでしまう人が増えているのではないかという気もしています。

また、もう一つの問題点はこれまで折に触れて書いてきたように、「友だちが多いほうがいい」という視点から人間関係を大事にしすぎると、学校で仲間はずれにされた子どもたちの行き場がなくなって、不登校や自殺が増えてしまう可能性があるということです。そして、このような雰囲気の中では周りに合わせたり、上の言うことを聞くのが大切になるので自分のパフォーマンスを上げることに消極的になりがちです。

どちらにしても、その人の学力やパフォーマンスよりも人間関係が重視される人間関係至上主義には危険な面があると考えています。

「私の人生は何だったのか」と後悔しないために

また、周りの人に合わせて生きるということは、他人の言いなりに生きるということです。

再び医師の話になってしまいますが、せっかく猛勉強して難関の国家試験にパスして医師になった人でも、人の言いなりに生きている人は少なくありません。

本来、医師というのはとても自由な仕事です。資格を持っているのですから、個人でも開業できます。

でも、大学で担当教授になった人から、「うまく引き上げてあげるから、私の言うことを聞いていなさい」と言われたら、その後もずっと素直に従ってしまうという人が、実に多いのです。

大学病院の医局の世界というのは独特で、まさに山崎豊子さんの小説『白い巨塔』のように、教授や学会のボスが君臨する社会です。階級意識が強く、担当教授のパーソナリティに問題がある場合は、とても自由な研究環境など望めません。

そんなところで日々辛い思いをしながら、ずっと准教授のまま、あるいは万年講師という人もたくさんいます。

そういう人は、いつでも独立できるはずなのに大学病院に固執し続け、教授になれないまま定年を迎えたときになって、ようやく後悔するのです。

ただ、それまでに数々の現場で臨床技術を磨いてこなかったため、定年後に開業できたとしても、結局うまくいかないという人も少なくありません。

それはやはり、「人に合わせること」をよしとしてきた結果でしょう。

一般の企業でも、会社や上司に雑巾《ぞうきん》のようにさんざん使われた挙げ句、定年退職した後になって「私の人生は何だったのか」と悩む人がいますが、上司や周りに合わせるだけの人生を送っていたら、最後に後悔するのは自分です。

有力者とつながっていると安心できるかもしれませんが、その安心を守るために、その人や周囲の人に合わせて自分の言いたいことを我慢し、その場の雰囲気を読み、他人の言葉に合わせるといった気遣いが常に求められることになります。

そんな状態では、自分のパフォーマンスを上げていくことはとても困難です。

もちろん、どんな人でも、ある程度は社会に合わせて生きています。それによって、孤立することなく周囲と付き合っていけるという現実があるからです。

でも、いつも偽ってばかりで周りに合わせていると、本当の自分を出せなくなってしまいます。そうなれば、人の言いなりの人生を生きるほかないでしょう。

定年退職して、その組織から離れた後や人生の終わり近くになったときに、「私の人生は何だったのか」と後悔しないためには、今から自分のパフォーマンスを上げて、自分らしい人生を生きることが大切なのです。

失敗すればするほど成功に近づいている

では、自分のパフォーマンスを上げるためには、どうしたらいいのでしょうか。

有名な話ですが、発明王のエジソンはあるとき、「あなたはどうして1万回も失敗をしたのに諦めなかったのですか？」と記者から聞かれて、こう答えました。

「私は失敗していない。うまくいかない方法を1万通り、見つけただけだ」

彼にとって失敗は「失敗」ではなく、単に「うまくいかなかった方法の発見」にすぎないということです。

一つひとつ試してみてうまくいかないときにも、「この方法はダメだとわかった」と受け止めて、また次の方法を試してみる。そういう考え方であれば、確かに失敗などありませんよね。

エジソンはこうも語っています。

「失敗すればするほど、我々は成功に近づいている」

諦めさえしなければ、方法はいくらでもあるということです。

これは、エジソンやイチローのような著名人に限りません。

私たちの周りにも、それほど有名ではないけれど、自分の夢を叶えている人がいますよね。自分のやりたいことで成功している人たちです。

そういう人をよく見てみると、共通しているものがあるはずです。

それは、自分の感覚を信じて、自分の好きなことや自分が大事に思うものをやり続けてきたということです。

彼らは何も特別なことをやってきたわけではなく、「何ごとも続けてみなければわからない」という前向きな考えを持って、自分を信じてきただけなのです。

自分のパフォーマンスを上げるためには、とにかく失敗を恐れず、やり続けるしかありません。

最初から「どうせムリだ」と諦めるのか、それとも「やってみなければわからない」という希望を捨てずに、やり通せる自分を信じるのか。

自分のパフォーマンスを上げられる人と上げられない人の違いは、ただそれだけの違いでしかありません。

自分を信じるということは、失敗を繰り返しながらも、いつか必ずゴールに辿り着けるはずだと信じることなのです。

１つのことができるとうまく回り始める

人間というのは不思議なもので、１つのことがうまくいくと、連鎖的に他のこともうまくいくことがあります。

たとえば、思考力が問われるような難しい数学の問題でも、実は決め手となるのは計算力です。

計算力があれば、ある解き方を用いてうまくいかなければ、それほど時間をかけずに別の方法を試すことができます。それがダメならさらに別の方法を試す余裕もある。何回試行錯誤できるかどうかによって、問題を解けるか解けないかが決まってきますから、思考力が問われるように見える複雑な問題も、実際には計算力が決め手となるのです。計算が速いほど試行できる回数が多くなるからです。

ですから、子どもの頃から計算問題を繰り返し練習していて、計算スピードが速い人は、受験には圧倒的に有利です。

計算力というのは数学の力の1つにすぎませんが、それを徹底的に修練することで、数学全体の成績も上がってくるはずです。

このように、1つのことがしっかりできると、そこに余計なエネルギーを使う必要がなくなります。すると別のことに意識を向けることができて、より高度な能力が身についていくのです。

ですから、まずは1つのことを徹底的にやってみることです。

すると、それがどんどん他のことにも波及していきます。

結果的に自分自身のパフォーマンスを上げていくことができるのです。

人間関係の「期待値」を下げておく

「こうなりたい」「必ずできる」と思い続けて努力すれば、実現できる可能性が高くなると、教育心理学の世界ではよく言われています。

「こうしたい」という強い思いがあれば、それを実現させたいというモチベーションが湧いてきて、行動しようという力が生まれます。そして行動することで、ますます実現に近づいていくのです。たとえすべてが実現できなかったとしても、実現の方向に近づいていくことは、その人の満足感を高めてくれます。すると、いっそうやる気が高まり、いいサイクルが生まれるという仕組みです。

ですから、何かをしたいと思ったら、まずは「必ずできる」と強く思うことが大切なのです。

でも、人間にはいくら強く願っても実現できないことがあります。

それは主に人間関係です。

親子でも、友だちでも、恋人でも、夫婦でも、どれほど願ってもまったく思い通りにならないこともあります。人の気持ちを変えるというのはそれほど難しいことです。

恋愛でも相手に無理やり迫ればトラブルの原因になったり、ストーカー行為になって相手に訴えられたりすることもあるでしょう。

ですから、人間関係についてだけは、最初から「期待値」を下げておくほうがいいのです。「この人と仲よくなれたら嬉しいな」「この人といい関係を築けたらいいな」程度に考えておけば、うまくいけば喜びは倍増し、うまくいかなくても心のダメージは小さく済みます。

前にも触れましたが、他の人の考えや行動を変えることはなかなかできませんから、人間関係については、「必ずできる」が通用しないこともあるのです。

しかし、自分の行動や考え方であれば、変えていくことができます。

ですから、まずは自分のパフォーマンスを上げて、自信を持つことが大事だということです。

１人の時間は自分の可能性を伸ばす時間

読者の中には、もしかしたらしばらく１人でいると不安になり、すぐに誰かにＬＩＮＥをしたりＳＮＳでつながったりして、寂しさを感じないようにしているという人もいるかもしれません。

でも、友だちといい関係をつくるためには、１人でいる時間も大切です。「１人でいるのが不安」という理由で友だちを頼っていると、友だちに依存しすぎてしまい、かえってバランスのいい関係を保つことができないからです。

そもそも、１人の時間というのは、自分の可能性を引き出して伸ばすことができる貴重な時間です。

もしも１人になったときに不安を感じるなら、一度、姿勢を正して深呼吸をしてみましょう。呼吸に集中していると、余計な力が抜けていきます。

そして、リラックスしたら、今の自分の状態を確認してみましょう。１人でいることの不安は、少しは消えているはずです。

また、「ひとりぼっちに見られたくない」と思う人は、孤独というと悲しいイメージを持つかもしれませんが、決してそんなことはありません。

もし、あなたにとても好きなことや熱中できることがあったらどうでしょう。誰にも邪魔されることもなく、他の人に振り回されることもなく、好きなだけその世界に浸っていられるとしたら、それは幸せな時間ではないでしょうか。

孤独な時間とは、自分のやりたいことや目標に向かって、自分を充実させる時間なのです。

もしやりたいことがなくても、自分の内面とゆっくり向き合うことができます。本当にやってみたいことは何だろうと自問自答する時間です。

常に誰かと一緒にいると、そうした時間はゆっくり取れませんから、自分がやりたいことはなかなか思いつきません。自分の心と向き合う時間を取ることで、豊かに広がっていく世界がきっとあるはずです。

それでも、やっぱり1人は苦手だという人もいるかもしれません。

もともとの性格として、１人が好きな人もいれば苦手という人もいるでしょう。

もし、自分が１人は苦手だと気づいたら、それを元に、これからやりたいことやしたいことを考えるといいでしょう。

誰かと組んだり、仲間を集めたり、あるいは新しい人間関係をつくったりして、自分にできそうなことを探してみる。

つまり、いずれにせよ、１人の時間は、これから自分がどう生きていくかという「１人作戦タイム」の時間でもあるのです。

そして、私が若い皆さんにお伝えしたいのは、若い頃こそ、ときどきは１人になることが大切だということです。

それは、自分の中の大切なものを深く確認し、自分はどんな人間で何がしたいのか、自分と本当の会話ができる。自分の姿がはっきり見えたとき、人は自分に自信が持てるようになります。

若い頃こそ、こういう経験が必要です。人生のうちでもっとも感じやすく傷つきやすい年代だからこそ、自分のなかの大切なものだけは守ってほしいからです。

こうした経験を重ねていくことで、孤独や孤立を恐れない気持ちも育っていきます。そんな人こそ、年齢を重ねたときにも、自分の大切な思いを見失うことなく生きていけるのではないでしょうか。

第5章

自分を発揮できる世界を探す

他にも世界があると知る

さて、第2章で人間関係をよくする方法として項目を3つ挙げました。

「少数でいいから、信頼できる友だち（親友）をつくる」

「自分のパフォーマンスを上げる（周りに合わせなくても生きていけるようにする）」

この2つはすでに第3章と4章でご紹介しました。

最終章では、最後の「自分のパフォーマンスが発揮できる世界を探す」について考えてみましょう。


子どもと大人で大きく違うのは、子どもの世界は非常に狭いということです。

学校でたとえ嫌なことがあったとしても、学校以外の他の世界を知っていたら、そこまで思いつめることはないでしょう。

前述したように、私も学校で仲間はずれにされていたことがありましたが、塾で気の合う友だちができたため、そこまで深刻に捉えなくても済みました。

しかし、もし学校と家の往復だけで、それ以外の世界を知らなければ、うまくやっていけない自分はダメな人間だと自分を追いつめてしまうかもしれません。そして、「ここから逃げることができない」という閉塞感が、思考の幅を狭くしてしまうでしょう。

ですから、友だちをつくる努力や自分のパフォーマンスを上げる努力をしてみても今の環境は自分に合わないと感じるなら、何らかが見つかったり自分の力が発揮できる場所を探したほうがいいと思っています。

自分に合う別の世界を探す、ということです。


実は我が家の上の娘も、小学生のとき学校の校風や雰囲気と合わず、仲のいい友だちをつくることができませんでした。

バスに乗って遠足に行く際、親が見送りに行くと、他の子どもは２人ずつ並んで座っているのに、娘だけはポツンと１人だけで座っているのです。

その光景を見て、やはり親としては心が痛みましたが、これぱかりはいくら心配しても、どうにかなることではありません。

その小学校は特に親との信頼関係や子ども同士のコミュニケーションを重視している学校でしたから、「何とかして、誰かを隣に呼んで2人で座らせてあげてください」と学校に泣きつけば、きっと何とかしてくれただろうと思います。

今の学校というのは、「子どもが仲間はずれになっているようだから、子ども同士を仲よくさせてください」とお願いすれば、教師が何とかしてくれるところも多いのです。

でも、我が家ではそれをしませんでした。親がそんなことをしても、子どものためにはならないと思ったからです。

ずっと誰かに合わせてもらわなければいけない、本人も周囲に合わせていなければいけないという状況では、結局は心の平和も長続きしないでしょう。

また、そうやって子どもたちの人間関係に親や教師が介入するのは、彼らの主体性や力を伸ばしていくチャンスを奪うだけだと思いました。

１つの世界で悩むより、別の世界を探そう

そこで私は、娘にこんなことを話しました。

「たとえ仲間はずれにされたとしても、自分の力で食べていけるようにしよう」

そう、私が母から言われたのと同じように、周りに無理をして合わせなくても生きていけるように自分自身のパフォーマンスを伸ばそう、と話したのです。

そして、学校の文化が合わないのなら、自分に合う別の文化を探そうということも話しました。

実際、塾に通い出すと、こちらは娘に合っていたのか馴染むことができ、仲のいい友だちもできました。これも私自身の体験と同じでした。

また、エスカレーター式で大学までつながっている私立小学校だったのですが、中学受験して別の学校に移ることにしました。

すると、中学校以降は仲のいい友だちができたのです。

そして、娘は高校のときにアメリカ留学を経験したのですが、いろいろな国の友だちと付き合ったことで、「合わない人と無理に付き合わなくてもいい」「周りに合わせるより、自分の道をいくほうがいい」という考え方を持てたようです。

私が家で何度も、自分の力で食べていけるようにしよう、という話をしていたことも影響したのか、その後、上の娘は弁護士資格をとり、下の娘は東大を出てから再受験して医学部に入り直しました。さらに、そうした資格を持ちながら企業に勤めるなど、職業についても柔軟に選択できているようです。

小学校で仲間はずれにされていた娘も、別の学校に移り、海外に出たことで、新たな世界が広がりました。気の合う友だちができ、広い世界の価値観を得ることもできた。狭い世界に固執せず、「別の世界を見つける」「自分のパフォーマンスを上げる」ことで、自分自身の課題を乗り越えたのだと思います。

ですから、もしも今、あなたが学校やクラスに合わなくて悩んでいるとしたら、私はあなたにこう言いたいと思います。

まずは学校とは違う世界を探してみよう、と。

ある環境で重要とされている価値観も、別の世界では通用しないこともあります。今いる世界で「変わり者」扱いされたとしても、他の世界では自分と同じような変わり者がたくさんいるかもしれません。

ここには１つの世界しかないと思えば、そこで合わないと不安になってしまいますが、世界は他にもあるのです。あなたに合う世界はきっとあるはずです。

そして、その世界には自分と同じように感じている人がいるかもしれないと思えば、あなたの気持ちもラクになるのではないでしょうか。

これまでの世界の狭さに気づく

ただし、別の文化に出合わない限り、「変わり者であってもいい」とか「気の合わない人とは無理に付き合わなくてもいい」と感じるのは難しいかもしれません。

というのも、人は別の世界を見つけて初めて、これまでいた世界がいかに狭かったかに気づくからです。

娘もそうでした。彼女は、小学校の文化しか知らないときは、そこで仲間はずれにされていても親には何も言いませんでしたが、塾で友だちができてからようやく、小学校のことを話し始めたのです。

どんな人であっても、仲間はずれにされたようなときは、自分を情けなく感じてしまうものです。特に今の子どもたちは「仲よしが正しい」と思い込んでいるため、親にもなかなか言えないのでしょう。

ところが、別の文化を知り、友だちもできて自分の居場所ができると、やっと冷静な目で自分の周りを見られるようになるのです。

「自分と話が合う人もいる」「自分はこのままでもいいのだ」という実感は、やはり自分で自分の居場所を見つけたからこそ、湧いてくるものなのでしょう。

だからこそ、子どもの頃から多様なコミュニティに属しておくことが大切になってきます。

世の中にはいろいろな世界があり、さまざまな人が存在するのだということ。いまいる世界だけが世界じゃない。本当は世界は広いのだ、ということ。

いじめられて自殺してしまう子どもも、傍から見れば、「そんな学校なら休んで行かなければよかったのに」「なぜ、他の学校に移らなかったのか」と思うかもしれませんが、逃げられないまま思いつめて死を選んでしまう子もいるのです。

非常に悲しいことですが、それは学校以外の世界を知らないからです。

私が診てきた患者さんのなかにも、学校でいじめられている子どもや、ブラック企業で辛い目にあっている大人がいます。

「他の学校に移るという選択肢もあるのではないですか」「ここまでやられているのであれば、もう我慢なんてしないで辞めてしまえばいいじゃないですか」という話をしても、なかなかそのようには考えられない人もいます。

人間はストレスが大きくなると、考え方の視野が狭くなり、「自分はダメだ」という思考から抜け出せなくなったり、周りの人の意見を聞き入れることができなくなったりすることがあります。「心理的視野狭窄《しやきょうさく》」といって、焦れば焦るほど、自分の恐れていることにばかりに目が行き、他のものが映らなくなってしまうのです。

子どもの場合は、親が学校の価値観を疑わず、「その学校がすべて」だと思っているケースもあります。

そうすると、子どもはなおさら「いまいる学校がすべて」になってしまうのです。

学校とは別の価値観を提供してくれる場所

くり返しますが、学校やクラスだけが世界ではありません。

学校が合わないのであれば、塾でも、スポーツクラブでも、習いごとでも、趣味のクラブでもいい。とにかく他の世界を探してみましょう。

自分が何かしらホッとできるような場を探してみるのです。

また、友だちの多い少ないで人間の価値を測るような学校とは違い、塾やスポーツクラブの多くは実力勝負の世界です。

自分の能力や努力で勝負する世界はシビアではありますが、あなたがそこで得た力は本物です。

周りに気を遣うことで得るものとはまったく違いますから、そうした実力主義の世界に触れてみるのもいいでしょう。

少なくとも、学校とは別の価値観を提供してくれる場を探すことが重要です。

そうした意味では、たとえば今、中学の友だち関係で悩んでいるような人は、高校に進学すれば中学とは別の価値観があり、人間関係もシャッフルされるはずです。

高校ではある程度、成績で振り分けられますから、中学時代に勉強についていけなかった人は同じレベルの人たちが集まることによって安心して勉強できるようになるかもしれません。

反対に、勉強ができるために中学で浮いていたような人は優等生の集まる高校に行ったら、同じ価値観を感じて居心地がよくなることもあるわけです。

新しい環境に行けば、新しい文化があるのです。

学校に行くのが辛いなら

それでも、高校や大学に進学するまでとても我慢できない、毎日学校に行くのが辛くてたまらないという人もいるかもしれません。

それほど辛いと感じるなら、学校に行かなくてもいいと思います。

特に、いじめや嫌がらせなどにあって「死にたい」と思うほど悩んでいるとしたら、そんな学校に行く必要などありません。

学校はすぐには変わらないからです。

そんなときは、先ほども触れたように他の学校には他の価値観や人間関係がありますから、他の学校に移ることができるのなら、それも一つの選択肢になるでしょう。

また、今は学校だけがすべてというわけではありません。学校に代わるシステムもあります。

文部科学省は「みんな仲よし教育」や内申書重視教育を進める一方で、近年は不登校を容認するようになりました。

内申書重視教育とは矛盾していると思うのですが、子どもの自殺が増えているという現実から、子どもたちを守るためには不登校を容認せざるを得ないという認識があるのでしょう。

そのため、今は不登校や引きこもりなど途中でドロップアウトしてしまった子どもにも、学習指導要領上出席扱いになるフリースクールや、「中学校卒業程度認定試験」や「高等学校卒業程度認定試験（略して高認）」など、さまざまな制度ができています。

高認は昔の「大検」に当たりますが、大検より難易度も低く、中卒から高校中退、不登校、定時制・通信制高校の生徒など、あらゆるタイプの人が受けやすい内容になっています。

極端なことを言えば、必ずしも今いる学校に通い続けなくても、本人の意欲さえあれば挽回できるシステムになっているわけです。

ですから、学校が大きなストレス要因になっている人は、あえて学校に行く必要はないのです。

小学生や中学生の頃の生き方は、その後の人生にも大きな影響を及ぼします。「辛い学校にも無理して行くのが義務」と思い込んでいる人たちは、その後の人生でも同じように、どんなに辛くても会社に行き続けて鬱状態になったり、自分を追い込んでしまったりする可能性があります。

でも、学校に行かなくても自分のパフォーマンスを上げておくという経験をしておけば、大人になってからブラック企業で辛い目にあったようなときもそこに固執し続けることなく、素直に「苦しいから転職しよう」「もっと自分に合う会社を探そう」という発想になるはずです。

子どもが合わない学校に無理やり通わせて精神的な負担を負わせるのではなく、「そんなに辛いなら、学校には行かなくてもいい。ただし勉強だけは続けておかなければ、将来自分が損をしてしまうよ」ということをていねいに教えてあげるのが、親の役目なのではないでしょうか。

いじめは犯罪

いじめに関してさらに言えば、私は日本の学校のいじめ対策には反対です。

今の学校の教育方針は「いじめをなくそう」ということです。

でも、いじめをなくそうとすれば、子どもたちに「表面的な仲よし」を強制することになります。そうなると、一見みんな仲よしに見えるけれど、見えないところで陰湿ないじめが進行しているというケースも出てきてしまいます。

そして学校側も、いじめは「あるべきではないもの」と考えるため、どうしても隠蔽する方向に進みがちです。

でも、いじめを完全になくすのは難しいことです。

ですから「いじめをなくそう」ではなく、大人は子どもたちには「いじめられたときの対処法」を教えておくべきでしょう。

「いじめられたら逃げてもいい」とか「いじめられたら、すぐにスクールカウンセラーに相談しよう」「どうしても辛いときは学校に行かなくてもいい」と生徒に教える方が、よほどいじめの被害から子どもたちを救えるのではないでしょうか。

「いじめはダメ」と無理やりおさえこもうとするから、歪んだ形でいじめが起こるのです。それより、いじめが起きた際にどうしたらいいかを徹底的に教えるべきです。

また、いじめの際に、殴る蹴るの暴力を振るえば「暴行罪」が成立することがあります。

暴行によって相手に怪我をさせてしまった場合には、「傷害罪」が成立します。

このように、いじめというのは犯罪にもなり得るのです。

ですから、学校では「こんなふうに考えましょう」と思想を押しつける道徳教育をするよりも、「こんなことをしたら、こんな罪に問われる」と教える現実的な法律教育をするほうがよほどいいのではないかと思います。

いじめで犯罪になる可能性は他にもあります。

たとえば、「パシリ」やいじめられる者同士を喧嘩させるなど、相手が嫌がる行為を脅迫や暴行で強いた場合は「強要罪」が成立することがあります。

相手のものを奪った場合は、「窃盗罪」。

カツアゲなど人を恐喝して財物を取り上げた場合は、「恐喝罪」。

相手のものを勝手に壊したり捨てたりした場合は、「器物損壊罪」。

「殴ってやる」「痛い目に合わすぞ」などと人の身体に害を与えると告げて脅せば、「脅迫罪」が成立する可能性があります。

面と向かって、またはインターネット上で相手に暴言を吐いたり中傷したりしたときは「侮辱罪」が成立する可能性があります。

刑法は、こうした被害を犯罪として加害者に責任を問うことができます。

さらに民法では、いじめによる傷害や心理的苦痛によって学校に通えなくなったなどの被害があったときには、損害として相手に賠償を請求することができます。

私は、子どもが同級生を殴って怪我をさせたような場合は、内々に処理するのではなく、警察に突き出すべきだと思っています。カツアゲされて1円でも盗られたら、窃盗として警察に訴えるべきです。警察で取り調べを受けるだけで、ほとんどの子どもは二度といじめをしなくなるでしょう。

残念ながら、仲間はずれや無視については、今のところ禁じる法律はありません。

２０１１年の大津市男子生徒いじめ自殺を機に「いじめ防止対策推進法」が施行され、いじめが起きたときには学校側がいじめの事実を調査することが義務とされましたが、これについてはもう少し厳罰化するべきだと思っています。

ただ現状としては禁ずる法律はありませんから、仲間はずれにされたら、まずはスクールカウンセラーに相談しよう、絶対に１人で抱え込んではいけないと、再三にわたって子どもたちに教えるべきでしょう。

大人の価値観が正しいとは限らない

子どもは世の中の価値観の歪みに引きずられて、犠牲になることがあります。

たとえば、拒食症など摂食障害の患者は全国で推計2万5千人いて、年間１００人ほどが死に至っているといわれていますが、その多くは10代の女性です。

雑誌やテレビでやせすぎのモデルを「スタイルがいい」だの「カワイイ」だのと褒めそやしているのですから、まだ未熟な子どもたちが極端な「やせ願望（肥満恐怖）」を抱いてしまっても無理はありません。

しかし、「やせている人ほど美しい」という価値観は、大人に都合のいい価値観にすぎません。何の根拠もない、偏った価値観といってもいいでしょう。

大人というのは、そういう自分たちの思い込みの価値観を世間に流布して、その結果、どんな被害者が出ようが責任を取ろうともしないのです。

ですから、子どもも自分の身は自分で守るしかありません。

自分の頭で考えて、その価値観は本当に正しいのか、自分はどうしたいのかを決めるということです。

「友だちは多ければ多いほどいい」とか、「〈みんな仲よし〉が素晴らしい」などの価値観も同じです。

そんな価値観を持っているのは今の日本人くらいで、グローバルスタンダードではありません。

ましてや今、時代はどんどん変わっています。

企業でも、上司による人事評価だけを気にしていた時代から、ＡＩによって成果が評定される時代です。

こうした傾向は今後どんどん増えてくるでしょう。

「人当たりさえよければいい」という価値観を大事にしていたら、これから先の世界を生き抜いていくのは厳しくなるはずです。

そう、みんなに好かれるのは不可能ですし、みんなに好かれなくていいのです。


すぐに周りの人の声に左右される親や、古い考えに囚われている親は少なくありません。これまでは我が子の成績がよくて誇らしく思っていたのに、周りの人から「お宅のお子さんは友だちが少ないわね」などと指摘されようものなら、「勉強はそこそこでいいから、みんなと仲よくしなさい」と焦ってしまう親もいます。

でも、こうした親は、自分の子どもが持つよい部分をきちんと見ているのでしょうか。その子の将来について、きちんと考えているでしょうか。

我が子のことを信じることもなく、周りの人の言うことや世の中の評価に左右されているだけでしょう。

そんな親の言うことをいちいち正しいことだと信じていたら身が持ちませんし、自分のためにもなりません。

大人の言うことが正しいとは限らないし、周りの大人の言い分をすべて信じ込むのは危険だということです。

読書が生きる勇気を与えてくれる

では、すべての大人の言っていることが正しくないのかといえば、そうではありません。物事をきちんと見ている大人もいますし、ためになる意見を言ってくれる大人もいます。

ですから、私は皆さんにはぜひ本を読むことを勧めたいと思います。

「親の言うことがすべて」だった幼少期が終わり、少しずつ世の中のことが見えてきて、自分という存在について考え始めた今こそ、たくさんの本を読むべきです。

本をたくさん読めば、いろいろな人の生き方を疑似体験し、さまざまな人の意見を知ることができます。

たとえば中国問題ひとつをとっても、「中国をとっちめろ」なんて過激な主張をする人がいる一方で、「中国と仲よくしよう」と主張する人もいるように、本によって意見は全然違います。

どちらが正しい・正しくないということではなく、世の中にはいろいろな世界があり、いろいろな物の見方があって、さまざまな人が存在するのだということを実感することが大切です。

ですから、本も1冊読んでそれを信じ込むのではなく、いろいろな立場の人の本を読んでほしいのです。

すると、周りの大人が言っていることの真意も、少しずつわかってくるはずです。

親はこう言っているけれど、それは偏った価値観ではないかとか、古い価値観に縛られているのではないかとか、いや、一般的にはそう考える人も多いようだ……などと、いろいろ見えてくるものもあるでしょう。

親の話を聞いているだけではわからないものも、本をたくさん読むことによって、最低限の知識がつき、わからないことは質問できるようになります。少なくとも、こちらに知識があれば何にでも冷静に対応することもできるのです。

また、今の日本には、何でも一面的に決めつける傾向があるように思います。「これは正義／これは悪」「正しい／正しくない」というように決めつけて、正解を求めます。特にテレビはその傾向が顕著です。

せめてアメリカのように数十ものチャンネルがあり、それぞれの局が立場を明確にしていれば視聴者も選択することができますが、日本のテレビ局は数局しかなく、全局が一律的な報道をしがちです。

ですから、視聴者も何か1つの「正解」があるかのような錯覚に陥ってしまう傾向があります。

だからこそ、読書体験が大切なのです。

世の中には、いろいろな立場によっていろいろな考え方があるということがわかれば、本を読んでいるうちに、「この世の中は案外言いたいことを言ってもいいのだ」ということもわかってくるでしょう。

また、本をよく読む人は心が折れにくいということもお伝えしておきたいと思います。

『火垂《ほた》るの墓』を書いた作家の野坂昭如さんは、終戦直後の貧しい時期に俳人・正岡子規の『墨汁一滴』や『病牀《びょうしょう》六尺』といった文庫本を常に持ち歩いて読み続けたそうです。

不治の病である脊椎《せきつい》カリエスに侵された子規が、病床で凄まじい痛みと闘いながら亡くなる2日前まで書き続けた生きざまが、貧しさにへこたれそうになる自分の心を支えてくれたのだそうです。

本にはこうした力があります。

現実の世界が辛いと感じるとき、より苦境にありながらも「負けまい」と懸命に踏んばる先人の姿に勇気をもらうのです。

「自分はこれでいいのだろうか」と悩んだとき、世の中には自分と同じようなことで悩み、苦しんでいる人がいることを知る。

不遇の境遇を過ごす人が主人公の奮闘する姿に自分を重ね合わせることもあれば、冒険小説を読んで、その日の嫌なことを忘れる人もいます。

将来に漠然とした不安があっても、ハンセン病療養施設で研究や治療を続けていた精神科医・神谷美恵子さんの名著『生きがいについて』を読めば、心が落ち着くという人もいました。

１冊の本が、私たちに生きる勇気を与えてくれることもあるのです。

人生を長い目で見る

この本も終わりに近くなってきました。

最後に、皆さんに「人生を長い目で見る」ことの利点をお伝えしたいと思います。

人生経験の少ない時期には、人生を長い目で見ることは難しいかもしれません。

その場その場で友だちが多ければいいとか、とりあえずクラスで浮いていなければいいとか、友だちの数をキープしておきたいとか、目先のことしか考えられない人も多いかもしれませんね。

また、いじめにあっている人も、今いる環境がすべてという近視眼的なものの見方になることが多いようです。

でも、「今いる環境がすべてではない」ということだけは、頭に刻みつけておいてほしいのです。

世界は多様であり、ときがたてば状況も変わります。来年になれば、いろいろなことが変わっていく可能性があるということを忘れないでください。

「今はこの子たちと付き合っておかなくちゃ」と思うかもしれませんが、あなたはその友だちと5年後も関わっているでしょうか。

そして10年後、あなたはどんな人生を歩んでいたいでしょうか。

どうしても「今」にばかりに目が行ってしまうかもしれませんが、辛いときこそ「長い目で考える」ことも必要です。

どんな集団であっても、複数の人がともに過ごしている限り、そのなかには苦手と感じる人がいるのは当たり前のことです。

自分はどうもこの人には好かれていないな、という人がいるのも自然なことです。成熟した大人であれば、そんなことはよくあることだと受け止めます。

なぜなら、人生を長い目で見ることができるからです。

何人か集団がいれば、相性の悪い人や自分のことを嫌いな人がいるのは当然のことで、相性の悪い人と無理に仲よくなろうとしなくてもいい。本当に気が合う人は友だちとして長く付き合いたいが、全員から好かれる必要はない。

そんなふうに思うことができるのは、これまでにさまざまな人間と接してきたからです。仮に合わない人がいても、5年後や10年後にはまったく関係のない人になることがわかっているからです。

「苦しい今」のことしか考えられないという人は、「自分はこれからどう生きたいのか」を考えてみてください。

今はうまくいかないと感じていたとしても、人生はまだいくらでも変えられるのです。5年後、10年後になりたい自分をイメージして、それに向かってどうしたらいいかを考えてみてください。

それが、人生を長い目で見るということです。

自分の人生の価値は自分で決める

人生を長い目で見ることは大事ですが、一方で忘れてはいけないのは「時間は有限だ」ということです。1日24時間しかないのですから、自分のためになることに使わなければ損をします。

ですから、究極の話ですが、受験勉強のために時間をとりたいから無駄な時間はつくらない、つまらない人とは付き合わないというのも、それはひとつの選択です。

私も娘に「友だちがいなくてもちゃんと生きてこられた」という話をしましたが、私のように学校で「三軍人生」を歩んできた者からしてみれば、「三軍でもいいじゃないか。三軍でも将来立派に生きていけるように、悩んでいる暇があったら勉強しよう」と言いたいのです。

そもそも、友だちができずに悩んでいるとき、親に「友だちができないあなたはダメな人間だ」なんて言われたら、ますます子どもは追いつめられてしまいます。

それより「友だちなんかいなくたって、強い人や成功した人はいっぱいいるよ。だから大丈夫」と言ってもらうほうが安心できるでしょう。

実際、そういう人はたくさんいます。

もしかしたら、「陰キャ」だの「四軍」だのといった陰口を叩かれて嫌な思いをしているという人もいるかもしれません。

でも、相手は自分に都合のいい価値観で言っているだけです。そんな相手のくだらない価値観には従ってはいけません。

あなたの人生はあなただけのものです。自分の人生の価値を他の人に決めさせないでください。自分で決めることです。

人生の価値と言われても、ちょっとピンとこないかもしれませんね。

一般的には、社会的に地位が高いとか、財産があるとか、成功しているとか、家族や友だちに恵まれるなどが挙げられるでしょう。

でも、私も歳をとって痛感していますが、そういうことは一過性のもので、自分が生きていることが楽しいと思えることこそ、人生の大きな価値なのです。

表面的には友だちが多くても、人から嫌われないようにビクビクしている人生は楽しいでしょうか。

我慢して人に合わせる人生を、心の底から楽しめるでしょうか。

どんなに他の人から地味と思われようが、マイナーであろうが、変わっていようが、あなた自身が生きているのが楽しいと感じることこそ、最大の価値なのです。

あなたにはぜひ、自分自身が心から楽しいと思える人生を歩んでほしい。そう願っています。

さいごに

本書におつきあいいただきありがとうございました。

少しは気持ちが楽になったでしょうか？

私が本書で言いたかったのは、これから大人になっていく際に、周りに合わせていくのでなく、「自分」の生きたいように生きられることが大切だということです。

友だちは、合わせるための基準でなく、自分が自分でいられるために自分を助けてくれるためにいるのだから、そうでない人とは無理に付き合わなくていいのです。逆に、自分が心からの味方と思える人は思い切り大事にしてください。それが貴重な財産となります。

自分が自分でいられるというのは、人に合わせるのでなく、自分の基準で生き方ややりたいことを決めることができ、そして自分の言いたいことを言えたり、やりたいことがやれるということです。

もちろん社会には法律やルールがあるからそれを守らないといけませんが、それ以外のことは自分で決めていいのです。周りに合わせる必要はありません。そして、自分で楽しいと思えることをやり、幸せと思える人生を選んでほしいのです。

この本では、その具体的なやり方も書いてきました。

これも、私が言うことが絶対に正しいと言いたいのでなく、あくまでもみなさんご自身が主役です。試してみてよかったと思えば続ければいいし、ちょっと無理があるなと感じたり、自分には合わないと思えば別のことを試してください。

あくまでも、あなたの人生の主役はあなたなのです。

確かにその生き方では、多くの仲間やファンやフォロワーを得られないかもしれません。

でも、少数であっても生きたいように生き、言いたいことを言っても味方してくれる親友がいれば、大勢にこだわるより、はるかに自分らしく生きられると思います。

あと、もう一つあなた方に知ってほしいのは、人生は長いということです。

たとえばYouTubeで一時的にすごい人気者になったとしても、それをずっと続けることはとても難しいことです。

でも、自分の言いたいことを言い、やりたいことをやり続けているときの味方は、その後もあまり減ることはないし、長い人生の中で少しずつ味方を増やしていくことも珍しくありません。

そして、長い目で見ると、自分が楽だと思う生き方のほうがメンタルヘルスにもいいし、幸せで長続きするのです。

この本が、そんな幸せな人生のヒントになることを願ってやみません。

２０２１年３月

和田秀樹

和田秀樹（わだ・ひでき）

1960年大阪市生まれ。東京大学医学部卒業後、東京大学部附属病院精神神経科助手、米国カール・メニンガー精神医学校国際フェローを経て、現在、立命館大学生命科学部特任教授。専門は現代精神分析学、森田療法、老年精神医学。主な著書に『感情的にならない本』（PHP文庫）『自分は自分、人は人』（知的生き方文庫）『自分に「イエス！」といえる本』（新講社）『不安に負けない気持ちの整理術』（ディスカバー21）など、700冊以上の著書を誇る。

帯イラスト　藍にいな
デザイン　TYPEFACE
販　売　竹中敏雄
編　集　下山明子
構成協力　真田晴美
宣　伝　鈴木里彩

小学館 YouthBooks

みんなに好かれなくていい

2021年4月6日　初版第一刷発行
2023年9月24日　第二刷発行

著　者　和田秀樹
発行人　下山明子
発行所　株式会社 小学館
〒101-8001 東京都千代田区一ッ橋2-3-1
電話　03-3230-4265（編集）
03-5281-3555（販売）

印刷・製本　大日本印刷株式会社

ISBN978-4-09-227282-8

第一章

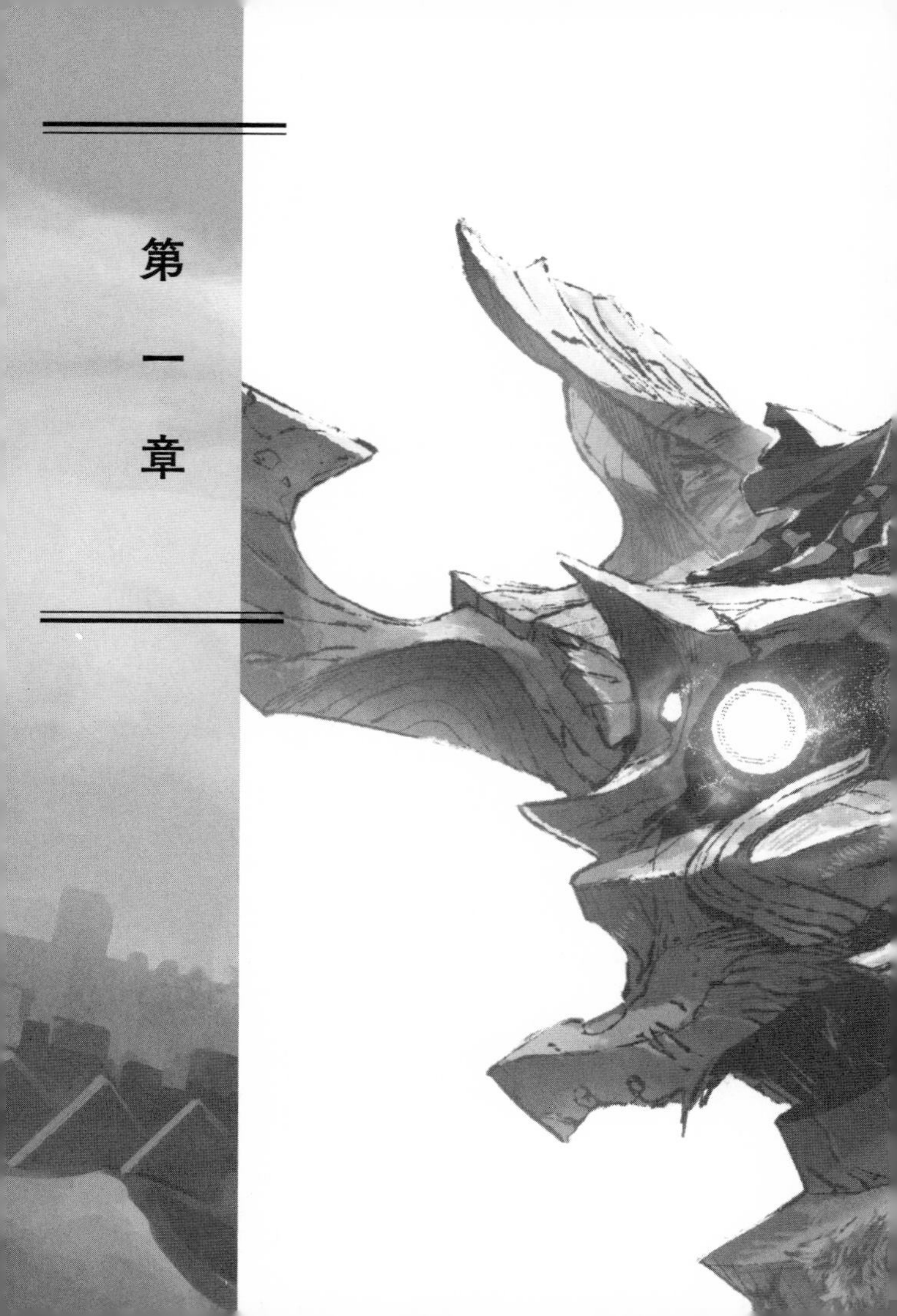

「なあ、信じられるか？」

リョウはナツメヤシの葉の上に腰を下ろし、いつものように友人に話しかけた。

「俺が大陸一の冒険者で、虫使いで、王様にまで頼られていたなんて……集めた古代遺物のコレクションが数え切れなかったなんて……」

リョウは砂を右手で掬《すく》った。ぎゅっと握るも、手を開けば砂はさらさらと落ちていく。

掴《つか》み取ったはずのあの輝かしい日々は、なんだったのか。

『虫樹《ちゅうじゅ》』と呼ばれる古代遺物の虫型マシンを駆り、冒険団を率い、滅びた古代文明の遺跡を探索し、同業者や盗賊としのぎを削り、先進技術の塊である古代遺物を手に入れ、富と名声を得る。美味《うま》い肉や果物をたらふく食い、美女を侍《はべ》らせ、絹の寝具に包まれて眠る。

光に満ちた二十代だった。

それが今や、岩窟牢《がんくつろう》の岩と砂の上で寝起きする、薄暗い毎日だ。

ぽっかり空いた天井岩の大きな割れ目からしか、陽の光はやってこない。

「ははっ……信じらんねぇよな、そんなこと……」

リョウは自身の荒れた指を見て、友人の顔色を窺《うかが》った。友人はいつものように、砂の上に座って岩に背を預けている。知り合ってずいぶん経つが、友人の顔色は読みにくい。

この岩窟牢で出会ってからの仲だ。

男同士、もう気兼ねはない。

　だがリョウはいつも、無口なこの友人に信じてもらえていない気がして、同じ話をしてしまう。それが何だか気恥ずかしく、リョウはぼさぼさ頭を掻《か》いた。

「見つけたんだぜ？　とびきりのお宝を。すべての冒険者の憧れ、王家の歴史書にも記された伝説の古代遺物。大地に無尽蔵の水をもたらす、あのアフラージをっ……見つけたんだ」

　リョウの言葉は、乾いた空気と岩窟牢の広さによって虚しさを増していくばかり。

　岩窟牢の広さは、囚人の寂しさを掻き立てるためのものか。それとも、大人数を押し込むためのものだったのか。いずれにしろ今は、リョウと友人の二人だけだ。

　看守はリョウの様子を確かめにすらこない。岩肌に重厚な鉄の扉が一つあるだけ。ここが監獄なのかどうかすら、リョウは確かめられていない。ある日、目が覚めるとこの岩窟牢に入れられていた。自分がどういう罪状でここにいるのか、それすら分からない。友人が岩肌に刻んだ文字を見つけ、ここが監獄の一部だと認識しているに過ぎない。

　リョウは代わり映えの無い岩肌を見て、乾いた笑みを浮かべた。

「……アフラージを見つけたってのに、このザマだ……」

　リョウの服はボロボロだ。髪も髭《ひげ》も伸び放題。自身の体つきにかつての逞《たくま》しさはない。香油もなく、常に肌がかさついている。

　リョウはゆっくりと息を吐きだし、目礼した。

「聞いてくれて助かるよ、兄弟。同じ話ばっかりして、悪いな」

してもらってばかりではいけないと、リョウは「そうだ」と手をぽんっと叩《たた》いた。

「なあ、兄弟。ここを出たら、俺の虫樹に乗ってみてくれ。ソレオレノに。俺の相棒なんだ。古代遺物の翅《はね》や脚を選《え》りすぐってさ、脚や背中には新緑の苔《こけ》や草花を生やして……かっこいいんだ。綺麗《きれい》なんだ。羽音も、脚音《あしおと》も、噴き出す蒸気噴流の音も」

リョウは声を弾ませた。

ソレオレノの姿を思い浮かべるだけで、まだ屈託なく笑みを零《こぼ》せる。

ソレオレノは甲虫型の虫樹だ。リョウが手塩にかけて改造した。シャベルのような立派な角を持ち、雷を生み出す鱗粉《りんぷん》を操る翅や、火の粉をしぶかせる前脚や、空気すら凍てつかせる爪《つめ》や、強靭《きょうじん》な糸を生み出す腹板や、そのほかにも特別な古代のパーツを備えている。

「約束するよ、兄弟。出るときは一緒だ。いつか、ソレオレノに乗って一緒に飛ぼう」

友人はいつも、何も言わずリョウの話をただただ聞いてくれる。愚痴も、恨みつらみも、罵《ば》詈雑言《りぞうごん》も、自慢も、猥談《わいだん》も、馬鹿話も、出鱈目《でたらめ》も、絵空事も、なにもかも。

この友人は岩窟牢《がんくつろう》におけるリョウの大先輩だ。肝の座り方がリョウとは違う。岩窟牢での生活が長く、少々のことでは動じない。リョウとは違い、飲まず食わずの生活をもう百年ほど続けてきたためか、友人は今、骨と髪と服と宝飾品だけになっている。

リョウにとって唯一の話し相手だ。

友だちになるのに、年齢も性別も地位も生まれも育ちも関係ない。どんな神様を信じていた

っていい。生きているか死んでいるかすら、どうだっていい。

そこに、いてくれるだけでいい。

友人が骸骨《がいこつ》であることなど些細《ささい》なことだ。誰にだって欠点はある。欠点であるどころか、リョウにとってこの友人が骨だけだということは、むしろ長所のように思える。

なにせ、食い物も水も二人分はない。

天井岩の割れ目から見えるナツメヤシの、乾燥させた果実がリョウの主食だ。岩肌からかすかに染み出す水が、リョウの喉《のど》の渇きをぎりぎり潤してくれる。

骸骨は長所だ。

この岩窟牢《がんくつろう》にぶち込まれ、リョウはそれを見いだした。

リョウは冒険者だ。見つけるのは得意だった。

（……見つける。見つけてみせるさ、出口だって）

リョウは立ちあがって、パンパンと砂を払った。

友人との語らいは終わりだ。日課をこなさねばならない。

リョウは揃《そろ》えていた硬い石を見繕い、岩窟牢の壁へと歩み寄り、小さな穴の前で跪《ひざまず》いた。

日課ではあるが、怖い。

リョウは息を整え、穴に潜り込んだ。

穴はリョウ一人が通れる大きさだ。最初は屈《かが》んで歩けるほどだが、奥へいけば這《は》いずるしかないほど狭くなる。細長く、いくつも枝分かれし、奥へと続く穴だ。

二度ほど分岐するだけで、ほぼ光は届かない。

だが己の手すら見えない闇《やみ》の中でも、リョウは道に迷うことがなかった。

骸骨の友人が途中まで掘り進めた穴だ。今はリョウが引き継いでいる。

穴の最奥に達し、リョウは硬い石を手に、砂岩をかつかつと叩《たた》いた。

リョウが調べた限り、この岩窟牢を構成している岩のほとんどは極めて堅い。虫樹であれば砕けても、人力では不可能だ。専用の掘削道具なしでは、人の手に余る。だが、硬い岩の合間に柔らかい岩の層が混じっている。砂岩と呼ばれる、脆《もろ》い岩が。

リョウはそれを日々削り、掘り進んでいる。

掘り始めてから、もう何年経ったのか分からない。

掘り進めては硬い岩盤に突き当たり、迂回《うかい》しようとしてまた硬い岩盤に突き当たる。何度も何度も、それを繰り返しながら、細い細い穴をリョウは横へ上へと伸ばし続けた。

脱出路だ。

希望といってもいい。

外へと繋《つな》がる砂岩の層を手探りで見つけようとするも、なかなか上手くいっていない。

（全部、意味のないことなんじゃないか……）

時折、猛烈な不安がリョウを襲ってくる。

砂岩の層をいくら掘り進んだところで、外側が硬い岩盤に囲まれてしまっていれば、脱出路は外へ繋《つな》がらない。穴が長くなればなるほど窒息する危険も増していく。暗く細長い穴の中、這《は》いずりながらの息苦しい姿勢で、かつかつと掘り進む音を耳にしていると、リョウは否応なく心細くなってくる。骸骨《がいこつ》の友人もおそらくその恐怖に耐えきれなかったのだろう。

そういう考えが浮かぶたび、リョウは首を横にぶんぶんと振った。

リョウは虫使いで、冒険者だ。

古代遺跡を徘徊《はいかい》している古代精霊体という巨大な化け物に追い回されたり、砂嵐に巻き込まれて炎天下のだだっ広い砂漠で遭難したり、真夏の古代遺跡のど真ん中で異常な寒波に襲われて虫樹もろとも氷漬けになりかけたり、悪名高い盗賊団の操る虫樹の大群と一戦交える羽目になったり、悪徳商人の雇った傭兵《ようへい》とならず者に徒党を組んで襲われたり、詐欺師の口車に乗せられて身ぐるみ剝《は》がされた上に借金を背負わされたり、賞金首と間違われて名うての賞金稼ぎにしつこく命を狙われたりと、どんな危機も乗り越えてきた。

(アフラージだって見つけたんだ、俺は……)

リョウはそう自分に言い聞かせる毎日だ。

シャハラザードの古代文書を解読した王からの依頼で、アフラージの探索を始めて一年も経つと、冒険団の仲間たちから次々と反対の声が出た。伝説は伝説だ、と。

アフラージなどありはしない、と。

リョウはシャハラザードの王を信じて、突き進んだ。

そして手にしたのだ。無尽蔵の水を制する古代遺物を。アフラージを。

アフラージは伝説通りのお宝だった。三枚一組の、透明な湿布のような古代遺物。体に貼って念じると、どこにでも水を湧《わ》かせることができた。砂漠のど真ん中に運河すら作れるであろう、大量の水を。冒険者としてのリョウの経験から考えるに、リョウが見つけたものは制御装置のようなもので、発生装置はこの大陸中の地下にあるのだろう。

滅んだ古代文明の繁栄を支えたと言う、伝説の古代遺物だ。

リョウは少し触れただけだが、それでもその伝説に違《たが》わぬ宝だと確信した。水を制するものは富を制する。繁栄が約束される。幸せをもたらす。

水は命と幸福の源だ。

この岩窟牢《がんくつろう》に入れられ、食事も与えられず、岩の天井の切れ間から落ちてくるナツメヤシを食べて空腹を乗り越え、岩肌から染み出す水を舐《な》めて渇きを凌《しの》ぐたび、リョウはアフラージのすばらしさを痛感する。そして、アフラージを奪った者どもへの憎悪が掻《か》き立てられる。

この岩窟牢は大陸中のどの処刑台よりも残酷だ。

どんな監獄でも、水と食事は出される。

それすらない。その意図は明確だ。面と向かって死ねと言われるより、良く伝わる。リョウは孤独の中、飢えと渇きで絶命することを望まれているのだ。

（ふざけんじゃねぇ、ぶっとばしてやるっ）

リョウは暗い穴の中で心細くなるたび、殺意で恐怖を吹き飛ばした。

リョウの冒険団にいた、腹心三名。元武人のタ一レル、元巫女《みこ》のディナール、神童の虫使いユーロ。そして、この大陸随一の大国シャハラザードの主、エン。

この岩窟牢《がんくつろう》の日々で、四人の顔がリョウの脳裏によぎらぬ日はない。

思い返せば、この岩窟牢で目覚めてからというもの、リョウは必死だった。

石を投げてナツメヤシの実を打ち落とし、乾燥させて保存食にした。ナツメヤシを乾燥させるのに失敗してカビを生やしてしまったこともあった。それでも食べざるを得ず、酷《ひど》く腹を下し続ける羽目になった。腐らせたナツメヤシの実で虫を誘い込み、その虫も食った。ほぼ生でいくしかなかった。なにせ、この岩窟牢では火すら貴重品だ。

燃料と言えば、岩窟牢に落ちてくるナツメヤシの葉や、タンブルウィードと呼ばれる風によって荒野を疾走する草の塊、もしくは時たま落ちてくる丸く成形された草食動物の糞《ふん》だ。糞が落ちてくるのは、フンコロガシによるものだ。

燃料は常用できない。

ナツメヤシの葉軸は屋根や床の建材として使われるくらいの強度があり、リョウは葉軸で梯《はし》子《ご》を作ろうと考えているが、長い梯子が作れるほどの大量の葉はなかなか落ちてこない。どうしても火が欲しくなり、燃料として使ってしまうのも課題だ。ならばと、ナツメヤシの種を植えて栽培し、植物の梯子を作って脱出しようと目論《もくろ》んでいるが、今のところリョウの望む結果は得られていない。得られる兆しもない。とにかく、水が限られているのだ。

砂嵐をやり過ごすためか、コウモリやハトがやってきたこともある。子供のガゼルが落っこちてきたこともあった。リョウは死に物狂いで捕まえた。

その時は神様に心底感謝した。

聖典に記された作法に乗っ取って屠殺《とさつ》し、不浄な血を抜き、石のナイフで解体した。

二日も悩んだ。

『生のままいくか？　それとも、炙《あぶ》って食うか』

リョウの人生であそこまで悩んだのは初めてだ。

炙って食うことにしたものの、また問題に直面した。

（火はどうやって起こす？）

岩窟牢の鉄の壁に石をぶつけて火花を散らすも、なかなか火がつかない。最後は、骸骨《がいこつ》の友人が役立ってくれた。友人が後生大事に持っていた大粒のサファイアの飾り、その宝飾品に綺《き》麗《れい》なガラス細工があり、それで太陽光を集めて火をつけることができた。

この岩窟牢では、焼いた肉はサファイアよりも貴重だ。

焼いた肉は、めちゃくちゃ美味《うま》かった。骨を割って髄液まですすった。毛皮は石のナイフで裏皮の肉片をこそぎ落として敷物にし、腱《けん》は割いて撚《よ》って糸状の長い紐《ひも》にし、小さな角は骸骨の友人へのプレゼントにした。まったく余すところがない。

だが日々の暮らしに活力を与えてくれる、そんな幸運は希《まれ》だ。

生活の質をほんの少し上げるために、とてつもない労力がいる。

岩肌から染み出す水を集めるべく、岩肌にいくつも溝を刻み、岩のくぼみへと水滴を誘導することで岩の水槽となるようにした。骸骨《がいこつ》の友人が投げ出してしまった作業を、リョウがいずれも引き継いだ。骸骨の友人の発想は見事なもので、糞尿《ふんにょう》や動物の骨粉や植物の皮などを砂と一緒に一か所に集め、時折かき混ぜることで堆肥作りまで行っていた形跡があった。

とはいえ、一つ一つの作業がとにかく時間がかかる。

なにせ道具がない。

この岩窟牢《がんくつろう》に入れられて、あらゆる道具の大切さがリョウは身に沁《し》みた。

岩窟牢での日々は失敗の連続だ。

フンコロガシが落とす草食動物の糞の中から植物の種を見つけ出し、堆肥を利用して岩窟牢に畑を作ろうとしているが、乾燥が酷《ひど》くて育たない。

発芽してくれたオリーブの種すら樹になる前に枯れてしまった。

水だ。水の不足が何よりも痛い。

何度も挑戦し、リョウは失敗し続けている。岩肌に日数を刻んできていたが、三年目からは怪しい記録だ。今掘り進んでいる横穴の分岐路の数は、リョウが挫折《ざせつ》してきた数に等しい。腹痛や高熱に襲われるなど序の口で、寝ていたらサソリに刺されて足がはれ上がって動けなくなったこともある。心が折れて、岩肌に日付を刻む習慣を止めていたことが度々あった。

記録だけでも五年以上は経っている。

リョウの感覚では、もう二十年は過ぎているだろう。

砂で歯を磨くのも、すっかり上手くなった。小枝の先端を噛《か》みほぐしてブラシを作り、砂を石ですり潰《つぶ》して歯磨き粉へと加工する。当初は歯茎をよくズタズタにしていた。

今では体より、心のほうがボロボロだ。

喚《わめ》き散らした後で死んだふりをしても誰もやってくる気配すらなく、岩肌をのぼって天井の割れ目から出ようとしても落ち続け、地面の砂を積み上げて脱出用の坂を作ろうとしても砂が全く足りず、岩窟牢の一部にある砂岩を掘り進むも硬い岩に突き当たり、鉄の扉の蝶番《ちょうつがい》を狙って小便をかけ続けているが今もって扉はびくともしない。

それなのに、リョウの信心は錆《さび》だらけで、脆《もろ》くがたついている。

信徒の義務である、断食をする暦すら分からない。

太陽と月は時折見える程度で、おおよその目星はつけているが、聖地の方向も間違っているかもしれない。礼拝の時を告げる美しい歌声がかすかに聞こえてくるものの、リョウは冷笑を浮かべて無視することが増えた。かつて一日五回の祈りを欠かしたことはなかったが、この岩窟牢での日々で、今もって助けてくれぬ神への信仰は何度も揺らいだ。

揺らぐ己を、リョウは恥じた。

恥じるような己へと変えた、仇敵《きゅうてき》どもを憎んだ。

揺らいでは恥じ、恥じては憎み、憎んでは、また揺らいだ。己の心に折り合いがつけられない。神に心底感謝を捧げたかと思えば、次の日には罵詈雑言《ばりぞうごん》を喉元《のどもと》に溜める自分がいる。

惨めだ。

なんと、ちっぽけなことだろう。

何も見えない真っ暗な脱出路の中では、己の心の内がよく見える。

穴を掘り進んでも先は全く見えてこない。単調だ。それが何よりもつらい。

リョウは今日決めた分の穴掘り作業を終え、しょんぼりと穴から出て、天井岩の割れ目をはっとして見上げた。上空から音が聞こえる。ばしゅんばしゅんという特徴的な音だ。

リョウには聞き馴染《なじ》みがある。

「噴流の音……蒸気噴流の音色だ、兄弟っ」

リョウは声を弾ませて友人に呼びかけ、耳を澄ませた。

近づいてくる。ばしゅんっという噴流の音に、連続的な翅《はね》の音も混じっていた。

間違いない。虫樹が飛んでいる。

ボールコックピットという球形の操縦席に乗り込んで操る、古代遺物の空陸両用虫型マシンだ。虫樹によって大きさは様々だが、リョウの相棒だった虫樹――ソレオレノの全長は十メートルほどだった。水を動力源とする虫樹の、その用法は多岐にわたる。

重量物を運搬したり、石材を切り出して加工したり、水路を掘り進んで運河を作ったり、岩や大木を砕いて農地を広げたり、大量の水を農作物に散布したりと、土木建築から農作業にいたるまで、あらゆる場面で重宝される。危険な古代遺跡から古代遺物を回収する時や、襲ってくる盗賊と戦う時も、虫樹を操れなければ話にならない。

操縦士は虫使いと呼ばれ、リョウはその腕前で名を馳《は》せた。

「ほら、兄弟。耳を澄ませろ、羽音だ。分かるか。虫樹が飛んでるっ。ありゃ、甲虫型の翅の音だ。旋回してる、この近くにくるぞ。この監獄に降り立つ気だ。ははっ、羽音が騒がしすぎるぜ。虫樹はそこそこの品だが、虫使いはヘボだ。聞いてな、兄弟。ほら、ほらっ、今の聞いたか、着地の足音。脚捌《あしさば》きも翅捌《はねさば》きも雑だ。風に煽《あお》られやがった」

リョウは音だけで、虫樹の様子がありありと脳裏に描けた。

初めて操縦桿《そうじゅうかん》を握ってからリョウは虫樹にぞっこんだ。虫樹の気門や肛門から蒸気噴流を噴き上げて急加速し、駆けまわり、転げまわり、跳び回るあの感覚。思い出すだけでウキウキする。ワクワクが止まらない。リョウは聞き耳を立てケラケラと笑った。

「ははっ、看守が操る虫樹かね。ド下手だぜ、あの虫使いは。虫樹のことを分かってない。虫樹に宿る精霊を感じてねぇ、ははっ……ははは っ………」

乾いていく笑い声に堪え切れず、リョウはうつむいた。

虚しい。あの下手な虫使いは虫樹に乗っている。リョウは乗ることすら叶わない。

「……俺ならもっと、綺麗《きれい》な羽音で飛べるのに。柔らかい脚捌《あしさば》きで、降り立てるのに……分かるのに。感じるのに。虫樹に宿る精霊と、通じ合えるってのに……」

そう呟《つぶや》いただけで、リョウの目頭が不意に熱くなる。

いけない。と、リョウはぐっと息を呑《の》み込んで首を左右に振った。

もうすぐ日が暮れる。

(弱気はだめだ)

この岩窟牢《がんくつろう》で弱気になるとどうなるか、骸骨《がいこつ》の友人が教えてくれている。この骸骨の友人が岩肌に刻んだ、遺書らしきものをリョウは見つけていた。リョウが脱出路を掘る時に見つけたのだ。この友人は百年以上前の政治犯で、生きる気力を失くして最期を迎えた。

骸骨の友人は由緒正しい血筋の者で、この岩窟牢で挫《くじ》けた。

だがリョウは違う。国を持たぬ民族の出身だ。それも、親族は姉一人。家系図さえ分からない。虫使いとしての腕一本で、冒険者としてのしあがった。

(俺は挫けない。いや、挫けるけど、すぐ立ち直るっ)

リョウは自分の顔をパンパンと叩《たた》いた。

脱出用の穴が外に達すれば、虫樹を奪って逃げるつもりだ。

その時がくれば今の鬱憤《うっぷん》はすべて晴らせる。リョウを裏切った仇敵《きゅうてき》ども――ターレルとディナールとユーロと、なによりエン王に、目にもの見せてやれる。愛機であるソレオレノを見つけだし、無尽蔵の水をもたらす伝説の古代遺物であるアフラージを取り戻す。

リョウはそのために生きている。

それでも、ふとした時に恐ろしい考えが脳裏をよぎる。

(俺は、ほんとうに、俺なのか……?)

すべて自分の妄想だったのではないか。自分は元から頭のおかしい人間で、すべては妄想だったのではないか。夜の真っ暗闇《くらやみ》と共に、時折そういう考えがやってくる。

その度に、リョウは朝がくると、まず砂に絵を描く。

ソレオレノの絵を。冒険団の者たちの似顔絵を。これまで見つけた珍しい古代遺物や雑貨の数々を。目にした古代精霊体や、手ごわかった盗賊や同業者の虫樹の姿を。三枚一組の透明な湿布状の古代遺物、アフラージの姿を。なるべく細部まで描く。

描いては消し、消しては描く。

そして自問自答する。

これが妄想か？　いや、現実だ。だが、妙に現実的な妄想かもしれない。けれど、それならリョウの中で今も煮えたぎる、この憤りと憎しみは何か。

(夢や幻なんかじゃない)

この渇きも、飢えも、憤りも。現実だ。

リョウはそうやって寒い夜と熱い昼をやり過ごし、日々を乗り越えてきた。

乗り越えても乗り越えても、ふとしたことで自信がなくなる。

外の世界でリョウが信じていたもの、そのすべてがここでは不確かだ。

この岩窟牢《がんくつろう》に入れられてからというもの、時間の感覚もあやふやになってきている。リョウの記憶にあることが、先日のことなのか、一年前のことなのか、五年前のことなのか、十年前のことなのか、二十年前のことなのか、それよりもっと前のことなのか。

整理がつかない。

何度も悪夢となって見返しているせいでもあるのだろう。

それでも季節の変化は肌で感じる。

この岩窟牢にいても、時の移り変わりは目で見える。

リョウは天井岩の割れ目に目を凝らした。

季節は九月初めか。

抜けるような青空を背に、ナツメヤシの果実——デーツが色づいていた。

ナツメヤシの大きな房が熟している。もうすぐ完熟して自然に落ちてはくるものの、リョウはいつも石を投げて実を打ち落とす。そうやって収穫して乾かせば、デーツはよい保存食になる。鳥やネズミに食われる前に収穫せねば、リョウの取り分が減ってしまう。

デーツはリョウの主食であり、生命線だ。

ところがこの岩窟牢では、喜ばしいことと困ったことは一緒にやってくることが多い。

（投げられる石がない……）

リョウは困った。

岩窟牢にある手ごろな石や骨は投げ尽くしていた。友人が持っていた宝飾品の中に大きな黒曜石の飾りがあったものの、割って小さなナイフにしてしまっている。砂岩を掘るための硬い小石はまだあるものの、さすがに投げる訳にはいかない。

デーツを打ち落とせる、遠投できる手ごろなものが欲しい。

実のところ、リョウは目星をつけていた。

だが、なかなか切り出しづらいことでもある。

リョウは骸骨《がいこつ》の友人の傍《そば》に座り、言葉を慎重に選びながら話しかけた。

「なあ、兄弟。毎度毎度、迷惑の掛けっぱなしで申し訳ないのは重々承知なんだが……ナツメヤシの実を落として、乾燥させないと、保存食が作れなくなるんだ。ところが、投げるものが無くなっちまった。そこで相談なんだが、その――」

リョウは言い淀《よど》み、意を決して友人の眼窩《がんか》を見た。

「あんたの手を、借りたい。ああ、つまり……ぶん投げてデーツを落としたい」

リョウが見て取る限りおそらく、友人は快く手を貸してくれた。

左の上腕骨だ。

リョウは確信した。やはり、友人が骨だけであることは長所だ。これほどまで見事に手を貸してくれる人物と出会えたのは、リョウの人生で初めてだった。

リョウはさっそく狙いを定めて投げた。ナツメヤシの果実の房に直撃し、バラバラとデーツが落ちてくる。だが、友人の腕の骨は落ちてこない。

リョウは青ざめ、頭を抱えた。

（やっちまった……）

大失態だ。

こうならないために、ガゼルの腱《けん》で作った紐《ひも》と、友人の遺髪と、切ったリョウの髪をちまちまと結び、長いロープを用意していたというのに。

骨に結んでから投げようと考えていたのに、うっかりしていた。

リョウは再び、友人の傍《そば》に座った。

どんな顔をして話しかけたものか、リョウはしばらく悩んだ。せっかくの友人の好意を台無しにしたのだ。今度は先ほどより、さらに申し訳ない気持ちで友人の前に座った。

「すまない、兄弟。もう一つの手も、貸しちゃくれないか?」

おそらく今度はしぶしぶながらも、友人は右の上腕骨をリョウに貸してくれた。

右は、おそらく骸骨《がいこつ》の友人の利き手だろう。

失敗はできない。

リョウは慎重に髪のロープを上腕骨に結び付け、指をさして確認した。

（よしっ）

今度はリョウの遠投も、紐による腕骨の回収も、デーツの回収も、すべて上手くいった。腕骨の遠投が百発百中に近づいてきた頃合いには、果実の絨毯《じゅうたん》ができるほどになっていた。リョウは飛び跳ねて喜び、両腕一杯にかき集めたナツメヤシの実を見せた。

「兄弟っ、ほらみろ、大量だ！　ははっ」

リョウは無邪気に笑顔を咲かせたが、すぐに顔を曇らせた。

友人の表情が強張《こわば》っている。ような気がする。

リョウは右腕骨から紐を外し、友人に返しながら頷《うなず》いた。

「そりゃ、そうだよな。そんな顔に、なるよな。左腕は悪かった。でも、左腕だけでも一足先に出られたって考えりゃ、そう悪くないだろう？　いや、一腕先に出られた、って感じか」

リョウがそう言うと、友人は笑った。ような気がした。

人間は死ぬと心が広くなるものなのかと、リョウは腕を組んで感心した。リョウはまだ生きている。自分の心の狭さに合点がいった。

岩窟牢《がんくつろう》の毎日で、リョウの脳裏に憎い相手の顔がよぎらない日はない。

（あいつら、ぶちのめしてやるっ。ターレル、ディナール、ユーロ）

リョウが率いる冒険団の腹心だった、元武人のターレル、元巫女《みこ》のディナール、神童の虫使いユーロ、その三人。そしてなにより――

（エンっ……エン王！　エン・イブンモンメ・アルシャハラザード！）

随一の大国シャハラザード、その主であるエン。人心を集める術《すべ》に長けたエン王。

どれほど呪《のろ》っても呪い足りない。

苦心して手に入れた、無尽蔵の水を制する古代遺物アフラージをかすめ取った、裏切り者どもだ。この岩窟牢《がんくつろう》から這《は》い出たら、この恨みをすべてぶつけてやる。

（エンめ！　必ず殺してやる！）

アフラージ探索の依頼主。この事態の、すべての元凶。歴代の王の中で突出した古代文書の解読能力を持つ、精霊に選ばれしカリスマ。数々の古代遺跡発見に寄与した、誉れ高き王。

その口車に乗ってしまったからこそ、今こうしてリョウは岩窟牢にいる。

（エンめっ、なにが『乾いていくこの大陸で生きるものすべてに、豊かな水をもたらしたい』だっ。結局はエンも、他のやつと同じ。力が欲しいだけのやつだったんだ）

リョウが昏倒《こんとう》させられたのは、古代遺跡からアフラージを手に入れてターレルとユーロとディナールと共に、エンの元へ向かうその道中の出来事だ。アフラージが眠る古代遺跡は危険な場所で、歴戦の虫使いしか生きて帰ってこられない。リョウが連れて行ったのは腹心三名のみだ。リョウが気付いた時には、どことも知れぬこの岩窟牢に閉じ込められていた。

食事はおろか、水すら出されぬ牢獄だ。リョウは死ねと言われているのだ。裏切り者どもの陰湿な殺意を感じるたびに、リョウは歯を食いしばった。

(死んでたまるかっ！)

相手の思惑通りになど、何が何でもなるものか。

やり返さねば気が済まない。

実行犯はタールとディナールとユーロ、おそらく三人だろう。だが、この裏切りの首謀者はエンに違いない。エンに二心がなければ、リョウを助けにくるはずだ。

助けに来るだけの力を持っている。それがエンという王様だ。

(信じていたのに……エンだけは、他の王族や政治家どもとは違うと……)

初めからリョウを騙《だま》していたのだ。エン王は。

民衆から絶大な人気を誇る、徳高き王。その裏の顔をリョウは見抜けなかった。

エン王がアフラージを言葉通りに使っていれば、この岩窟牢に吹き込んでくる風がこれほど乾いているはずはない。リョウは一度手にし、試しに使ったことがある。無尽蔵の水をもたらす古代遺物、アフラージはそれほどまでに強力なものだった。

結局は、エンも薄汚れた権力者と同じ。

もっともらしい理想を騙《かた》ってリョウをいいように使い潰《つぶ》したのだ。

己の国や恭順する者だけに水を恵み、それ以外は干上がらせる。自然や人々の暮らしや農業は言うに及ばず、役に立つ古代遺物のほとんども水を動力源としているのだ。絶大な権力を確固たるものにする、それがあの無尽蔵の水を制する古代遺物アフラージだ。

（俺をここで死なせようとしているのも、そのためだっ）

エン王がアフラージを私利私欲のために扱い始めたら、リョウは黙っていなかった。必ず、エンを叩《たた》きのめしてアフラージを取り返していた。リョウはそうする。お宝はその価値を本当に理解する者の手にあるべき――それがリョウの、冒険者としての信念だった。そうするリョウだからこそ、エン王は先手を打って、こうしてリョウを岩窟牢《がんくつろう》へと閉じ込めたのだろう。

思い返せば、エン王の言葉はどれも寒々しく聞こえる。

あれは、ターレルの紹介でエンと出会って、しばらくたった頃だったか。『この大陸で生きるものすべてに、豊かな水をもたらしたい』というエンの言葉を、リョウは信じていなかった。王家に伝わる古代文書を解読したとするエンの言葉を信じれば、アフラージはその価値を本当に理解する者が手にしなければ、この大陸に破滅的な厄災をもたらしかねない。エンがアフラージを手にしてよい者だと、リョウは信じていなかった。アフラージの探索と発見は冒険者冥利《みようり》に尽きることだが、リョウは己の信念に背きたくなかった。

アフラージの探索依頼を、リョウは断る理由を包み隠さず何度も断った。

それなのにエンはしつこくリョウに頼んできた。

『どうして俺なんだ？　冒険者なんて他にいくらでもいるのに、なぜ、俺に頼む？』

『私の頼みを、己の信念に基づいて断れる冒険者だからだ』

エンのその言葉に、リョウは面食らった。

『リョウ。この話を他の冒険者に持ち掛けると、皆二つ返事でやると言った。お前だけだ。アフラージの危険性を見抜き、この私ですら、アフラージを手にするに相応《ふさわ》しいかどうかを臆することなく疑ったのは、リョウ、お前だけだった。私は、お前以外に頼むつもりはない』

エンにそう言われ、リョウは揺らいだ。

アフラージを手にするに足る者が、目の前にいるのではないかという気がした。見定めてみたいという想いに駆られた。そして、エンを疑いの眼差《まなざ》しで見続けたことを詫《わ》びた。

『すまなかった。だが、これからも俺は疑い続けるぞ』

『構わないさ、リョウ、疑ったって。疑うのは自然な心の働きだ。信じるって言葉の反対は疑うって言葉じゃない。信じない、って言葉だ。信じたいから、疑うんだ。疑うというのは、いつだって信じることと表裏一体だ。疑うことを捨てることが、信じることじゃない。信じるということは、もっと勇ましくて知的で面倒くさいことだ』

エンは颯爽《さっそう》とした笑みを見せたかと思うと、惹《ひ》きこまれるほど無邪気な目をしていた。

『リョウは私のことを信じてなかったろう？　けれど、今は疑っている。『信じない』から『疑う』になった。一歩前進だ。すごく大きな一歩だ。私はそれが、たまらなくうれしい』

そう言ったエンのあの満足気な仕草もすべて、演技だったのだ。

ある時はコーヒーを片手に焚《た》き火を囲みながら、ある時は手にした古代遺物の品定めをしながら、ある時は虫樹の操縦席で操り方を教えながら、ある時はボードゲームや水タバコを嗜《たしな》みながら交わした、エンの言葉と理想の数々はすべて、まやかしだったに違いない。

リョウが一人、エンのことを理解した気になっていただけ。

心が共鳴したと勘違いしていただけ。

あの屈託のない笑顔も。爽《さわ》やかな舌の根も。飾り気のない装いも。服に染み込ませた乳香の香りも。時折見せる、いたずら小僧のような愛らしい笑みも。

すべてはその本性を包み隠すためのもの。

嘘《うそ》だったのだ。

(まんまと乗せられて、通じ合った気になって、それで、このザマか)

結局はエンも力が欲しかっただけだ。

悔しい。憎い。信じた自分の愚かさも、リョウを手の平の上で躍らせたエン王も。

思い返すだけで腹が立つ。

リョウは無性に腹が立った時は、目を瞑《つぶ》るようにしている。ざっくりと開いている天井岩の割れ目から注ぐ熱い陽光が、見えるものすべての鬱陶《うっとう》しさを際立たせている気すらする。リョウの頭上でこれ見よがしに外の風を受けているナツメヤシの樹や、あの青空すら恨めしい。だから岩窟牢《がんくつろう》の日陰で横になり、岩のひんやりとした感触を背に、呼吸を落ち着ける。そうすると、うとうとしてくる。頭がこんがらがるほど腹立つ時は、うとうとするのが一番だ。

だが、ふと目が覚めると——鳥が見えた。だだっ広い岩窟牢に、一羽、三羽、五羽。二十羽以上いる。鳩ではない。渡り鳥か。

せっかく乾燥させていたデーツが、小鳥の群れにつつかれている。

眠気も何もかも吹っ飛んでリョウは跳ね起きた。

「それ、俺のだ！　俺んだ、俺のだっ、あっちいけ、こんちくしょう！」

血相を変えてリョウはわめきながら駆け回り、手を振り回して小鳥たちを追い払った。だが小鳥たちは一度逃げはするものの、天井岩の割れ目に愛らしく並び、悪魔のような本性を覗かせながらリョウを見下ろしている。狙っている。乾燥中のデーツを隙《すき》あらば奪う気だ。リョウが苦労して集めたデーツなのに、かなり持っていかれてしまった。

なんてやつらだろうか。

どこへだって飛んでいけるくせに。

リョウは手当たり次第に岩の割れ目へと砂や砂利を投げつけた。

「上にいくらでもあるだろうがっ！　なんでわざわざ、俺のを取るんだ!?」

リョウはむかっ腹のあまり、手に触れたものを片っ端から投げていた。勢い余って友人の腕骨をぶん投げたその瞬間、我に返って「しまった」と肝を冷やした。

紐《ひも》を結び付けていない。

左腕に続き右腕までも失くしてしまったら、友人に申し訳が立たない。「ちょっと待って、今のなし！」とリョウは神に祈ったが手遅れだ。友人の右腕骨は天井岩の割れ目から飛び出してしまった。ところが、リョウの祈りが通じたか、友人の腕骨がリョウの足元へと落ちてきた。ぽとり、と。しかも、小鳥まで二羽、落ちてきた。

友人の腕骨が当たったらしい。

小鳥たちも恐れをなしたか、どこかへ飛んで逃げてしまっていた。

不幸中の幸いと取るべきか、災い転じて福となすと取るべきか。リョウには分からない。何が不幸をもたらし、何が幸運をもたらすかなど、神のみぞ知ることだ。

「…………」

リョウは目をしばたたかせ、しばしぽかんとした後、神様に深く感謝した。悪いことがあると信心浅くなり、良いことがあると信心深くなる。それは神を信じる者として褒《ほ》められた態度ではないとリョウは幼少時分に教わったが、どうにもならない。

なにはともあれ、鳥だ。久しぶりの鳥肉だ。

ご馳走《ちそう》だ。

炙《あぶ》ってやる。燃料を使って、直火《じかび》で焼いて食ってやる。

今までリョウは、止むに止まれずサソリも食った。蛇も食った。蜘蛛《くも》も食った。焼かなくても腹を下さないやつは生で食い、焼かないと腹を下すやつは焼いて食ってきた。火は貴重品だ。燃料は限られている。友人が身に着けている宝飾品のガラス細工を利用し、太陽光を集中させて燃料を使わずに焼くこともできるが、やはり直火で炙るのが一番だ。

貯めていた灰の上にリョウは丁寧に燃料を重ねた。灰も財産だ。灰は土を豊かにし、着火を容易にしてくれる。リョウは火を起こして鳥肉を焼いた。

肉が焼ける匂いは、いつだってリョウに幸せとは何かを教えてくれる。

羽をむしって焼いた鳥肉は、香ばしくて極上だった。

その日は気持ちよく眠れた。

その次の日も、焼いた肉の余韻を口の中に探してリョウは笑みを零《こぼ》せた。

だが数日後、目が覚めて乾燥中のデーツを見た途端、リョウは頭を抱えた。リョウはまだ一粒も口にしていないというのに、明らかに寝る前よりも少なくなっている。

（そんな、また……たった一晩で、こんなに……）

デーツをかじられた跡や、残った糞《ふん》や足跡から分かる。

犯人はネズミに違いない。

今までも乾燥中のデーツをネズミや鳥に狙われたことはあったが、ここまで大量に食われたのは初めてだ。デーツの乾燥を切り上げ、リョウは砂の下に埋めた。

リョウの寝床の下だ。食料の保管場所にしている。

大切な保存食がかなり減ってしまった。

腹が立つ半面、リョウは不思議で仕方ない。

（……なんで、こんなネズミに、いきなり……）

リョウはそこまで考えて、待てよと思った。

（乾燥中のデーツを、一晩でこんなに食われたことなんて、今までなかった。大量のネズミがやってきた？　大量のネズミが、どこからきて、どこへ消えた？）

いつもならネズミは天井岩の割れ目からくる。

オーバーハングの天井岩のせいか、岩窟牢《がんくつろう》に侵入してくるネズミはあまりいない。岩窟牢に入ったはいいものの、逃げ出せなくなってリョウの食糧になるのがほとんどだ。

ネズミは賢い。長生きできる冒険者と一緒で警戒心や学習能力が高く、逃げ出せないと知っているところには入ってこない。今まではそうだった。

食害も大したことはなかった。

（……いったい、どこから？）

リョウは地面に目を凝らした。かすかに足跡が残っている。それも、かなりの数だ。そしてそのすべてが骸骨《がいこつ》の友人の近く——リョウの掘っている脱出路に続いていた。

なぜ、脱出路に続いているのか。

（まさか……）

リョウは気付いて、身体《からだ》の奥底からふるふると震えた。

アフラージを見つけた時に匹敵するほどの、興奮だ。

「……ネズミの、巣穴と、つながってる……？」

リョウは骸骨の友人へ向けて、半信半疑でそう問いかけた。

友人もその頭骨を頷《うなず》かせている。ような気がする。

ネズミの巣穴と脱出路が繋《つな》がった。それはすなわち……

（あの穴が、外と、繋がりかけてる……貫通、しかけてるっ）

リョウはそう気づいたが、発見の高揚をぐっと堪《こら》えた。ぬか喜びはしたくない。

リョウは脱出路に飛び込んで、慎重に最奥まで進んだ。

穴の闇《やみ》の中で息を潜《ひそ》めて、指と耳と鼻の感覚を研ぎ澄ます。

かすかだが、風の流れを感じる。獣臭さもある。やはり、ネズミの巣穴を通して外の気配を感じる。もうすぐなのだ。この穴は外へ繋がろうとしている。

長年の苦労が、やっと実を結ぼうとしている。

報われる兆しに違いない。

（ああ……ああ、神様……！）

リョウは祈った。感謝を捧げた。

この岩窟牢に入れられて、もっとも強く祈った。

うれし涙なんて、いつ以来か。

やっとだ。外の世界へ出られる。それが現実味を帯びてきた。ここまで来て手落ちなどあってはならない。あらゆることに、慎重に気を配らねばならない。

気を引き締め、より具体的に脱出計画を突き詰めていく行動が大切だ。

リョウは穴から出るなり腕を組み、骸骨《がいこつ》の友人の前に座った。

「細部だ。細部だよな、兄弟。分かってる。ここからは、細かいところまでこだわらないと仕損じる。分かってる、分かってるさ、兄弟。俺たちの計画は、あと一歩だ」

脱出路の目処《めど》が立つまで、保存食は節約したい。脱出路ができたら、この岩窟牢《がんくつろう》を抜け、虫樹を奪って逃げる。この岩窟牢の近くに虫樹が着陸する音は何度となく聞いている。虫樹にさえ乗り込めば、こっちのものだ。リョウは逃げ切る自信がある。食料さえあればなんとかなる。水は、虫樹の腹部の水袋にある。水は虫樹の動力源だ。

(食い物……食い物だ。食い物は、ぎりぎりまで節約すべきだ……)

穴が外と繋《つな》がっても、即脱出とはいかない。

周囲の様子を慎重に窺《うかが》い、虫樹がやってくるのを待たねばならない。宵闇《よいやみ》に紛れるのが最もよいだろう。ここがどこで、警備はどれくらいか。まず把握せねば。骸骨の友人と一緒に逃げると決めている。友人を包んで運ぶため、ナツメヤシの葉を編んでおく必要もあるだろう。

水はまだ、ぎりぎりある。

食料が問題だ。鳥とネズミに、デーツをかなりやられてしまった。

リョウは重い石と枝を用いた圧殺罠《わな》を使い、ネズミを二匹ほど捕まえていた。しかし、ネズミたちも学習したらしく、その二匹以上はかからなかった。しかし、二匹では足りない。食い物を増やさねばならない。

リョウには案があった。死んだネズミを利用して罠を仕掛け、より大物をつかまえる。そしてもう一つは、死んだネズミに湧《わ》いた蛆虫《うじむし》を収穫して食べる。どちらかだ。

そして今もって、大物は捕まらない。

新鮮な蛆虫だけが、わんさかとわいている。

脱出は間近だ。何としても成功させたい。ここから逃れて遠方に潜《ひそ》むまでは長旅になる。どこかの村や町の畑を荒らして足がつくことは避けたい。脱出後のためにも保存食は極力温存したい。燃料も温存したい。フンコロガシの糞《ふん》やナツメヤシの葉軸も、あとわずかだ。

リョウは覚悟を決めねばならないと、ふうっと大きく息を吐いた。

（……食おう……そのための、これだ……）

リョウはネズミの死骸《しがい》が干からびないように、岩肌から貴重な水を取って湿り気を加えていた。死臭の甲斐あって、蛆虫はしこたま収穫できた。

畑に肥料をまいて作物を収穫するのと、原理は一緒だ。

食い物は鮮度が大切だ。

ふらつくほど気持ち悪い見た目だが、貴重な栄養源であることは間違いない。蛆虫は腐った肉を食らうが、蛆虫の体は腐っていない。生ゴミや糞尿《ふんにょう》を肥やしとした畑から野菜を収穫したとして、その野菜を生ゴミや糞尿《ふんにょう》と同じように扱ったりはしない。

(だいじょうぶ、大丈夫だ。今、俺は、めちゃくちゃ腹が減ってる)

リョウは自分に言い聞かせた。

リョウは虫使いで、冒険者だ。冒険者は常識にとらわれず、見つけることが得意だ。この岩窟牢《がんくつろう》での生活でリョウはいろんな発見をした。その一つは、空腹が最高の調味料だということだ。リョウは蛆虫《うじむし》を集め、水ですすぎ、目を瞑《つぶ》り、そのまま一気に食った。

そして新たに発見した。

最高の調味料をもってしても、気持ち悪いものは気持ち悪い。ぷちぷちとした食感とクリーミーさとほのかな苦み、そして全身に走る怖気を糧にリョウは奮い立った。

脱出は間近だ。

チャンスは一度きり。脱出の成功率をあげるためなら、なんだってする。

リョウはそうやって何日もかけ、硬い岩盤を避け、ネズミの巣穴を辿《たど》りながら、砂岩を掘り進んだ。貫通した時に穴が万が一にも人目につかないよう、リョウの作業はすべて夜だ。眩《まぶ》しすぎる希望のあまり麻痺《まひ》しているのか、不思議なことに疲れを感じない。岩窟牢の日々で鍛えられたのか腹も全く壊さない。昼は寝て、夜に目が覚めた途端、気力が漲《みなぎ》ってくる。

掘り進めば進むほど、砂岩の感触が柔らかくなっていく。

風化しているのだ。風化して、砂岩が脆《もろ》くなっている。外に近づいている証《あかし》だ。

ようやく外へと貫通する目処《めど》が立つところまで掘り進むことに成功したその日は、もう朝になりかけていた。明日には、外の空気が目一杯吸えるだろう。

なにせ、ネズミの巣穴の先から風の音が聞こえるのだ。

素手で掘れるほど、砂岩が脆いのだ。

リョウは顔を綻《ほころ》ばせながら、穴から岩窟牢へと這《は》い出した。

腹ごしらえだ。数日ぶりに、まともなものが食いたい。今日は保存食のデーツを食べよう。

リョウはそう思いながら膝《ひざ》の砂をはたいて立ち上がろうとして、頭がくらりとした。

立ち眩《くら》みとは違う、妙な違和感。

(――なんだ?)

リョウが思い当たる間もなく、大地が割れんばかりに大きく揺れた。立っていられない。リョウは地に伏した。頭上の岩が鳴っている。落ちてきた石がリョウの背中を強打した。

リョウが痛みに悶絶《もんぜつ》していると、いつの間にか揺れがない。

さらさらと砂埃《すなぼこり》が落ちてくるのみだ。

「おさまった……怪我《けが》はないか、兄弟?」

リョウが呼びかけると、骸骨《がいこつ》の友人は大丈夫そうだった。揺れで少し体が歪《ゆが》み、頭骨がぽとりと地面に落ちているものの、リョウが身づくろいしてやると元通りだ。

リョウはほっとしたが、ぞわぞわとした悪寒がふと背筋を震わせた。

嫌な予感がする。

脱出路の穴から漂ってくる気がする。

岩肌の穴に、リョウの目は釘付けになっていた。

「はは、まさか、な……」

リョウは呟《つぶや》き、脱出路を覗き込んだ。

覗き込んですぐ、愕然《がくぜん》とした。見えるはずの分岐路が見えない。

「……うそ、だ……おい、はは、そんな……」

穴に飛び込んで叩《たた》いて確かめながら、リョウは粘つく喉《のど》を鳴らし、もごもごと呟いた。

見間違えではないかと凝視した。

あれほど苦労して掘った穴が。

何年も何年もかけて、幾度も硬い岩に阻まれ、それでも掘り進めた穴が。

塞《ふさ》がってしまっている。硬い岩によって隙間《すきま》すらなく。

背中の鈍痛すらリョウはもう一切感じなかった。

「うそだっ……うそだうそだうそだ！」

リョウは岩を叩いた。脱出路を塞ぐ岩を皮膚がめくれるほど叩けども、びくともしない。

道は途絶えた。

あれほど長く準備したものが、ほんの一瞬で。

何の慈悲もなく。脈絡もなく。唐突に。気まぐれに。ぞんざいに。

道が、途絶えた。

なす術《すべ》がない。

リョウは頭を掻《か》きむしり、岩窟牢《がんくつろう》へと飛び出してのたうち回った。

「あんまりだ！　こんなっ、どうして！　…………むごすぎる……！」

悪罵《あくば》や呪詛《じゅそ》の思念すら言葉にならない。

嗚咽《おえつ》となって、リョウの唇から漏れ出していくのみだ。辛抱たまらず、リョウは天井岩の割れ目を睨《にら》み上げた。鮮やかな青空を、敵意をもって貫いた。その青空の先、遥か天上の先、この世界を生み出したとされる唯一の御方を、リョウは目を血走らせて睨みつけた。陽が傾き、宵が訪れ、星が瞬き、月が過ぎ、また朝がきても、目をひん剝《む》いて睨み続けた。

しかし、何も変わらない。

リョウ以外、痛くもかゆくもない。リョウが何をしようが、どう思おうが、脱出の穴は塞がったままで、空は憎らしいほど青いままだ。それどころか、リョウは気付いた。

岩肌の窪《くぼ》みに溜めていた水が底をついている。

（……み、みず、が……ない……？）

岩肌から沁《し》み出す水滴すらなくなっている。

あの地震のせいだろう。リョウの反抗的な態度が、唯一の御方の不興を買ったのか。

頭が真っ白になったリョウは、自覚せざるを得なかった。

(終わった……)

すとんと力が抜け、リョウは横に伏した。

食い物が無くても一週間はいける。だが水がなければ三日も持たない。たった三日だ。三日であの塞《ふさ》がってしまった穴をどうにかできるはずがない。

つまり、リョウは、もう、死ぬしか、ない。

生きていてはならない。そう告げられているのだ。

リョウが信じ、この大陸のほとんどの者も信じている、唯一の御方に。神に。

この岩窟牢《がんくつろう》で死ね、と。

そうに違いない。リョウはそう感じた。

力が入らない。喉《のど》が渇く。腹が減った。それなのに、つらくない。苦しくもない。しんどくもない。不快感の一つもない。なんだか自分の体が遠い。遠く感じる。指をどう動かせばいいのか、足をどう動かせばいいのか、腰や首の捻《ひね》り方すら分からない。

このまま息の吐き方や吸い方すら分からなくなるのではないか。その想像に恐怖を感じる気力すら失くし、リョウは地に伏し続けた。

もう、どうでもいい。

(きっと……ぜんぶ、嘘《うそ》だったんだ……)

リョウはそう思った。

自分が大陸一の冒険者と言われていたことも。虫使いであったことも。珍しい古代遺物を沢山コレクションしていたことも。冒険団を率いていたことも。すべて、まやかしだったのだ。

どこにも証拠がない。

自分が何者なのか、誰も証明してくれない。

ずっと傍《そば》にいてくれたこの骸骨《がいこつ》の友人すら、出会ったのはこの岩窟牢だ。

エン王への憎しみも。ターレルやディナールやユーロへの、憤りも。冒険者として虫樹を操っていたあの過去の日々は、すべて空想だったに違いない。

自分はエン王と会ってなどいなかった。

ターレルや、ディナールや、ユーロとも、出会ってなかった。虫樹に乗って古代遺跡から遺物を持ち帰ったこともなければ、冒険団を率いていたこともない。南の地の国を持たぬ民族の出身者ながら、虫使いとしての腕一本で立身出世を果たした――そんな人物ではなかった。

そもそも、リョウという名前すら怪しい。

本当に自分の名前だったのか？

誰かの名前なのではないか？

どこかで聞いた誰かの話を、自分のことにすり替えただけ。おとぎ話や冒険談を聞いて、その主人公を自分に重ね合わせるうちに、空想と現実の区別がつかなくなったのではないか。

きっとそうだ。

（それなら、納得がいく……）

この岩窟牢《がんくつろう》に閉じ込められた長い年月の中で、自らの心を守るために生み出した、ありもしない想像の産物だったのだ。でなければ、天地の動きまでもが自分をこうも痛めつけてくる理由が説明できない。神が今もって救いの手を差し伸べない、はずがない。

本当の自分はきっと、こんな目に遭うのが当然の大悪党なのだろう。神によってこの世界が終わりを迎え、死者が復活し、来世が始まっても、楽園へは行けないのだろう。

（そうか……そうだったのか……ぜんぶ、ありもしない、ことだったんだ……）

リョウの心は澄んでいた。

真っ白だった。

この牢獄に入れられてから、もう何十年経ったのか。その何十年の中で、今この時こそ、一番心が静かだった。望みが絶えるということは、こうも心に平穏をもたらすものか。

なんと空虚だろう。

生きる気力はおろか、憤りすらもぎ取られた。もぎ取られるはずがないと思っていたものまで、自分の内側から引きはがされて散っていく。

自由だ。何も残らない。何一つ。無くなっていく自分を、リョウは平然と見送った。

目蓋《まぶた》を開ける気力がなくとも、まだ光を感じる。

音が聞こえる。

己の鼓動。岩窟牢の天井の割れ目から聞こえる、風と砂。そして――

かすかな、羽音。

（虫樹の羽音だ……なんだか、懐かしい音が……）

心臓が縮み上がるほどの衝撃と音に、リョウは激しく打たれた。

雷だ。岩窟牢へと雷が落ちてきた。

そうとしか思えない。

リョウは牢の岩際までずり下がり、丸めていた首と背中を恐る恐る伸ばした。

轟音《ごうおん》と振動に頬を張り飛ばされ、ぼんやりとしていたリョウの意識は明瞭《めいりよう》さを取り戻している。だが、何も見えない。濛々《もうもう》と立ち込める砂煙に、リョウはむせた。

岩窟牢が異様に明るくなっている。

天井岩が崩れ、割れ目が大きく広がり、陽光が燦々《さんさん》と注いでいた。

どうやら雷ではないらしい。

（落ちて、きた……？　なんだ？　なにが、落ちてきた？）

リョウは目を凝らした。

徐々に砂埃《すなぼこり》が晴れてくる。陽に照らされたその正体に、リョウは息を呑《の》んだ。

「む、むしだ……虫樹だ……」

鼻先にスコップのような逞《たくま》しい一本角を備えた、甲虫型の虫樹だった。

角には等間隔に小さな孔《あな》が開いている。吸水口だろう。

虫樹としてはよくある型だが、極めてぼろい。

いつ脚部がもげ落ちても不思議ではないほどの、オンボロだ。ソレオレノの美しさと比べたらボロ雑巾《ぞうきん》に等しい。木肌に似た表皮は乾燥してひび割れが目立ち、虫樹の体表を彩る古代苔《こけ》も色がくすんでいる。発掘されたばかりの虫樹だろうか。水分を与えられることも手入れされることもなく、長く放置されていたのだろう。

岩窟牢《がんくつろう》の天井岩を砕き、地面に角をめり込ませ、前傾姿勢で伏していた。

鞘翅《しょうし》の下へと、二枚の後翅《こうし》が折り畳まれて収納されていく。

着陸したのか、墜落したのか。

虫樹の性能が悪いのか、虫使いの腕が悪いのか、それすら定かではない。

リョウが見守っていると、虫樹がぎこちなく立ち上がった。ボールコックピットと呼ばれる虫樹の頭部から前胸部にある球形の操縦席が、頭部前胸装甲と共にゆっくりと開いていく。

みすぼらしい虫樹のボールコックピットから、人影が降り立った。

乗っている虫樹にも、この岩窟牢にも似つかわしくない、うら若き乙女だ。艶《あで》やかな漆黒と青の長衣に身を包んでいる。目を凝らせば、長衣の生地には黒糸で精巧な刺繍《ししゅう》が施されているのが分かる。襟元や裾《すそ》などには金糸による刺繍も見受けられた。

一般庶民が身に着けられるものではない。

乙女の手首や手の甲や指先に、鮮やかな模様が見て取れる。古代文字に似た模様だ。お呪《まじな》いのタトゥーだろう。繊細な曲線が印象的だ。色合いからして、数週間で皮膚から自然と模様が消えていくタトゥーだろうか。

リョウは乙女と目が合った。

乙女も大きく目を見開き、リョウの姿をじっと見ている。

(誰だ……?)

訝《いぶか》しむリョウへと向けて、その乙女は一歩踏み出すなり口を開いた。

「リョウ、ですか?」

乙女は澄んだ美しい声音で、念を押すように続けた。

「あなたが、大陸で随一の冒険者、虫使いのリョウなのですか?」

瑞々《みずみず》しい瞳《ひとみ》の乙女にそう聞かれ、リョウはとっさに言葉が出なかった。

己が誰か。何者であるのか。

それすら失いかけていた、その真っ最中だったのだ。待ち望んでいたとはいえ、天から差し伸べられた救いの手に、どう応えればよいのか。まごつくより他はない。

だが、まごつくほどに胸の内が否応なく昂《たかぶ》っていく。

リョウは叫び出さんばかりに、口を開いて自らの胸に手を当てた。

「そう……そうさっ。俺だ！　俺がリョウだ!!」

妄想なんかじゃなかった。

自分はリョウだ。

大陸一の冒険者、古代遺物ハンター、虫使いのリョウだ。幻なんかじゃなかった。

(俺は、リョウだっ……やっぱり、リョウだった……！)

リョウは鼻の奥がつんとした。

やっと息が吸えた気がする。息苦しさも、ちゃんと感じられる。

心底、ほっとする。自分がリョウであったことに。それを認めてくれる人がいたことに。

乙女は切羽詰まった眼差《まなざ》しで、縋《すが》るように呼びかけてきた。

「助けてください、リョウ！」

「俺のほうこそっ。ここから出してくれるなら、なんだってするさ！」

リョウは即答した。

頼らなければならないのはリョウのほうだ。

リョウの勢いにびっくりしたのか、乙女はぎこちない仕草で虫樹を指した。

「……それでしたら、リョウ、操縦をお願いします。まずはここから、離れなければ」

乙女がボールコックピットを手で示すなり、大きな音が鳴り響いた。頭上からだ。肩を強張《こわば》らせるこの甲高い音は、警報だ。ここは監獄。看守が警報を鳴らしている。

「さあ、早く。急いでください、リョウ」

乙女はきびきびとボールコックピットに乗り込んだ。虫樹の操縦席の後部にある折り畳み式の補助座席を広げ、乙女は腰を下ろしている。

リョウは骸骨《がいこつ》の上着とナツメヤシの葉で友人を包み込み、オンボロ虫樹の操縦席に運び込んで「持っててくれ」と乙女に手渡した。骨や宝飾品の大半は上着に包まれているが、頭骨が大きく露出している。リョウが友人を手渡すなり、乙女は目をまん丸くして仰天した。

「ひゃっ!? ……こ、この方は……?」

「友だちだ。出るときは一緒って、決めてたんだ」

リョウはそう言って操縦席に腰を落とし、座席横にある操作パネルに指を添えてボールコックピットを閉じると、両サイドの操縦桿《そうじゅうかん》を握り、両足の推力ペダルの感触を確かめた。

頭部前胸装甲に覆われていながら、操縦席からの視界は良好だ。虫樹の『目』を通して前後左右の岩肌はもちろん、足元の砂や頭上の青空すら見える。

ほんのりとではあるが、清々《すがすが》しい樹木の香りがした。虫樹の操縦席の匂いだ。

懐かしい。なぜだか、ソレオレノを思い出す。この虫樹は外見だけでなく、コックピットまでオンボロだ。座席の質も悪ければ、両サイドの操縦桿のグリップもお粗末だ。すべてが劣っている。平均的と言えるのは、三人がぎりぎり入れる程度の操縦席の広さくらいだろう。

だが、虫樹を操れる。

再び虫樹で駆け、転がり、跳ね、飛び回れる。

シートベルトを締めるだけで、リョウはときめきが止まらない。笑みがこぼれる。

「頼むぜ、相棒。ここから出よう」

リョウはオンボロ虫樹にそう呼びかけ、両サイドの操縦桿と推力ペダルを操った。

脚元に転がった天井岩の欠片《かけら》を蹴散らし、岩窟牢《がんくつろう》の岩肌に強靭《きょうじん》な爪先《つまさき》を突き刺しながら、全長十メートルほどの虫樹が危なげなく、ぐんぐんと青空へ向かって進んでいく。

あっけない。

あれほどリョウが失敗し続けた岩窟牢からの脱出も、虫樹に乗れば一息だ。

岩窟牢から小高い岩場へと躍り出て、リョウは周囲を睨《にら》み回した。

山肌に築かれた城塞《じょうさい》だ。

かつては城塞として用いられていたものを、今は監獄へと転用しているのか。所々崩れかけてはいるものの、石積みの城壁でぐるりと囲まれている。U字型の監房や石畳の通路、所々に監視塔が見える。監獄の中央は農地となっているのか、ナツメヤシの畑が見えた。岩窟牢の真上に生えていたナツメヤシは、あの畑から運ばれてきた種だったのだろう。

(とっとと逃げねぇと……)

リョウは青空を見た。飛んで逃げるのが手っ取り早い。

このオンボロ虫樹は飛べる。だが、飛ぶには水がいる。リョウは岩肌をよじ登った時の挙動や手応えから、このオンボロ虫樹の状態を把握していた。虫樹のエネルギー源である水が、腹部の貯水タンクである水袋から無くなりかけている。

(水、水だっ……水が要る)

リョウは監獄の中央を見た。

監房らしき石積みの建物の前に、ナツメヤシの畑が見える。土の色合いからして、野菜なども育てられているだろう。つまり、水がある。多量の水を行き渡らせるための水路がある。

だが、敵もいる。

リョウの行く手を遮るように、ナツメヤシの畑を跳び越して虫樹が現れた。

一体、二体——

(三体か……)

リョウは真一文字に口を引き結び、身構えた。

看守の操るものだろうか。

甲虫型の虫樹だ。細長い頭部にどっしりとした腹回り、長く逞《たくま》しい脚、尖《とが》った尻先。オサムシ系列に似たフォルムで、力強い。黒檀のような黒色の外骨格だ。木目調の背中や脚部には茨《いばら》を生やし、白い花弁の群生を備えている。オサムシ系列の虫樹は飛翔能力を持つ個体は少ないが、看守の虫樹にはいずれも鞘翅《しょうし》に改造の痕跡《こんせき》が見て取れる。

飛べる個体だろう。

細長い頭部の先には大きな顎《あご》がある。長い脚やどっしりとした胴回りからすると、山岳地での伐採や建築などを得意とする虫樹だろうか。三体ともガチガチと大きな顎を噛《か》み鳴らし、リョウを威圧するように後ろ脚で地面を蹴立《けた》て、土埃《つちぼこり》を立ち上らせている。

大きさはリョウの操る虫樹と同じくらいか。

容易《たやす》い相手ではなさそうだ。

だが、肩慣らしには丁度いい。リョウは上唇を舐《な》め、操縦桿《そうじゅうかん》を柔らかく握り直した。

（この監獄を守る虫樹は、そう多くない）

リョウは知っていた。岩窟牢《がんくつろう》の日々で、何度も耳で数えてある。目の前の三体さえ倒してしまえば、増援が来るまでそれなりに時間が稼げる。

リョウの後ろから、不安そうに息を呑《の》む音が聞こえてきた。

「リョウ、一対三です。この数を相手にはできません」

「でもな、お嬢さん。この虫樹の水袋は、もうすぐ空になる。このままじゃ飛び立ってもすぐに動けなくなる。水が無けりゃ、逃げきれない」

「ですが、リョウ。あなたは、その、とても戦える状態では――」

「そうだな。さっきから腹ぺこで、喉《のど》はからっから。立ち上がることすら気を張らなきゃいけねえくらいで、もう何年も虫樹には乗ってない。頭もちょいとふらつくし、その上、手元にあるのは水切れ間近のボロッボロの虫樹、たった一つだ」

リョウがそう言って補助座席を振り返ると、乙女が胸の前でぎゅっと手を握っていた。

「で、では、もうここまでなのですか?」

「いいや。五分五分ってところさ。座席にしがみ付いて口閉じてな。舌噛《か》むぞ」

リョウがそう言った途端、看守の虫樹が一機、白い噴煙を噴き上げた。

蒸気噴流だ。虫樹の肛門から放つそれは、その脚力に輪をかける。

看守の虫樹が一直線にリョウへと迫ってきた。

(――くる)

リョウも推力ペダルを踏みこみ、突進した。

真正面からのぶつかり合いはリョウの得意分野だ。多少の虫樹の性能差なら覆せる。絶対に負けない。迎え撃って、敵の虫樹を跳ね飛ばしてやる。

リョウは勇んだが、互いの鼻先が触れた瞬間、目一杯に青空が見えた。

座席や操縦桿《そうじゆうかん》からくる痺《しび》れるような震動、リョウの身体《からだ》に食い込むシートベルトの感触、そして耳鳴りと浮遊感は、間違いない。当たり負けした。

オンボロ虫樹の姿勢が大きく乱れている。

五分五分などと見栄を張ったばかりだというのに、リョウは弾き飛ばされていた。操縦席にリョウの背中や臀部《でんぶ》が吸いついたような一体感を覚えたかと思うと、骨まで響く衝撃に呻《うめ》きが漏れる。崩れかけた城壁に激突し、乙女の堪え切れぬ悲鳴が聞こえた。

リョウがオンボロ虫樹の姿勢を立て直すと、三機の虫樹が正面と左右に見える。

壁際に追い詰められていた。

リョウは集中するも、十年前の操縦感覚が戻ってこない。

（虫樹の精霊と、通じ合えない!?）

リョウは愕然《がくぜん》とした。

一度でもぶつかり合えば、虫使いの力量は筒抜けになる。看守の虫樹やその虫使いが強いのではない。リョウが弱いのだ。虫使いの技量は、翅捌《はねさば》きと脚捌《あしさば》きに如実に出る。

リョウは痛感していた。

（どうやってたんだ？　どうやるんだ？　当たり前に、できていたことなのにっ……）

当たり前の感覚だったからこそ、一度失うと蘇らなくなるものなのか。

予想外だった。

リョウは鍛錬の末、操縦桿を握ればどんな虫樹とでも通じ合えた。その虫樹に宿る精霊を感じ取ることができていた。虫樹の切り裂く風を感じ、虫樹の触れる砂の感触が分かった。

四枚の翅も、六本の脚も、一つずつを指先のように操れた。

それが今や――

（通じ合う感覚が、思い出せないっ）

リョウの焦りを掻《か》き立てるように、三機の虫樹のうち一機だけが前に出てきた。先程リョウを当たり負かした虫樹だ。体表の装飾植物群の華やかさから察するに、看守の虫樹の隊長機なのだろう。部下二名と連携を取るまでもないと、また単身でリョウに向かって突進してきた。

ぶつかり合いでリョウは勝てない。

敵に侮られている。

その事実に、リョウの敵愾心《てきがいしん》が燃え上がった。両サイドの操縦桿《そうじゅうかん》にある赤い押しボタンスイッチに添えた親指に力がこもってしまい、オンボロ虫樹から小刻みに蒸気が噴き上がる。

（こいっ、この野郎！）

リョウは待ち構え、隊長機が接触する寸前まで引き付けた。

彼我の呼吸を読んでリョウが繰り出したのは、石畳を蹴立《けた》てるサイドステップだ。オンボロ虫樹の右側面の気門から蒸気噴流を噴き上げるサイドステップは、素早い。

隊長機は突進を紙一重で避けられ、そのまま城壁に頭から突っ込んだ。破城槌《はじょうつい》よりも重い衝撃音が聞こえたかと思うと、城壁の上部が激しく崩れ落ちた。

リョウの目論見《もくろみ》通りだ。

隊長機の上半分が瓦礫《がれき》に埋まっている。それでも脚をじたばたとさせ、瓦礫から粉を噴き上げて、埋まった上半身を引き抜こうともがいていた。

虫樹は腹部に、動力源である水を貯える水袋を有している。瓦礫に上半身を埋めたまま無防備に横腹を晒《さら》している隊長機は、絶好の獲物だ。

（とどめだ！）

リョウはオンボロ虫樹の角先で、隊長機の横腹を貫こうとした。だが視界の端に、突進してくる二機の虫樹がちらと見える。己の横腹を突かれてはまずいと、リョウは跳び退いた。

二機の虫樹が隊長機を庇《かば》うようにリョウの前に立ち塞《ふさ》がっている。

リョウは奥歯をぎりりと鳴らし、ふっと口元を緩めた。

とどめは刺せなかったが二対一だ。

三対一が、二対一になった。状況は良くなっている。

看守の虫樹は二機とも、左右からじりじりと迫ってきた。歩調をあわせてリョウの狙いを絞らせないその挙動に、もはや油断は見られない。

左側の虫樹が飛びかかろうとする挙動を見せ、リョウが牽制《けんせい》しようとした途端だ。右側の虫樹にリョウは頭突きを食らった。数の利を活かした、陽動からの一撃だ。

くると分かっていても、今のリョウでは防げない。

リョウはオンボロ虫樹の角先で、看守の虫樹の大顎《おおあご》を辛くも受け止めたはしたものの、そのまま組み合う形となって押し合いに持ち込まれた。

リョウの思うように虫樹を動かせない。やはり腕が鈍っている。

今のリョウの脚捌《あしさば》きでは踏ん張りが利かない。

「こんのぉ……ぐっ」

腹立たしくて、リョウは呻《うめ》いた。

オンボロ虫樹の爪先《つまさき》が石畳を削り取りながら、じりじりと後退させられていく。技量もへったくれもない、単なる力のぶつかり合いだ。虫樹の基本がぶつかり合いにあるとはいえ、力任せに見えても常に高度な攻防がある。このような力押しは、虫使いの本質からは程遠い。

事態は深刻だ。

機体が軽い。もうすぐオンボロ虫樹の水袋が枯渇する。

その上、二対一だ。右側の虫樹と組み合っている今、左側の虫樹は自由に動ける。リョウの視界の端で、左側にいた看守の虫樹が腹を曲げて尻先をリョウへと向けていた。

虫樹が肛門から放出するのは蒸気噴流だけではない。

古代遺物のパーツを搭載すれば、溶解液から火炎まで、なんでも浴びせることができる。

(くるっ)

リョウは敵の呼吸を見計らい、オンボロ虫樹の力をふっと抜いた。

左側の看守の虫樹が白色の噴霧を浴びせかけてくるも、リョウはそこにはいない。オンボロ虫樹を押し込んだ看守の虫樹がそこにいた。白色の噴霧を浴び、看守の虫樹の上半身が真っ白になっている。霜だ。霜まみれになっている。溶解液などではないらしい。

左側の看守の虫樹が、誤射してしまったことに動揺し、動きを鈍らせている。その隙《すき》を逃さず、リョウは飛《と》び退《の》くなり、霜で視界を奪われた虫樹の横腹に突っ込んだ。

がら空きだ。

視界を塞《ふさ》がれて相手はろくな身動きすら取れない。

リョウは看守の虫樹の腹部を角で突いたが、浅かった。

相手の水袋を突き破れない。リョウの脚捌《あしさば》きのせいだ。オンボロ虫樹の角の一撃に、重さを乗せきれていない。だが、そのままリョウは推力ペダルを踏み込んだ。

監視塔が勢いを増して迫るも、リョウはペダルを緩めない。看守の虫樹から白い花弁がぱっと飛び散り、激突の衝撃が身体《からだ》の芯《しん》まで響き、乙女の小さな悲鳴が聞こえた。

看守の虫樹の横腹に、オンボロ虫樹の角先が深く突き刺さっている。

猛りのままにリョウは犬歯を剝《む》き出した。

「吸い取れ！」

リョウは操縦桿《そうじゆうかん》に備わる小さなアナログスティックを操作し、ぐっと押し込んだ。数多くの古代遺物がそうであるように、虫樹の動力源も水だ。水源さえあれば補給できる。角先の給水口から維管束を伝わる水の音が、オンボロ虫樹の水袋へとなだれ込んできた。

リョウは経験で分かる。

今操るこのオンボロ虫樹はかなりの――

(早飯ぐらいだ)

水を吸い取られた看守の虫樹は、艶《あで》やかな木目調の体表をカピカピに乾燥させ、もはやピクりとも動かない。体表を彩っていた茨《いばら》は萎《しな》びて縮れ、激しいぶつかり合いによって白い花弁の群生は散っていた。瑞々《みずみず》しさを欠いた虫樹は動力源を失った証拠でもある。

「まず一機！」

リョウは雄々しく叫んだ。

叫んだ途端、視界の半分以上が真っ白に染まった。霜だ。噴霧を浴びてしまった。オンボロ虫樹の体が霜で覆われ、操縦席からの視認性が激減している。

敵の術中にはまった。

「終わりだっ！　大人しくしろ！」

くじけそうになるリョウへと、相手の虫使いが荒々しく呼びかけてくる。だが、拡声装置越しのその呼びかけこそ、リョウの闘争心をめらめらと煽《あお》り立てた。

この看守どもは、リョウがまだ生きていることを知っていたはずだ。肉を焼くための煙が岩《がん》窟牢《くつろう》の穴から上がっていた。それなのに、看守でありながらリョウを放置し続けた連中だ。

囚人を管理するのが看守の役目だ。

少なくとも、リョウはこいつらから食い物はおろか、コップ一杯の水だって差し出された覚えはない。そんなやつらが掲げる正しさや命令など、リョウの知ったことか。

（何が終わりだ。視界を塞《ふさ》いだくらいで、図に乗るなっ）

リョウはペダルを踏み、オンボロ虫樹を素早く後退させた。

霜で塞がった視界の端には、日陰で湿り気を保つ豊かな土が見える。オンボロ虫樹の足元の雑草の茂り具合や水路の形状、そして虫樹を覆い隠すほど高いヤシ科の幹と葉。

ナツメヤシ畑にリョウは踏み入ったのだ。

リョウは横にあったナツメヤシの樹の幹へと、オンボロ虫樹の逞《たくま》しい角を一閃《いっせん》させた。

剣の如き角の一撃は、岩をも砕く。

めきめきと野太い幹が裂け、ナツメヤシの樹がぐらつき、そのまま葉をざわめかせながら倒れていく。空を覆わんばかりにナツメヤシが密集した畑だ。三つ四つ五つと、リョウはずるずると退《ひ》きながらナツメヤシの樹を続けざまに伐採し、即席のバリケードを拵《こしら》えた。

虫樹相手では多少の時間稼ぎにしかならない。

だが機体を覆う霜が陽光を受け、わずかに視界が戻ってくる。

即席のバリケードを前に迂回《うかい》するか突き破るか、逡巡《しゅんじゅん》している看守の虫樹の様子がリョウにも分かる。看守の虫樹がバリケードを突き破るべく、蒸気噴流を噴かしたのも見える。

噴流の音が聞こえる。

看守の虫樹の攻撃に対して、リョウが適切に反応できる。

（こい！　ボンクラ）

リョウはオンボロ虫樹の角を地面に突き刺し、相手の突進を見計らった。

オンボロ虫樹の角先から水を噴き出し、ぬかるませて勢いよく跳ね上げる。

跳ね上げるなり横腹の気門から蒸気噴流を噴き上げ、リョウは軽やかにサイドステップを繰り出した。心なしかオンボロ虫樹の性能が上がったような感覚すらある。

跳ね上げた泥の幕へと、看守の虫樹が突っ込んだ。

泥を浴びた看守の虫樹の視界は完全に塞《ふさ》がっているようだ。ナツメヤシの樹を巻き込んで、そのまま貯蔵庫らしき石造りの建物へと激突し、ふらふらと頭部をふらつかせている。

やられて嫌なことは、きっちりやり返す。

それが虫樹での戦いにおける、リョウの経験則だ。

(――ん？　なんだ？)

リョウは操縦の手応えから、自機の水袋の減り具合を察知した。さきほど吸収した水分量に比べて、動きが軽くなりすぎている。動力源である水を水袋に満たせば、その分重量が増えて虫樹の動きは重くなる。それが、もうこれほど軽くなっているということは――

(この虫樹っ、水袋の減りが早いぞ!?)

水喰虫《みずくいむし》などと揶揄《やゆ》される、一風変わった個体がある。燃費が悪いのだ。乙女がここまでやってきただけで、水袋をかなり消費していたのも、この虫樹の燃費の悪さによるものか。

(ソレオレノと同じ、早飯ぐらいの水喰虫か。だったら――)

リョウは左右の操縦桿《そうじゅうかん》をきゅっと握り直し、正面を睨《にら》んだ。

看守の虫樹は横腹を見せ、前脚で泥を拭《ぬぐ》っている。リョウを見失っているのだろう。

リョウは突進した。

看守の虫樹の横腹を突く、助走からの一撃だ。こびり付いた霜で視界が未だに悪い。看守の虫樹のふとした動きに翻弄《ほんろう》され、リョウの操る角先は水袋を捉えきれなかった。看守の虫樹の腹下や脚へと、オンボロ虫樹の角が潜り込んで引っかかっている。

抜き差しならない。リョウはそのまま、推力ペダルを踏みこんだ。

横を突かれた看守の虫樹に堪《こら》える術《すべ》はない。

看守の虫樹が地面につけている脚は四本、リョウの操る虫樹は六本だ。倒れて折り重なるナツメヤシの樹もろとも、建物の傍《そば》に置かれていた圧搾機や並べられていた油壺《つぼ》を踏み割りながら、リョウは建物の側壁へぐいぐいと押し込んでいった。

力強い脚運びだ。

板挟みにされ、ナツメヤシの樹々が砕けていく。

リョウがさらに押し込むと、看守の虫樹の脚がめきめきと音を立てた。頃加減を見計らってリョウがオンボロ虫樹の力をふっと緩めると、看守の虫樹の脚がぽろりと落ちる。六本あった虫樹の脚が、すでに二本だけになっていた。もはや動くこともままならないだろう。

看守の虫樹を圧壊させるこの力強さ。

このオンボロ虫樹はおそらく、掘削や解体などを得意とする虫樹なのだろう。そういう虫樹は地上戦に強い。下手に飛び上がって空中戦になることは避けたほうがよい。

リョウはオンボロ虫樹を褒《ほ》めるように左右の操縦桿《そうじゅうかん》を撫《な》でた。

「やるな、相棒。底力あるじゃねぇか」

水喰虫の虫樹は長期戦には向かないが、瞬間的に強い力を発揮できる傾向にある。早飯ぐらいの水喰虫をどう扱えばその長所を活かせるか、リョウはソレオレノで学んでいた。

地上での短期決戦。

このオンボロ虫樹の特性を最も引き出せる戦い方は、それだ。

リョウがオンボロ虫樹の前脚で霜をこそぎ落としていると、乙女が鋭く警告した。

「リョウ、上です！」

「――っ!?」

上からガツンと打ちつけられ、リョウは頭がくらりとした。

頭上を見るまでもない。オンボロ虫樹の背中から異音が聞こえる。不気味な存在感がリョウの頭の上にある。オンボロ虫樹のものではない、長い脚が見える。視界の端にちらりと映る、オンボロ虫樹の影が不自然に大きくなっている。

飛び乗られた。

城壁でとどめを刺し損ねた、あの隊長機だ。

尻先から霜を噴霧しながら、隊長機が強靭《きょうじん》な脚を用い、オンボロ虫樹を押さえつけようとしてくる。隊長機の大顎《おおあご》が二度三度と空を切り、がちんがちんと鳴った。リョウがとっさにスピンさせなければ、オンボロ虫樹の脚は隊長機の大顎の餌食《えじき》になっていたろう。

オンボロ虫樹の視界がまた霜で埋まっていく。

リョウは暴れ馬より激しくオンボロ虫樹を振り回した。

堪《こら》え切れずに隊長機は転がり落ち、畑に白い花弁の痕《あと》を長く残しながら、ナツメヤシの樹をへし折って止まるなり、猛々《たけだけ》しく立ち上がってくる。崩れた城壁の瓦礫《がれき》から上半身を引き抜いて駆けつけてきた勢いは止まっていない。動くたびに背中から粉塵《ふんじん》が散っている。

後ろ脚で地面を蹴り鳴らし、隊長機の虫使いが威嚇《いかく》してきた。

「させん、させんぞ！　脱獄などさせん！　薄汚い囚人めが！」

「水も食い物も持ってこなかったやつらが――いまさら看守面してんじゃねぇっ」

隊長機と睨《にら》み合い、リョウは推力ペダルを踏みこんで蒸気噴流を噴かした。

屈してなるものか。

こいつらには、なんとしても、負けたくない。

リョウ渾身《こんしん》の突進は、しかし隊長機に真っ向から受け止められた。オンボロ虫樹の角の一撃を隊長機はその大顎で摑《つか》み止めると、リョウの勢いを殺し、ぐいぐいと押し始める。

かっと日差しがきつくなり、リョウは目を細めた。

ナツメヤシ畑から押し出され、ぐんぐんとリョウの背後に城壁が迫る。オンボロ虫樹の踏ん張りがきかない。石畳へと差し掛かると、押し込まれる勢いに拍車がかかった。

（す、滑る!?）

油壺《つぼ》を踏み割ったせいだ。デーツの種子から絞った油だろう。

このままでは城壁に押し込まれ、圧壊させられてしまう。

隊長機はそのつもりなのだろう。蒸気噴流を迸《ほとばし》らせて猛然と加速した。

力押しで、リョウに勝機はない。

負けてしまう。心臓がきゅっと縮み上がるなり、リョウは閃《ひらめ》いて力をすっと抜いた。押して駄目なら引くしかない。脳裏に瞬いた閃きのまま、リョウは後ろを見た。

（もっとだ。もっと押してこい）

リョウは抗《あらが》わず、城壁との距離感に神経を尖《とが》らせた。オンボロ虫樹を踏ん張らせない。むしろ相手の力に身を任せ、城壁まであと一歩となったその時、リョウは牙《きば》を剝《む》いた。

（今っ！）

リョウはオンボロ虫樹を右横に倒れ込ませながら、自重の勢いで相手の体幹を崩し、左脇腹の気門から蒸気噴流を迸らせた。釣《つ》り竿《ざお》で遠投するイメージだ。オンボロ虫樹の角先が大きく弧を描く。角先に嚙《か》みついていた大顎《おおあご》に引っ張られ、隊長機も大きく弧を描いた。

リョウの苦肉の技だ。

倒れ込みながら投げ飛ばす、相手の勢いを逆手に取った捨て身技に近い。

一度ならず二度までも、隊長機は頭から城壁に突っ込んだ。

勢いが激しすぎたか、城壁が脆《もろ》くなっていたのか、今度は埋まらない。城壁を突き崩し、粉《ふん》塵《じん》の尾を長々と引きながら、隊長機は城塞《じょうさい》の外へと転がり出た。

リョウの視界も目まぐるしい。

天地が激しく上下し、衝撃に内臓を揺すぶられ、乙女の悲鳴が響き渡る。

城壁の手前で投げ飛ばせはしたものの、隊長機に押し込まれた勢いは殺しきれず、そのまま突き崩された城壁に掠《かす》り、もんどりうって転がり出る羽目になった。

（立て、立つんだ。早く、立たねぇと……）

ふらつきながらもリョウは真正面を睨《にら》みつけ、オンボロ虫樹を立ち上がらせた。

勝負はまだついていない。

仰向《あおむ》けになった隊長機が微動だにせず腹を晒《さら》している、今こそが好機だ。

「もらった!!」

リョウは雄叫《おたけ》びと共に蒸気噴流を噴射し、オンボロ虫樹の角で隊長機を貫いた。

とどめの一撃だ。

隊長機の水袋を空にするほど、ぐいぐいと水を吸い取っていく。

リョウはオンボロ虫樹の角を引き抜いて、血振るいするように角先を一閃《いっせん》させた。

（蒸気噴流の音色が勇ましい。このオンボロ、なかなか良い音出しやがる）

リョウは舌を巻いた。まったく見かけによらないものだ。リョウの腕のまずさを、まさかこのオンボロ虫樹に補ってもらうことになるとは。

リョウは戦いの構えを解かず、周囲に素早く目を走らせた。

増援は今のところ、ない。

際どい場面が何度もあったが、三対一を制した。オンボロ虫樹の水袋も満たした。

（やった……！）

リョウの身体《からだ》の奥から、こみ上げてくる。

岩窟牢《がんくつろう》での長い生活の中、何度、諦めたことか。何度、屈したことか。何度、己を見失ったか。そして何度、また見つけ、立ち上がったか。その日々がついに実を結んだ。

リョウは昂ぶりをそのまま吐き出すように口を開いた。

「どうだ！　お前らにゃ負けねぇよ！」

虫樹に宿る精霊と通じ合えなくとも、戦い方はある。リョウは新米の頃なかなか精霊と通じ合うことができず「虫使いとして才能の無さは大陸一」だの「ポンコツの概念を新しくするほどのポンコツ虫使い」だのと馬鹿にされながら、苦心して戦い方を身に着けたのだ。

その経験が活きた。

後部補助座席から乙女の感嘆が聞こえてくる。

「……すごい。すごいです、リョウ。お父様の言っていた通り……」

（お父様？）

リョウは気になったが、今はそれどころではない。

一刻も早くここから離れたほうがよい。この城塞監獄《じょうさい》の警報はまだ鳴ったままだ。もたもたしていると新手の虫樹がやってくるだろう。

リョウは山肌を駆け下らせながら、オンボロ虫樹の翅《はね》を目一杯広げた。

山肌を昇ってくる風を捉え、地面をとんと蹴り上げる。

そのまま蒸気噴流を少し噴き出し、最小限の力で軽やかに空へと飛び立った。

この甲虫型のオンボロ虫樹は鞘翅《しょうし》を大きく開くことなく、閉じたままにした鞘翅の横の隙《すき》間《ま》から二枚の後翅《こうし》を広げて飛んでいる。リョウは微笑《ほほえ》んだ。飛行能力は悪くないようだ。甲虫型の虫樹で鞘翅を開けっ広げにして飛ぶ個体は、飛ぶことを得意としていない。

(なんとかなりそうだ)

そう希望を膨らましかけて、リョウは油断大敵と首を振った。

広々とした青空や山の稜線《りょうせん》や地平線へとリョウは目を凝らしたが、敵と思《おぼ》しき虫樹の影はない。翅を羽ばたかせては休ませ、蒸気噴流を細かく噴射しながら、鳥の群れや地形から上昇気流を探り、リョウは長距離を飛ぶための緩やかな飛行を心掛けた。

眼下にあった城塞監獄が小さくなっていく。

順調だ。逃げ切れる。

補助座席の乙女も、ほっと胸を撫《な》でおろしていた。

「北東へ向かってください、リョウ。半日ほど飛べば、そこに隠れ家があります」

「あいよ！」

リョウは声を弾ませ、進路を北西へ向けた。

方位磁針を手にした乙女が座席から身を乗り出し、あわあわと方角を手で示している。

「北東です、リョウっ。これでは北西へ向かってしまいます！」

「これでいいのさ」

「しかし――」

「監獄が見えなくなるまで北西へ飛んでから、東へ向かう。看守どもが見てる。馬鹿正直に飛んで逃げたら、やつらが差し向ける追っ手に捕まっちまう」

リョウがそう答えると、乙女はきょとんとした。

「……たしかに、その通りです」

乙女はなるほどと感心しているようだ。

なんとも愛らしい、命の恩人だ。リョウの手助けが必要らしいが、この乙女の頼みなら何だって聞けそうな気がする。リョウは襟元を正して、肩越しに会釈した。

「初めましてだな、お嬢さん。ほんと助かったぜ」

「いいえ。あなたとお会いするのは、初めてではありません。何度か、お会いしています」

乙女のその返答に、リョウは眉根《まゆね》を寄せた。

リョウには会った記憶がない。記憶はないが、この乙女の目鼻筋に見覚えがあるような気がする。柔和でありながら、どこか威厳も感じさせる、この顔立ち。

リョウが思い出そうと首を捻《ひね》ると、乙女は居住まいを正した。

「私はセンです。セン・ビントエン・アルシャハラザード。エン王の娘、センです」

乙女の名乗りに、リョウはぽかんとした。気品ある佇《たたず》まいから、そこら辺の平民でないことは分かっていたが、まさかシャハラザードのセン王女だとは。

(この小娘っ、エンの子か！)

リョウは頭に血が上った。

今すぐにでもエン王の居所を吐かせてやる。リョウはセンの胸倉に摑《つか》みかかろうとして、左右の操縦桿《そうじゆうかん》から手を放そうとした途端、風に煽《あお》られてオンボロ虫樹の飛行姿勢が危険な乱れ方をした。リョウは操縦桿を握り直すしかない。エン王の面影を見て取るだけで、先ほどまで愛《いと》おしく見えていたセンの声や目鼻立ちすら憎らしい。禍々《まがまが》しく膨れ上がっていく敵意を、リョウはぐっと堪《こら》えた。それでも左右の操縦桿を握る手に力が入り、ぎりぎりと鳴っている。

(お、落ち着け……)

リョウは自分に言い聞かせた。

短気を起こすと墜落してしまう。岩窟牢《がんくつろう》の日々でもそうだった。短気は視野を狭くして事態を悪化させることはあっても、好転させることがほとんどない。岩窟牢から脱出できた千載一遇の好機、その真っただ中にリョウはいるのだ。台無しにしてなるものか。

リョウは深呼吸して、頭を冷やそうとした。

（この小娘、どういうつもりだ……？）

セン王女の思惑が見えない。

あの岩窟牢にこの虫樹で飛び込んできて、リョウを助け出したということは、少なくともセンは正規の手順を踏む力を有していない、ということだ。

監獄長に命じる力も、金も、人づてもない。

そもそも、卑劣な裏切り者であるエン王の身内でありながら、センはどうして、リョウに対してここまで物怖《ものお》じもせずに名乗ることができるのか。無警戒なのか。

（……エンの息がかかってはいないってことか？）

仮にも一国の王女がこんなオンボロ虫樹一機で供回りも連れずにやってくるからには、事情があるはずだ。センは「助けてください」とリョウに言ったのだ。

とはいえ、先ほどまでの朗らかさは保てない。

センは他愛もない話を挟みつつ、リョウに何度も話しかけてきた。

リョウが囚《とら》われていたあの城塞《じようさい》監獄が、大陸の西の辺境に位置していたこと。センがシャハラザード王国の首都がある東の地から、数少ない供を連れて西の地シャフリヤールへやってきたこと。世の中が、リョウの知っている十年前とは様変わりしてしまったらしいこと。リョウの岩窟牢《がんくつろう》での日々についてや、骸骨《がいこつ》の友人に関しての質問など、様々だ。

リョウは探り探り喋《しゃべ》るしかなかった。

補助座席のセンは未だに、リョウの骸骨の友人をしっかり抱えてくれている。骸骨の友人は砂と埃《ほこり》に塗《まみ》れた汚らしい上着に包まれているというのに、センは嫌がる素振り一つ見せてはいない。だが、センがリョウの味方とは限らない。慎重にならざるを得ず、会話は途切れ途切れだった。虫樹の羽音や風の音だけが、操縦席を満たすこともしばしばだ。

操縦に集中しきれず、リョウは何度も横風に煽《あお》られてしまった。

砂丘の影や地平線に、追っ手や盗賊の影はない。それが唯一の救いだろう。

しばらく飛んでいると、センが河の跡や岩山の形状を見て、眼下の荒れ地を手で示した。

「あの村に、降りてください、リョウ。少し休みましょう」

センに言われて、リョウは喉《のど》の渇きと疲れを思い出した。やや体が重い。

眼下には、砂に覆われ始めた村が見える。

リョウはゆっくりと高度と速度を下げ、村のど真ん中に柔らかく着地しようとするも、仕損じた。がりがりと砂を削り、操縦席がガタガタと揺れた。

久しぶりの着地で油断していたからだろう。

無様な着陸だ。

リョウがボールコックピットから出て見回すと、日干しレンガや石で作られた四角形の家屋の、そのほとんどの屋根板が崩れ落ちている。虫樹の戦闘に巻き込まれたのだろうか。村は廃墟《はいきよ》と化していた。人気は全くない。だが、野晒《のざら》しの遺骸《いがい》がいくつも転がっている。

リョウは井戸へと向かい、釣瓶《つるべ》を引き上げたが、砂しか掬《すく》えなかった。

木陰一つなく、陽が肌を焼く。

リョウが身体《からだ》の埃や砂を払っていると、後ろからセンがやってきた。

「さあ、リョウ。水です」

「助かる。あんたは？」

「あとで頂きます。さあ、どうぞ。デーツもあります」

センの差し出す革製の水筒を受け取り、リョウは慎重に飲んだ。

水は貴重だ。一滴も無駄にできない。

（うまい……なんて、美味《うま》いんだ……）

新鮮な水が、リョウの喉から身体へと染み渡っていく。デーツの質もいい。リョウが岩窟牢で食べていたものとは、濃厚さも、黒糖のような甘みの上品さも、まるで違う。

リョウはほっと一息つき、村を眺めた。

かつて農地だったと思《おぼ》しき荒れ地には、草の一つも生えていない。生活ごみや家畜の糞《ふん》などがあれば緑は戻せる。古代遺跡の発掘と古文書解析により、そういう技術は広く知れ渡っている。水さえあれば何とかできる知恵はある。

アフラージが存在するというのに、どうしてこんな光景が広がっているのか。

リョウは顔を顰《しか》めずにはいられない。

「ひどい有様だな。川も干上がってるのか……王国にどれだけ反抗的な集落であっても、水すら断つなんて、そんなことはしなかったはずだぞ……」

「事情があるのです。この先の町ルイアンに、私の隠れ家があります。そこで詳しくお話しします。ですがその前に、リョウ。虫樹で穴を掘っていただけませんか？」

センはそう言って、野晒《のざら》しの遺骸《いがい》をちらりと見やった。鳥や獣に食い荒らされたのか、大人も子供も赤子すら容赦なく、その骨は散乱している。

「あの者たちを、埋葬したいのです。あのままでは、酷《ひど》すぎます……」

「ああ、分かった。俺の兄弟も、ちゃんと弔ってやりたい」

リョウは村を見回し、すぐに見つけた。

共同墓地らしきものが枯れ果てた農地の横にある。

「リョウ、聖地はあちらです」

センは方位磁針を見ながら、手で示している。

リョウは頷《うなず》き、ボールコックピットに乗り込んだ。

横たえた時に遺体の頭が聖地へ向くよう、墓穴は考えて掘らねばならない。リョウはオンボロ虫樹を操り、穴を必要な数だけ、あっという間に掘った。一つの墓穴を、二段に掘る。遺体を横たえる底穴は深く掘り、底穴の上に板切れなどを敷いて、空洞を作るように土や砂を被せて埋葬するのだ。リョウはお手の物だった。欲深い冒険者稼業をやっていれば、遭難して朽ち果てた遺骸や、仲間割れや盗賊によって殺された遺体、古代遺跡を徘徊《はいかい》する巨大な怪物によって虫樹ごと四散させられた虫使いの亡骸《なきがら》などと、よく出会う。

とかく墓穴を掘る機会が多かった。

『あらゆる意味で、冒険者は墓穴を掘るのが得意なようね』とは、冒険者に転向したての元巫女《みこ》ディナールが発した辛辣《しんらつ》な冗談の一つだが、なかなかに的を射ている。

リョウはボールコックピットから、補助座席にいた骸骨《がいこつ》の友人を連れて出た。

神事の前には清潔であることが重要だ。

(兄弟の身体《からだ》を、清めてやらねぇと……)

骸骨の友人を包む上着やナツメヤシの葉をリョウが解いていると、センがやってきた。センは祈りを捧げていたのか、散乱していた遺骸が丁寧に並べられている。

「リョウ。よろしければ、私がこの方の身体を清めましょうか?」

「できるのか?」

「はい、他に相応《ふさわ》しい者がいないのであれば。私は幼少より、聖典を学んできました。まだまだ未熟ではありますが、宗教法学者から様々な教えを受けています」

「なら、頼む。この兄弟とは、長い付き合いなんだ」

リョウはセンに任せた。

リョウも聖典に関してある程度は学んだが、幼い頃の話だ。シャハラザードの王族であるセンのほうが、リョウよりずっと学識が高いだろう。

センは砂を用いて、骸骨《がいこつ》の友人の身体《からだ》を優しい手つきで清めている。本来は湿らせた布や綿を使う。だが、その水が極めて限られている。ルイアンの町まで辿《たど》りつくにはオンボロ虫樹の水は一滴でも多いほうがよい。そういう時は砂を水の代わりにしてよい。

センの手際は慣れたものだ。

リョウも慣れた手つきで砂を掬《すく》い、自分の手や顔や脚を洗った。

熱い砂だ。心地よいものとは言い難い。川が細くとも流れていれば、井戸が枯れていなければ、水がもっとあれば、砂など使わず済むというのに。

センが聖典の一節を唱えてから立ち上がると、リョウは骸骨の友人の横に跪《ひざまず》いた。

「どうだ、兄弟。外の空気だ。やっぱり違うな。どこがどう違うかは、分かんねぇけど」

辺りを見回してリョウはもう一度、広々とした空気を胸いっぱいに吸い込んだ。

ただただ心地が良い。骸骨の友人にはもう肺もないし、肌もないが、きっと骨でこの心地よさを感じているだろう。リョウはなんだか、そんな気がする。

リョウはふと一抹の不安を覚えた。

「……なあ、兄弟。あんたもたぶん、俺と同じ神様を信じてるとは思うが、もし違ってたら、その時はすまない。これでも、今のところ俺の精一杯なんだ」

リョウは一応、友人にそう断りを入れておいた。

厳かにセンが祈りを捧げ、何名もの遺骸《いがい》をリョウと共に墓穴に寝かせて、底穴に板切れを敷き、虫樹の角を用いて穴を埋めていく。埋葬は手早く済んでいき、最後の一人になった。

リョウの友人だ。岩窟牢《がんくつろう》での日々、リョウを何度も支えてくれた。

必要なこととはいえ、離れがたい。

無性に寂しい。

リョウは友人の骨が安らかに眠れるよう、穴の底に丁寧に並べていった。あの岩窟牢から出る時、急いでいたからだろう。指の骨など、友人の骨がいくつか足りない。だがこの友人はリョウの窮地に腕の骨すら貸してくれた、男の中の男だ。きっと許してくれるだろう。

ボロボロの服や宝飾品など、友人の遺品も骨の周りに並べていく。あらためて見ると、劣化しているとはいえ服の刺繡《ししゅう》も見事で、宝飾品の彫金も極めて精緻《せいち》だ。

最後に、大粒のサファイアの飾りを並べようとして、リョウは手を止めた。

（これ、欲しい……）

リョウは素直にそう思ったが、骸骨の友人と目が合って、ふと冷静になって苦笑した。リョウが欲しがった以上に、友人はこの宝石が欲しいに違いない。

リョウは友人へと爽《さわ》やかに頷《うなず》いた。

「分かってる。こいつはあんたのだ。持ってかないさ。骨だけになっても、抱えたまんまだったもんな。……このお宝の価値を本当に理解しているのは、きっとあんたのほうだ」

リョウは大粒のサファイアを友人の手元に置き、墓穴を埋めた。

「兄弟。ソレオレノを取り返したら、見せにくる。それまで待っててくれ。あんたはほら、待つのは得意だろう？　……岩窟牢《がんくつろう》で約束したからな。俺は果たすぜ」

墓に向かってリョウは呟《つぶや》いた。

「またな、兄弟」

リョウは黙禱《もくとう》し、背を向けた。

長居は無用だ。リョウはセン王女に続いて、操縦席に乗り込んだ。センの隠れ家があるというルイアンの町まで、この虫樹の水袋が持つかどうか。

尽きた時は尽きた時だと、リョウは割り切って飛び上がった。

リョウは虫樹の翅《はね》を目一杯広げ、もっとも水の消費が少なくて済むように、砂丘や岩肌を駆け上がる風を利用しながら、地面に近いところを飛び続ける。

飛行速度はゆっくりだ。

飛び方一つで、虫樹の水の消費量には雲泥の差が生まれる。

眼下の砂紋がただひたすらに流れていく。傾いてゆく陽を背にして飛ぶことしばらく、丘に広がる町並みが見えた。大きな砂丘と岩山に囲まれている町だ。

「リョウ、ルイアンの町です」

「あれが……ルイアン、なのか……？」

センの声に、リョウは目を疑った。

リョウはこの町に何度か立ち寄ったことがある。秀逸な地下水路とオアシスを利用した農地と豊かな緑を有し、町の至る所が色鮮やかな織物と水路で彩られた、賑《にぎ》やかな町だった。それが今、リョウの目の前に広がる町並みは埃《ほこり》っぽい。

なだらかな丘の麓《ふもと》にひろがるオアシスが枯れてしまっている。農地に見えるナツメヤシの樹々にも、まるで鮮やかさがない。本来なら収穫したデーツの乾燥や加工で、賑わっているはずなのだ。入り組んだ建物の密集地にも、人影がほとんど見えない。建物そのものも、ひどく傷んだまま放置され、壁や屋根が崩れている個所が多く目につく。

町そのものが老いさらばえ、死の淵にいるかのようだ。

折り畳み式の補助座席から身を乗り出すようにセンが手で示している。

「あの建物です。半鐘のある物見やぐらの、北側。オレンジ色の日よけ布が屋上にある、あの四角い邸宅の庭です。あそこに降りてください」

長方形の建物の真ん中に、ぽっかりと四角い庭が見える。

リョウは建物を中心に一度大きく旋回し、オンボロ虫樹をゆっくりと降下させた。

翅を大きく広げ、速度を落としていく。

リョウは慎重に着陸態勢を取ったつもりだったが、オンボロ虫樹の虫捌《むしさば》きを仕損じた。建物の屋根でワンクッション置いてから、なんとか中庭には降り立てたものの、着地の衝撃が尻からがんっとくる。翅捌《はねさば》きにも、脚捌《あしさば》きにも、噴流捌きにも、繊細さと柔らかさが足りない。

（……酷《ひど》い着地だ……）

リョウは奥歯をぐっと嚙《か》んだ。

無様な着地はこれで二度目だ。

以前のリョウなら、尖塔《せんとう》の天辺《てっぺん》にだって鼻歌交じりに虫樹をふわりと着地させることができた。羽毛のように着地させ、振動など微塵《みじん》も感じなかった。

（この虫樹のせいだ……こんなオンボロじゃなく、ソレオレノだったら、きっと……）

リョウは虚しさから目を背け、周囲を見た。

この二階建て邸宅の一階部分は、かつては倉庫だったのだろう。全長十メートルほどのこの虫樹がすっぽり入るほど中庭が広く、そのまま建物に格納できる空間まである。中庭には給水用の水路らしきものがあるものの、水気はなく砂埃《すなぼこり》が溜まっていた。

庭の端にあるオリーブの木すら枝が折れ、葉が枯れ始めている。

邸宅一階の格納空間にオンボロ虫樹を移動させ、リョウは操縦席から降りた。

中庭のほうから、筋骨隆々の初老の大男が慌ててやってくる。浅黒い肌だ。白髪交じりではあるものの、野太い腕周りやごつごつとした指先に皺《しわ》こそあれど衰えはない。首は丸太のように太い。脚運びや眼光に武芸の修練の痕跡《こんせき》が見て取れる。

（あの大男……どこかで、見たことが……）

リョウが顎《あご》に指を当てて思案していると、初老の大男がセンの前で胸を撫《な》でおろした。つい先ほどまで狼狽《ろうばい》していたのだろう。その厳《いか》めしい顔立ちに安堵《あんど》の色が浮かんでいる。

「セン様っ！　ああ、よかった……」

「フィルス、ごめんなさい。心労をかけましたね」

申し訳なさそうにするセンへ、初老の大男は諫《いさ》めるように眉間《みけん》を険しく寄せた。

「まったく、無鉄砲が過ぎますぞ、セン様っ。騎士団の到着をお待ちになってくださいと、あれほど私が申しあげたというのに！」

フィルスの怒りぶりからすると、センはあの岩窟牢《がんくつろう》まで独断でやってきたのだろう。リョウを助けるためにセンは危険を冒す道を選んだらしい。

フィルスに厳しく言われても、センは己の判断を悔いてはいないようだった。

「フィルス。この町ルイアンは主要行路の外れにあるとはいえ、ユーロの本拠地イウナンの支配圏でもあるのです。時間をかければ、我々の隠れ家が見つかりやすくなります。かつて神は六日で世界をお創りになったと聖典にありました。何年おかけになっても良かったはずが、わずか六日でお創りになられたのは、巧遅よりも拙速を尊ばれたからではありませんか？」

「セン様。聖典の解釈に少々、誤りがございますぞ。神は六日で世界をお創りになられたが、決して拙速ではない。先々をお見通しになり、事前に備えておられたからこそ、六日でお創りになられたのです。準備を怠れば、いたずらに時を浪費することが多々あるからです」

フィルスの整然とした諫言《かんげん》に、センは目を伏した。

「……それは……そう、かもしれません……いいえ、そうですね。あなたの言う通りです、フィルス。事前の備えは肝要です。王都での十年で嫌というほど学んだことでした……」

センは心に刻むように胸に手を当て、フィルスを見上げた。

「よく言ってくれました、フィルス。私が短慮でした」

「その短慮のおかげで、少なくとも俺は助かった。くたばる一歩手前だったんだ」

リョウが口を挟むと、今気付いたとばかりにフィルスが目を見開いた。

「……セン様、この方は……まさか？」

フィルスが尋ねると、センがぱっと笑顔を咲かせた。無邪気に微笑《ほほえ》むセンは年相応だ。弔う時の厳かさとは、打って変わった愛らしさに溢《あふ》れている。

「はい、フィルス。そうです。その通りです」

うきうきと鼻を膨らませるセンの様子に、フィリスはリョウをまじまじと見た。

「では、それでは、あなたが……」

「リョウだ」

リョウがそう答えるも、フィルスは戸惑っていた。

「本当に、ご本人なので？　……いや、失礼を。昔、お会いしたことがあるもので」

フィルスにそう言われ、リョウは思い出した。

フィルスは確か、エン王の武道師範だったか。王の身辺警護をしていた大男だ。エン王の息のかかった男だ。エン王の気配が漂ってくるだけで、リョウの敵意の炎がどす黒い煙と悪臭を放ち始める。ぶち殺したいとリョウは思ったが、素手でどうにかなる相手ではない。

殺意をリョウはぐっと飲み込んで、穏やかに口を開いた。

「そんなに昔と変わっちまってるか？」

「言葉を選ばねば、別人かと」

「気に入ったぜ、あんた。遠慮がねぇな」

「あなたが遠慮を求められる方には、見受けられませんでしたので」

フィルスの歯に衣着せぬ物言いに、リョウは笑みを浮かべた。

「……そういや、何年経ってる？　俺が岩窟牢《がんくつろう》にぶち込まれてから、何年だ？」

リョウが問うと、センが口を開いた。

「十年です」

（十年……？）

リョウは岩窟牢での日々を思い返し、信じられない気持ちで一杯だった。二十年は経っていると思っていた。それ以上経っていると言われても、リョウは納得したろう。

「……たった十年か……そんなに短かったんだな。もっと過ぎたのかと……」

「ひとまずリョウ、休息を。食事を用意してもらいます。眠いのなら、寝室が二階に――」

労《いたわ》ろうとするセンの言葉を、リョウは手で制した。

「いや、その前に聞きたい。ルイアンの町が、なんでこんなに寂れてるんだ?」

「ルイアンはこれでもまだ、良いほうなのです。道中の村を思い出してください、リョウ。あのような有様が、この大陸中で広がっているのです」

「アフラージはどうした?　どいつが持ってる?」

「アフラージは三分割され、ユーロとディナールとターレルが手にし、この大陸は分断されてしまっています。三名ともアフラージの力を欲しいままにし、己の意に添わぬ者たちからは水を奪い去っています。冒険者が集うこの西の地はユーロが、国を持たぬ民族が神聖視する南の地はディナールが、東の地――王都一帯はターレルが牛耳っています……」

悔しさと恥ずかしさを滲《にじ》ませつつ、センは顔を曇らせている。

リョウはぴんときた。

(そういうことか……エンめ、アフラージを奪われたのか……)

リョウを裏切ったエン王が、己が利用した三人に裏切られる。皮肉なものだ。あるいは、権力に取りつかれた者の末路というのは得てしてそういうものなのか。

こうして娘を派遣してくるとはエン王も悪知恵が回る。

センでリョウを懐柔し、協力させようという腹積もりなのだろう。

（てめぇの腹の内なんぞ、透けて見えるぜ、エン）

リョウは罵詈雑言《ばりぞうごん》が喉元《のどもと》までせり上がるも、ぐっと飲みこんだ。

やっとあの岩窟牢《がんくつろう》から出られたのだ。

短気は損気だ。

ここで怒鳴り散らしてセンを責めても何の意味もない。

何も変わらない。変えられない。それはリョウの望むところではない。人間、身一つで出来ることは少ない。なにをするにも道具がなければ始まらない。

岩窟牢で骨の髄まで刻まれた鉄則だ。

（虫樹がなけりゃ始まらねぇ……俺の相棒――ソレオレノを探さねぇと……）

リョウはそこまで考えて、センに目が留まった。

センを使えばいい。シャハラザードの王族だ。ソレオレノを取り寄せられるだろう。ソレオレノがリョウの手に戻ってくれれば、こっちのものだ。エンに協力するフリをして、人や金や物を集めさせ、それをリョウがそっくり頂いてしまえばいい。

利用するだけ利用して使い潰《つぶ》してやる。

エン王も、ターレルも、ディナールも、ユーロも、ただではおかない。

（ソレオレノだ……ソレオレノさえあれば、なんとかなる！）

リョウは吹きこぼれそうになる悪意に蓋《ふた》をして、センへと呼びかけた。

「俺の虫樹は？　ソレオレノはどこだ？　ソレオレノがないと、なにも始まらない」

「ソレオレノなら、ありますが……？」

センが怪訝《けげん》な顔でリョウを見ながら、躊躇《ためら》いがちにそう言った。

リョウにとって跳び上がるほど嬉しい返事のはずが、センの声色は吉報を予感させない。

リョウは眉根《まゆね》を寄せ、周囲を見回すしかなかった。

しかしリョウが見回せどもソレオレノなどどこにもない。この町のどこかの倉庫にでも仕舞ってあるのか。少なくともこの格納室には、リョウとセンとフィルスと、オンボロ虫樹が一機あるのみだ。リョウは疑うようにセンへと問いかけた。

「どこだ、どこにある？」

「……あなたの、目の前に」

センの答えに、リョウは凍り付いた。

ここには、リョウとセンとフィルスと、オンボロ虫樹しかない。

「な、なに……？」

声を絞りだしたリョウは、目の前のオンボロ虫樹を恐る恐る指さした。

リョウの人差し指がふるふると震えだす。

「ほ、ほんとうに……これ、が？」

嘘《うそ》であってくれ、というリョウの眼差《まなざ》しを受けるも、センはこくりと頷《うなず》いた。

目の前にあるオンボロ虫樹には、雷を操る美しい翅《はね》も、火の粉をしぶかせる前脚も、空気すら凍てつかせる爪《つめ》も、強靭《きようじん》な糸を生み出す腹板も、その他リョウが厳選した古代のパーツは一つもない。座席の質感や硬さも、操縦桿《そうじゆうかん》の握り心地も、まるで以前とは違っている。あれほど鋭い切っ先を誇っていた剣の如き角ですら、色はくすみ艶《あで》やかさはなく、ところどころにひび割れが刻まれている始末。センに言われてやっと、かつてリョウが拘《こだわ》り抜いて施した古代の草花や苔《こけ》による装飾の、その痕跡《こんせき》を辛うじて感じ取れるのみ。

痕跡を感じ取ってなお、リョウはしつこく聞かずにはいられない。

「ほ、ほんとの、ほんと、なのか……？」

リョウは唾《つば》をぐっと飲みこんで、もう一度念を押した。

どうか間違いであってほしい。

リョウのその願いは、申し訳なさそうに頷くセンによって微塵《みじん》に砕かれてしまった。

「こ、ここっ、これが、そっ、そそ――ソレオレノ!?」

悲痛な叫びを上げると、リョウの視界がぐらぐらと揺れた。

頭の揺れが抑えられない。そのうち、センの姿までぐにゃりとひん曲がって見えた。

受け止めきれない。認められない。

虫樹は虫使いの半身に等しいものだというのに。

ようやくあの岩窟牢《がんくつろう》から出られたというのに。

やっと、ソレオレノと再び出会えたというのに。

こんな酷《ひど》いことがあっていいのか。

リョウはそのまま仰向《あおむ》けにぶっ倒れ、蠟燭《ろうそく》の火が吹き消えるように意識が無くなった。


リョウはぱちりと目が覚めた。

寝起きとは思えないほど妙に頭が冴えている。

ふと身を起こすと、岩窟牢の代わり映えの無い岩肌が見えた。

岩の割れ目から陽光が注いでいる。

折り重ねたナツメヤシの葉の上では大量のデーツが乾燥の真っ最中だ。

「あれ……？」

リョウは骸骨《がいこつ》の友人と目が合い、軽く手を挙げた。

「よう、兄弟……」

友人はいつも通り、表情が読みにくい。岩肌に背を預けて座っている。

ぐるりとリョウを取り囲む乾いた岩肌の一角だけは、いつものように湿っていた。岩肌から染み出す水は、岩のくぼみで小さな水溜まりとなっている。

岩窟牢の静けさも、空気の乾きも、砂のざらつきも、ナツメヤシの葉の敷物も、掘削用の石も、髪と腱《けん》で編んだロープも、いつものまま。真昼間なのか、日差しがぎらついている。

日陰から仰ぎ見る空は、なんだか皮肉なほど青々しい。

手の平が焼けるように熱い。

「あちちっ」

リョウは手を払った。

日向の砂に手を晒《さら》してしまっていた。

頭の中が明瞭《めいりょう》ですっきりとしているのに、どこか寝ぼけたままのような鈍さも残る、不思議な感覚だ。砂まみれの手を見てリョウはなんだか安堵《あんど》した。

「ははっ、そうか、夢か……そうだよな。そんなわけ、ねぇよな。虫樹に乗って、エンの娘がやってくるなんて、そんなこと……」

なんという都合の良い夢を見たものか。

神の気まぐれで水の手すら絶たれて、生きる気力を失いかけたその時に、虫樹があの天井岩を突き破ってやってくるなんて。オンボロ虫樹のボールコックピットから、可憐《かれん》な乙女が降り立ってくるなんて。その乙女と共に、看守の虫樹を撃破して脱出するなんて。

まったく出来過ぎだ。妄想に違いない。

嘘《うそ》に決まっている。リョウが虫樹に宿る精霊と繋《つな》がれなくなっていたなんて。あんな乾き切ったオンボロ虫樹が、あの美しかったソレオレノだなんて。

悪い冗談だ。

悪夢にしたってセンスがない。

それにしても、あの乙女――

「綺麗《きれい》な声だったな……エンと同じ乳香の匂いがした……」

セン・ビントエン・アルシャハラザード。

かつて会ったことがある。七つか八つの、恥ずかしがり屋の女の子だった。エン王の背に隠れて、ずっともじもじとしながらリョウを見ていた。

大人しそうなお姫様だった。

（それが、あんな立派に……）

リョウは熱くなった目頭を押さえ、首を横に振った。

「いけねえ、いけねぇ。駄目だな、なんて夢みてんだ、俺は……」

エンは仇敵《きゆうてき》だ。センはその娘だ。

リョウはぐっと息を飲み、無理に笑って、ぽんっと手を叩《たた》きながら友人を見た。

「そうだ、穴っ。兄弟、俺たちの脱出路は――」

リョウは立ちあがって、穴の前にかがみこんで中を見た。

分岐路が見える。奥へとちゃんと続いている。

リョウは目を輝かせた。

「ははっ、ある。あるじゃねぇか。塞《ふさ》がってねぇ、はは！　そのまんまだ、兄弟っ。穴が塞がってねぇだけでも、まだマシってもんだよ、なぁ!?」

リョウが骸骨《がいこつ》の友人へと振り返ったその時、ぐらりと揺れた。

「――あ？」

胃からせり上がってくる冷たい恐怖にリョウが縮み上がる間もなく、立ち上がれない程の激しい揺れがやってきた。だが揺れはすぐさまぴたりと止まった。

冷たい恐怖は、すでにリョウの喉元《のどもと》で最悪の予感へと変わっている。リョウはなんとか喉元の不快感を飲み下し、ぎりぎりと首を回して脱出路を見た。

塞がっている。分岐路が、見えない。

あれほど時間をかけて掘り進んだ脱出路が。あっけなく。

何の慈悲もなく。砂と岩によって閉ざされてしまっている。

一縷《いちる》の望みに縋《すが》るリョウの眼差《まなざ》しは、打ち砕かれた。

リョウは脱出路に取りつき、手で砂を掘り、岩をガリガリと爪《つめ》で削った。指先の皮がむけ、ズタズタに裂け、血が滲《にじ》み、爪が剝《は》がれるのも構わずに、リョウは力の限り掘った。

だが、リョウがいくら掘っても、掘ったそばから脱出路が砂で埋まっていく。

いくら岩を削っても、削ったそばから脱出路が岩で塞がっていく。

それでもリョウは目を血走らせ、掘り続けた。

「おい……そ、そんなっ、うそだ、おいっ、やめてくれ、頼む、うそだうそだうそだ――」

「――うそだぁあああっ！」

リョウは跳ね起きた。呼吸が荒い。額に手をやると、指が汗で濡れた。

喉《のど》の粘着きを、喉を鳴らして辛くも飲み下す。

肌着がぐっしょりと濡れていた。

「夢か……おい……はは、よかった……のかどうかは、微妙だよな……？」

リョウは思わず骸骨《がいこつ》の友人に呼びかけるも、返事はない。

ここは岩窟牢《がんくつろう》ではなかった。ルイアンの一画、中庭を囲む邸宅の一室だ。格子窓から中庭が見下ろせる。一階格納室のソレオレノと、その傍《そば》にいるセンとフィルスの姿も見えた。

リョウがいるのは二階らしい。

やはりこれは現実だ。最悪の夢から最悪の現実へ戻ってきた。

しかし、自由はある。

（そう、少なくとも、ここは岩窟牢の外なんだ）

リョウは自分にそう言い聞かせ、荒い呼吸を落ち着けた。

なんだか肌着の心地が良い。嫌な汗もすぐ乾いていく。

リョウが見下ろすと、綺麗《きれい》な服に包まれていた。

靴が脱がされていて、素足だ。いつの間にやら、足の爪《つめ》も切り揃《そろ》えられている。リョウが顎《あご》や頭に手をやると、伸び放題だった髪や髭《ひげ》が綺麗に整えられていた。

疲れやだるさはない。太陽の傾きからして、昼前か。丸一日眠っていたようだ。傍らの盆の上に置いてあった水差しを手に取り、リョウは喉の粘つきを潤した。

（うまい……うまいなぁ、水は……）

ほっと息をつきながら、リョウは部屋をぼーっと見回した。

格子出窓の華麗な細工からするに、この邸宅は有力な商人のものだったのか。出窓には、涼やかさと潤いをもたらす水壺《みずつぼ》が吊り下げられている。埃《ほこり》っぽくはないものの、室内装飾の崩れや壁の穴が修繕されていない所をみると、家主にかつての経済力はなくなったのだろう。室内照明や鏡も大きく、質が極めてよい。家具のいくつかは現代の職人では作れない精巧さがある。家具に刻まれた模様からするに、古代雑貨だろう。

鏡に映った自分の姿がふと目に留まり、リョウは絶句した。

身体《からだ》が痩《や》せているのは知っていた。だが、この顔の生気の無さはなんだ。荒れた肌と目じりの皺《しわ》はなんだ。十年前の自分とは、まるで違う。

老いている。衰えている。

肌や爪はぼろぼろ。筋骨たくましかった肢体は、すっかり細くなっている。身に着けている衣服の質が良いぶん、リョウの肉体の貧相さが引き立たされていた。

鏡に映った自分を見ているうちに、リョウは冷たい笑みが浮かんでくる。

（……この借りは必ず返してやる。ターレル、ディナール、ユーロ……そして、エンっ）

ふと、いい匂いがした。

銅製の盆の上に、ヒヨコ豆の煮込み料理と薄いパンが置かれている。庶民的な料理だ。この町の者たちから分けてもらったものだろうか。リョウはいつもの癖で手を洗う砂を探し、水差しと盤を使えばいいことに気付いた。流水で手を清めるのは心地がよい。盆に溜まった水は庭の樹に与えれば無駄にせず済む。小さくちぎったパンで煮込み料理を摘まみつつ、リョウは手で食べた。塩味の豆だけで、香辛料の香りも肉や果実の風味もない。以前ルイアンの町で食べた豆料理は、香辛料の風味がもっと豊かで、バターや野菜などの濃厚なコクがあった。

食が細くなっていて一人分すら食べきれない。

それでも十年ぶりに食う、ちゃんとした料理だ。

敷物がある。皿がある。火が通っている。塩味がする。豆の味がする。パンがある。

「ああ、うめぇ……」

身体《からだ》に染み込んでいく文明の味に、リョウは感嘆の息がこぼれた。

少しだけ力を取り戻せたような気がする。

リョウの上着やズボンが洗濯され、畳まれて置かれていた。今着ている服は上等で着心地もよいが、なんだか違和感がある。リョウが自分の上着に手を通すと、しっくりきた。汚らしかった衣服に清潔感がある。誰かは知らないが見事な洗いと針仕事だ。

（あの王女から、もっと話を聞き出さねぇと……）

着替えてリョウは階段を降り、格子の衝立《ついたて》から向かい側を窺《うかが》いつつ、中庭を取り囲む一階の柱廊を回って、格納室へとたどり着いた。オンボロ虫樹の前にセンとフィルスがいる。

リョウは胸の動悸を手で抑え、格納室に鎮座する虫樹を見た。

見れば見るほど、みすぼらしい。

今もってこのオンボロがあのソレオレノだとは信じがたい。

リョウはセンに念を押した。

「本当なんだな？　この虫樹が、ソレオレノだってのは……」

「はい」

「ったく……寝ても覚めても、ろくでもねぇな……」

「私の手元へソレオレノがやってきた時には、すでにこの姿でした。貴重な古代遺物のパーツのほとんどは、ターレルたちに奪われたそうです」

「そうか……」

リョウが落胆の溜息《ためいき》をつくと、センは前回の話の続きだとばかりに身を正した。

「無尽蔵の水をもたらす伝説の古代遺物アフラージを、ターレルたち三人はそれぞれ持っています。私は、三分割され力を弱めたアフラージを一つに戻し、この大陸を本来あるべき姿にしたいのです。力を貸してください、リョウ」

センは懸命に助力を頼んでくるが、リョウは冷めきっていた。

（よくもぬけぬけと抜かしやがる……）

堪《こら》えようと思っても堪え切れない冷たい敵意が、リョウの口を衝《つ》いた。

「アフラージを奪われたから、もう一度手を組もうだと？　ふざけんじゃねぇ！　御大層な理想で腐った性根を包み隠そうたって、そうはいくか。十年前にもそうやって俺を裏切りやがったくせに、エン王はずいぶんと都合のいいことを抜かしやがる。おまけになんだ、自ら来もせずに、娘っ子一人寄越すとは、エンも落ちぶれたもんだ。あの岩の牢獄で十年っ、十年だぞ！　岩肌から染み出す水を舐《な》めて、俺は過ごしてきたんだっ。お前もお前だ！　てめぇの親父が俺に何をしたのかも弁《わきま》えず、どういう了見してやがるっ。踏み殺されてぇのか!?」

リョウはセンをなじった。

だが、センは目を見開いて戸惑い、そして顔を強張《こわば》らせた。

「王は殺されました、十年前に」

「……」

「王殺しの汚名は、あなたが着せられています。ターレルとディナールとユーロは、亡きエン王の遺志を継ぐ者だと公言してアフラージを占有し、三傑と名乗っています。王は……お父様は最期まで、あなたを信じていました。あなたがアフラージの力に取りつかれて王国への謀反を企てているという噂《うわさ》が都でまことしやかに流れた時も、お父様は一蹴《いっしゅう》したのです。リョウが裏切るわけがない、と。だから、私はここにいるのです」

センの目にも声にも、悔しさがありありと見て取れる。リョウと同じく理不尽を前に憤る者の目だ。声だ。センの決然とした口ぶりに、リョウは目を見開いた。

頬を張り飛ばされるより、ずっと激しい一撃だ。

リョウの頭の中は真っ白だった。理解に手間取る。頭がうまく回らない。それでも、古びた金属風車が砂嵐に巻き込まれたかのように、思考の歯車が錆《さ》びた音色を上げ始めた。

（……エン、が……殺されていた？　……十年前に？）

リョウがあの岩窟牢《がんくつろう》で呪詛《じゅそ》の言葉を連ねていた時、すでにエンはこの世にいなかった。

ならば、エンがリョウを助けに来られるはずがない。

それに今、センは何と言った？

（エンが、俺のことを……最期まで、信じて、いた……？）

この十年、エンを恨まぬ日はなかった。

それがすべて思い違いだったというのか。

「――嘘《うそ》だ！」

リョウは叫んだ。

信じたくない。認めたくない。

「そんなわけがあるかっ！　あいつが、そんなっ……死んだりするもんか!!」

リョウは声を荒らげ、センを睨《にら》みつけた。エンがもういない、ということがリョウはただただ怖かった。怖くて肩を怒らせるしかない。

リョウの剣幕に、センも声を荒らげた。

「生きていればっ!!」

自分でも驚くほどの大声を出したのだろう、はっとしてセンは声の調子を落とした。

「……お父様が生きていれば、あなたを十年も牢につなげはしません。お父様があなたを信頼していたからこそ、私はこうして、あなたを探し出したのです」

「……う、うそ、だ……」

リョウは拒絶しながらも、声に力がこもらなかった。

認めたくないことほど、よく見える。よく聞こえる。よく感じる。どれほど力を込めて拒絶しようとも、乾き切った荒れ地に降る雨の冷たさよりも奥へ奥へと染み込んでくる。

目を瞑《つぶ》ろうが、耳を塞《ふさ》ごうが、どうにもならない。

リョウは自分の手に目を落とした。

ずっと、この手でエンを絞め殺してやろうと思っていたのに。口先だけのカス野郎だと確信していたのに。エンのあの眼差《まなざ》しや声や言葉や仕草や匂いや振る舞いも全部、嘘《うそ》っぱちの演技だと思っていたのに。そう思うことで数えきれない理不尽を乗り越えてきたのに。

信じていなかったのは、リョウのほうだったというのか……？　岩窟牢《がんくつろう》での十年で、自分自身がここまで醜く変容してしまっているなんて……

リョウは言葉を失くして立ち尽くした。

「あなたなら、リョウ。あなたなら、きっと力になってくれると、私はその一心で。三傑に抗《あらが》うためには、あなたの力が欠かせない。私には、あなたが必要なのです、リョウ」

センの懇願すら、リョウの心を虚しく過ぎ去っていく。

（……無理だ……）

リョウは悟らざるを得なかった。

三傑の操る虫樹の強さは言うに及ばず、その軍勢も強大だろう。

十年ぶりに虫樹を操った時からリョウは感じていた。熟練の虫使いならば当然のようにあるはずの感覚――ソレオレノに宿る『精霊』と通じ合う感覚が、今のリョウにはない。

操縦桿《そうじゅうかん》を握りながら、その虫樹がソレオレノだと分からなかった。

「ソレオレノが切る、風の感触が分からなかった。ソレオレノが触れる、砂のざらつきを感じなかった……ソレオレノと通じ合う感覚が、思い出せない……」

息を吸うように当たり前にできていたことが、できない。

どうやればいいのか、わからない。

当たり前だったことが当たり前ではなくなってしまっている。

リョウは壁に背をつけて力なく項垂《うなだ》れ、ずるずるとそのまま腰を落とした。

富も名声も愛機も健康な身体《からだ》も、自分自身への期待すら、もはや無い。心の自由は誰にも奪えないとリョウは信じていたが、大きな間違いだったと気付くより他ない。

「ははっ……」

笑い声がリョウの唇から零《こぼ》れた。

次から次へと零れてしまう笑い声が、どんどんと気味悪い響きを増していく。堰《せき》を切ったように止まらない。乾ききった笑い声を上げ、リョウは腹を抱えた。

おかしくってしかたない。

なんと滑稽《こっけい》だろう。

「なくすはずがねぇものまで、なくしちまったってのか！　なくしちまってることにすら、この十年、まったく、一切、これっぽっちも、気付かなかったのか！」

リョウはソレオレノをぎろりと睨《にら》んだ。

虫樹は虫使いの半身に等しいもの。そう言われる。言い得て妙だ。このボロボロになったソレオレノはリョウそのものだ。醜く歪《ゆが》み、もはや元には戻らない。

目障りだ。

こんなソレオレノなど見たくない。

リョウは立ちあがり、壁に掛けられていた打音検査用の棍棒《こんぼう》をひっつかんだ。

「見ちゃいられねぇよ、こんな姿っ、こんな！　こんな無様なもの――」

リョウは棍棒を振り下ろしソレオレノを打った。

力の限り打てば打つほど、罵声《ばせい》を浴びせれば浴びせるほど、すべてがリョウへと跳ね返ってくる。打撃の反動が腕を痺《しび》れさせるたび、リョウの顎先《あごさき》からぽたぽたと涙がこぼれた。

「いけませんっ、なりません、リョウ！」

センが背中に縋《すが》りついてくるも、リョウは振り払ってソレオレノを激しく叩《たた》いた。叩くほどに、胸の空虚と痛みだけが増していく。それなのにリョウは止められなかった。

「リョウ、やめてください！　虫樹は虫使いの半身に等しいもの。それ以上、鞭《むち》打ってはいけない。短慮はなりませんっ。自棄になってはいけない。抑えてください、堪《こら》えて。やめて、どうか、お願いですっ、リョウ。……おやめなさいとぉ――」

リョウの背中から回されたセンの両腕が、リョウの腹の前でがっちりと組まれた。内臓がせり上がるほど腹部を締め付けられ、リョウの足がふわりと浮き上がる。

天井が見えたかと思うと、リョウはそのまま地面へ真っ逆さまだ。

「――言っているでしょうがっ！」

「はがぁ!?」

リョウはとっさに受け身を取るも、激しい衝撃に頭が真っ白になった。何をされたのか分からない。リョウの後頭部と首筋と肩は地に押し付けられ、足裏は天井を向いていた。

反り投げの一種だろう。

背中側にセンの体温と息遣いを感じた。

リョウの体はがっちりと固められている。ふとリョウはエン王の言葉を思い出した。「王家には古《いにしえ》の時代から、特別な武道が受け継がれているんだ。相手の殺傷を目的としない、互いの心と体を高め合うための武道が」と、エンは言っていた。これもその一つなのか。不思議とリョウの中から、我を忘れるほどの激情まで彼方へと投げ飛ばされてしまっている。

とてつもない投げ技だ。

センが橋のようにのけ反らせていた背を戻し、素早く起き上がると目に涙をためていた。

「私はか弱い姫なのです！　あなたに自棄になられたら、どうしようもなくなりますっ」

リョウはがばっと起き上がるなり、首を強く横に振った。

「言ってることとやってることが違う！　ぜんっっぜんっ、か弱くない！」

「か弱いです!!」

「どこがっ!?」

「すべてがです！　この十年、何一つ……私はっ、何一つ、できなかった……」

センは声の震えを飲み下し、涙をさっと拭《ぬぐ》って目に力を込めた。

「助けてください、リョウ。私は、自分一人では王都の民の心すら動かせませんでした。私一人では、お父様の遺志を成し遂げられない。……知恵も足らず、か弱く、未熟で、お父様の

ように人徳があるわけでもなく、お父様のように古代文字をすらすらと解読できる力もない。私の王族としての器量が、お父様に及ばないことは嫌というほど承知しています」

「承知してるなら、とっとと諦めちまえばいい」

そっぽを向いてリョウがにべもなく言ってのけるも、センは一歩も引かなかった。

「リョウ、あなたには信念があると聞きました」

「捨てちまったよ、そんなもん。何年前の話、してやがる」

「いいえ。そんなことありません。埋葬する時、あなたは骸骨《がいこつ》のお友達の宝物だといって宝石をそのままにしました。あなたは、信念をまだ捨てていません」

「……あれは、違う。そんなんじゃない」

リョウは首を横に振り、言い逃れようとして続けた。

「たまたま、そういう気分になっただけだ」

「十年経ってもそういう気持ちになれるものを、信念と言わずに何と言うのですかっ。あなたはリョウです。大陸一の古代遺物ハンター、虫使いのリョウです。お父様は言っていました。冒険者リョウは、貪欲で、負けず嫌いで、見栄っ張りで、意地っ張りで、大食いで、音痴で、足が臭くて——でもっ、誰よりもキラキラとした目でお宝を追う、すごい人だと！」

センは懸命に食い下がってくる。

その懸命さが、むしろリョウは癪《しゃく》に障った。センが求めるように口にしているのは、すべて十年前のリョウのことだ。今のリョウではない。戻れやしないものに戻れと言われているのと同じだ。戻れないリョウを責めているのと同じだ。

リョウはかっとして、どろどろとした昂ぶりが口を衝《つ》いた。

「王都はターレルが牛耳ってるんだろう？　なら王女様、おいたが過ぎる前に王都に帰れ。あんたはエン王の血を引く唯一の子。ターレルに尻尾振ってりゃ、いい暮らしができる」

リョウの言葉尻と共にひりつく沈黙が訪れた。亀裂の走る、音にならない音がする。

センは燃えるような瞳《ひとみ》で鋭くリョウを射抜いた。

「……お父様の信じた冒険者は、もう、いなくなってしまったのですか……？」

「月日ってのは、いろんなものを無くしていくんだ」

リョウが素っ気なく答えると、センはひどく悲しい目をした。

センは口元を真一文字に引き締め、言葉を飲み込んでいる。飲み込んだものは、希望か激情か失望か。センは「そうですか……」と呟《つぶや》き、中庭から出ていった。

リョウは腕を組んだまま中庭に背を向けた。

残されたフィルスは自身の髭《ひげ》を撫《な》でながら、うーむと唸《うな》っている。風の音すら途絶え重苦しさに輪がかかる沈黙を、フィルスがぽつりと破った。

「……セン様は、王都で長らく軟禁されておりました。王都一円を牛耳るターレルによって、誉れ高きエン王の直系であるセン様を政治のよい道具として扱うために」

フィルスはリョウへと穏やかに語り掛けてくる。

「この十年、セン様は必死でした。密偵を放ち各地の惨状を調べ、王都の政治家を説き、民を説き、三傑に抗《あらが》おうと……しかし、耳を貸す者は少なかった。タ－レルに抗うより、首を垂《こうべ》れて甘い蜜《みつ》をすする。王都には、そういう者ばかりが溢《あふ》れておりました」

フィルスは困り顔のまま遠くを見た。東の地、シャハラザード王国の首都を。

「エン王の理念と人徳を称賛していたはずの者が皆――その死後は手のひらを返したかのように。セン様のご学友たちですら、王都さえ豊かであればそれでいいではないか、と。自分たちの暮らしさえ豊かなら、多少のことには目を瞑《つぶ》るべきだと」

哀しみを堪《こら》えながらフィルスはそう言い、思い直すように首を振った。

「人々の内心は分かりません。人心は移ろいやすく、熱しやすく、冷めやすい。人の心という変幻なものに信念など求めることのほうが、愚かなことなのかもしれません」

しかし、とフィルスはリョウを見据えて言葉を続けた。

「あなたがまだ生きているかもしれないと知るや、セン様は電光石火でした。あなたが言うように王都へ帰って目も耳も塞《ふさ》いだまま安穏と暮らすなど、セン様にはできない。エン王の遺志を、受け継いでしまったからです。納得できないのです、今のこの現状に。王都の暮らしでセン様がどれほど無力感に打ちのめされたか。……リョウ様。あなたもさぞ辛い想いを抱えてきたのでしょう。余人には語り尽くせぬほど、ひどい目に遭ったのでしょう。ただ、あなたの下へセン様がどのような想いでやってきたのか、その覚悟を侮ることだけはやめて頂きたい」

フィルスは言い終えると目礼し、センの後を追って中庭から出て行った。

格納室にはリョウ一人だ。

肩が重い。気が沈む。ぐじぐじとする頭をリョウは拳《こぶし》でごつごつと叩《たた》いた。

（……ああ、くそ。岩窟牢《がんくつろう》から出られたってのに、そうかい、そういうことかい……）

リョウは思い違いに気付いた。

岩窟牢から出たものの、そこで叩きこまれたルールは継続中だ。

弱気になってはいけない。いや、弱気になってもいいが、弱気になった分だけ強気にならなければ心の帳尻が合わない。自分の周りを悪いことが取り囲んでいるときは、何が何でも見つけるべきだ。よかったことを。不幸中の幸いを、何が何でも見いだすのだ。

リョウは冒険者だ。見つけることで負けたくない。

（……よかったことを、見つけるとしたら……）

リョウは取っ散らかった己の内側をがさごそと漁《あさ》り、辛くも拾い上げた。

（骸骨《がいこつ》の兄弟にソレオレノを見せるって約束、もう果たしてたってことになるのか）

リョウはそう考え、肩の荷が一つ下りた気がした。

荷を一つ下ろせば、その分だけ軽くなる。軽くなれば冷静になれる。

（ひでぇこと言っちまったな……）

リョウは頭をガシガシと掻《か》いた。

足元に転がっている打音検査用の棍棒《こんぼう》に目が留まる。

リョウがソレオレノに目をやると、棍棒で打ち付けた跡が残っていた。リョウの打擲《ちょうちゃく》などで虫樹はびくともしていないが、その跡を見るだけでリョウは胸がずきずきと痛む。傷の大小ではない。リョウ自身の手で、意図してソレオレノを傷つけてしまった。

虫使い失格だ。

「すまない……すまない、ソレオレノ……」

リョウはソレオレノの傷を撫《な》でた。

手を添えたところでソレオレノの傷は癒えない。リョウの胸の痛みは和《やわ》らがない。

けれどまだ、痛みを感じ取れるだけの心を保てている。まだ、己の愚かさを見つけられる目を持てている。まだ、誰かの忠告を聞き取れるだけの耳がある。

（ターレルに尻尾振って王都で暮らしてりゃいい、なんて……なんであんなこと、言っちまったんだ……あの王女は少なくとも、俺を責めようとしてたわけじゃないのに……）

センはただ懸命だっただけだ。その懸命さの受け止め方を、リョウは誤った。責められていると感じた。そう感じてしまうほど自分に余裕がなかった。

格好悪い。

外側から見て格好悪くたってリョウは構わないが、己の内側から見て格好悪いのは嫌だ。

リョウは深呼吸し、棍棒を壁に掛けて中庭を出た。

この屋敷にいた使用人に尋ねると、センは診療所へ向かったらしい。

小高い丘の上にあるそうだ。

周囲を大小さまざまな砂丘と岩山に囲まれたルイアンの町並みは、丘の方へと続いている。歩けば歩くほど、入り組んだ町並みだとリョウは気付いた。大通りから少しでも脇道へ逸《そ》れれば、道幅は狭く迷路のように不規則に曲がりくねっている。リョウは町並みを散策するようにゆっくりと狭い路地を歩き、大通りへ出てはまた狭い路地へと入った。栄えていた痕跡《こんせき》がそこかしこにある。ひび割れ崩れた家々には、手の込んだ装飾の痕《あと》や水路の痕跡が見て取れる。無数の穴が開いた半球状の屋根は、公衆浴場だろう。少し歩くだけで何軒も見受けられる。社交場としてにぎわっていたはずが、今では湯気も人影もない。二階や三階建ての建物が密集してはいるものの、ボロボロの家がいくつもある。洗濯物はおろか修繕の痕跡すら見えないことから、おそらく空き家だろう。この町を離れたのか、一家全滅したのか。

市場らしき通りも閑散としている。

町の中央にある礼拝堂すら尖塔《せんとう》の一つが倒壊してしまっている。修理するための足場一つ組まれてはおらず、運搬や建築に用いられる虫樹の姿すらない。礼拝堂はいわば役所の一つであり、宗教法が根強いこの大陸における裁判所でもあり、小学校でもある。その礼拝堂にすら人の気配がほとんどない。窮状が希望すら奪い、町そのものが死にかけている証《あかし》だ。

リョウは暗澹《あんたん》たる気持ちになった。

丘の上の白い家まで来ると、医療用の作業着をまとった中年の男性がいた。大通りに面した白い家の前にある萎《しな》びた大木の根元に腰を下ろし、一息ついているようだ。医師だろう。聴診器を首にかけ、頭巾をかぶり、ひどく疲れた顔をしている。

「ここが診療所か？」

リョウが尋ねると、中年の医師は頷《うなず》いた。

「ああ。今は休診中だ。もう少し待ってくれ」

「診てもらいにきたわけじゃない」

首を左右に振り、リョウは足を止めた。

どういう顔をしてセンに会えばいいのか。会って何を言えばいいか。

自分がどうしたいのか。

リョウはそれすら分からない。心の歯車がかみ合わずカラカラと空転している。リョウが診療所の前で踏ん切りをつけられずにいると、中年の医師がリョウの顔を覗き込んできた。

「あんた、セン王女が連れてきた人だな？」

「ああ」

「本当なのか？　あんたが、あのリョウだってのは？」

医師の問いかけにリョウは頷きつつも、自嘲《じちょう》の笑みを浮かべた。

「……昔の話さ」

「そうか。……この町と同じだな」

医師は遠い目をしてそう言った。

リョウは振り返って、ルイアンの町並みを眺めた。

「いい町、だったんだろうな」

「ああ。私は大陸一の町だと思ってた。誇らしかった。私のすべてが、ここで育った。家族も仲間も家も畑も物も金も、どんどん増えていった。今増えていくのは、墓だけだ」

丘の麓《ふもと》を眺めながら医師の声は淡々としている。

それが、より悲痛だった。

真新しい墓の数々はリョウにもよく見える。ここから墓場へと何度となく遺体が運ばれていったのだろう。老いた者だけでなく、若者や乳飲み子すらも。

「私は医者だ。生きてるものの面倒は見られても、死にゆく者と、死んだ者と、遺された者の面倒をみる方法は学んでこなかった。……助かってる。私の娘が死んだ時も、セン王女はともに泣いてくれた。娘の傍《そば》に、いてくれた。弔ってくれた……」

医師は涙も枯れたとばかりに、顔色一つ変えずに続けた。

「娘は優しい子でな。自分の食べる分まで、患者たちに分け与えてた。やめろと、私が何度注意しても聞かなかった。働きに出ている息子が帰ってきた時、なんて言えばいいのか。あの子は、妹と仲が良かったから……なんて声をかければいいのか、まだ見当もつかない」

医師はぽつりと述べ、じっと掌《てのひら》を見た。

見知った者には見せられぬ心の澱《おり》は、見知らぬ者のほうが見せやすいのか。

「他の家族の誰かが死んだ時、私は神に祈った。それなのに、自分の娘が死んだ時、私は神を呪《のろ》った。自分の身勝手さが嫌になる。怒りが、神に向かうことすらある。人にはうかがい知れぬ深いお考えが神にあるのだとしても、私の娘は清らかな心を持っていたんだ。神に召されるには早すぎた。それなのにっ……何年も生きてきたのに、私は今もって未熟だ……」

「……俺はまだ神様を信じているが、時々、この世界をお創りになったお方が、どうしようもないくそったれとしか思えなくなる時がある。……あんたは精一杯やってる。もし息子にかける言葉がみつからなくても、あんたは精一杯よくやってると、俺は思う」

リョウは言った。

何か言わねばと思って、気付いたら口走っていた。口走ってすぐリョウは後悔した。言ったところで何が変わるわけでもない。変えられる力など今のリョウにはない。

だが、医師は感謝するように握手を求めてきた。

「ありがとう。私が今しゃべったことは、忘れてくれ」

「……わかった。俺が今言ったことも、忘れてくれ」

リョウが握手しながら答えると、医師は頷《うなず》いて建物を手で示した。

「セン王女は私の家――その診療所の中だ。従者と共におられる。医術の心得もあるらしい。ろくな薬品や古代遺物もなくてな。私は助けられてばかりだ」

「そうか。入っていいか？」

「ああ、構わない」

医師の声に背中を押され、リョウは診療所の入り口をくぐった。

入り口の通路から中庭へ出ると、医薬品の匂いがする。患者たちが熱や痛みにうなされているのだろう、格子窓や格子の衝立《ついたて》を貫いて、部屋という部屋から気が重くなる呻《うめ》き声がする。看護人の励ます声も聞こえてくる。柱廊に囲まれた中庭の、その端にある竈《かまど》の前でフィルスとセンがぐつぐつと何かを煮ていた。食器や手ぬぐいの類いだろう。大鍋で煮沸消毒している。

リョウはセンに呼びかけ、歩み寄った。

「さっきは、悪かった。酷《ひど》いことを言った。すまない」

「私こそ、ごめんなさい。あなたのことを考えず、自分の想いを押し付けていました」

冷静さを欠いていたと、センも申し訳なさそうにしている。

互いに非を認められる健全さがまだあることに、リョウはほっとした。

センは中庭から見える部屋の格子窓を見て顔を曇らせている。

「質《たち》の悪い病が流行ってるのか？」

リョウが尋ねると、センは「いいえ」と首を振った。

「飢えと渇きは、病を防ぐ力を体から奪っていきます。死なずに済む病で、死なずに済んだはずの者が死んでいるのです。この町の者たちは、ユーロの課す重い税を一度拒んだだけで、水の手を絞られているのです。それでも、亡き王の志を理解して私に隠れ家を融通してくれました。私たちが口にする食べ物も、飲む水も、なけなしの物を差し出してくれています」

センは目を伏し、下唇を噛《か》んだ。

「この町に来て、私はただ……亡くなっていく者たちの手を握り、祈り、弔い、遺された者たちの話を聞き、涙を流すことしかできなかった……」

センはまっすぐな目でリョウを見上げてくる。

「私は、この大地に生きるものすべてに、豊かな水をもたらしたい。命あるものの奥底にある、他者を慈しむ心の輝きを守りたい。お父様の本当の遺志を成し遂げたいのです」

センの意志は固いようだ。

だが、意志はただ固ければよいというものではない。なにせ相手が相手だ。センが抗《あらが》おうとしている連中は、意志の力だけでどうにかなってくれるほど、甘っちょろくはない。

リョウにはセンの志がひどく幼く見えた。

「この大陸すべてに水の恵みをもたらす？　王女様。あんた、とんだ業突く張りだな。聖典を読み返しな。人の身に余る欲の深さを、神は戒めてるぜ」

「……そうですね」

センは小さく頷《うなず》き、呼吸を整えるように瞑目《めいもく》すると、リョウの目を力強く見返した。

「そうかもしれません。欲深き罪と罰は、甘んじてこの身に受けましょう」

センの佇《たたず》まいに、リョウは懐かしさを覚えた。

(無欲のベールで貪欲を隠さない……エンにそっくりだ)

親子だからか。それともエンを懸命に真似しようとしているからか。

どちらにしろ見事な答えだ。

だが、人々を信じようとする意志の固さは危ういものでもある。

「リョウ。私はまだ無力です。お父様の遺志を継ぐどころか、この町一つにすら、水をもたらせない。お願いします。力を……私に力を貸してください」

「王女様。正直に馬鹿がついてるぞ。会ったばかりの俺を信じて、とびきり危ない橋を渡ろうなんざ、どれだけおめでたい頭してやがるんだ」

リョウは言わずにはいられなかった。

リョウが腹心の冒険者仲間だと思っていた、ターレルとディナールとユーロが今、アフラージを三分割している。リョウですら、エンを信じ抜けなかった。

それが人だ。

この十年、リョウが嫌というほど突き付けられた、命ある者の奥底に確とあるものだ。

「裏切るのが人ってもんだ。あんただって分かっているはずだぞ、王女様」

「……」

「三傑にここまで国をいいようにされて、政治家どもは何してやがる？　民草はなぜ、戦おうとしない？　水を牛耳り、税を取りたて、土地を枯らして、治安を良くするわけでも作物を増やすわけでもなく、ただ奪うだけの支配者。なぜ怒らない。なぜ不条理に抗《あらが》わない。今のこの有様が、本当に王の遺志だと思ってるのか？　三傑は日照りや砂嵐じゃない。ただ過ぎ去るのを待つだけの相手じゃない。それなのに、なぜ？　その理由をよく考えてみたらどうだ？」

「それは……」

センは言葉を詰まらせた。

リョウの問いかけは、そう難しいものではない。その答えは誰だって心当たりがある。センは答えを舌に乗せてよいものか、ためらったのだろう。

だが、リョウは容赦しなかった。

「……王は皆を信じたが、結局のところ、皆は王を信じてなかったのさ……この俺ですら、ずっと……岩窟牢《がんくつろう》での十年、ずっとエンを憎んでた。……そんな連中を信じられるのか？　俺だってもう、ボロボロだ。ソレオレノと同じか、それ以上に、昔の輝きなんて消えちまってる。そんな俺を、ほんとうに、信じることができるのか？」

「………」

センは答えに詰まっていた。

当然だろう。信じられるわけがない。リョウは落胆を皮肉な笑みで誤魔化《ごまか》した。

その時、重々しい響きが診療所を揺すぶった。

「また地震かっ!?」

リョウはぞっとした。岩窟牢での嫌な出来事が脳裏をよぎる。

揺れが細かい。そして断続的で、規則的だ。

（いや、違う。地震じゃない……）

リョウは気付いた。

ずしんずしんと一定の間隔で建物を震わせる揺れが、どんどんと大きくなっている。この揺れは天災の類いではない。足音だ。巨大で重厚な、動く何か。

何かがこの町に近づいてきている。

外にいた医師が慌てて中庭へと駆け込んできた。

看護をしていた者たちは身を寄せ合い、縮こまって神に祈りを捧げている。苦しげに横たわり呻《うめ》いていた病人たちですら、恐怖で顔を曇らせて息を潜《ひそ》めている。

格子の衝立《ついたて》越しに見える彼ら彼女らは口々に何やら呟《つぶや》いていた。

雑然としていて、上手く聞き取れない。

リョウが耳を澄ませると、揺れの合間に彼ら彼女らはこう囁《ささや》き合っていた。

「……きた……きたっ……」

センが医師に「何事です？　なにが来たのですか？」と尋ねると、医師は恐れおののきながら「ユーロの多脚要塞《ようさい》がやってきた……」と答えた。

第二章

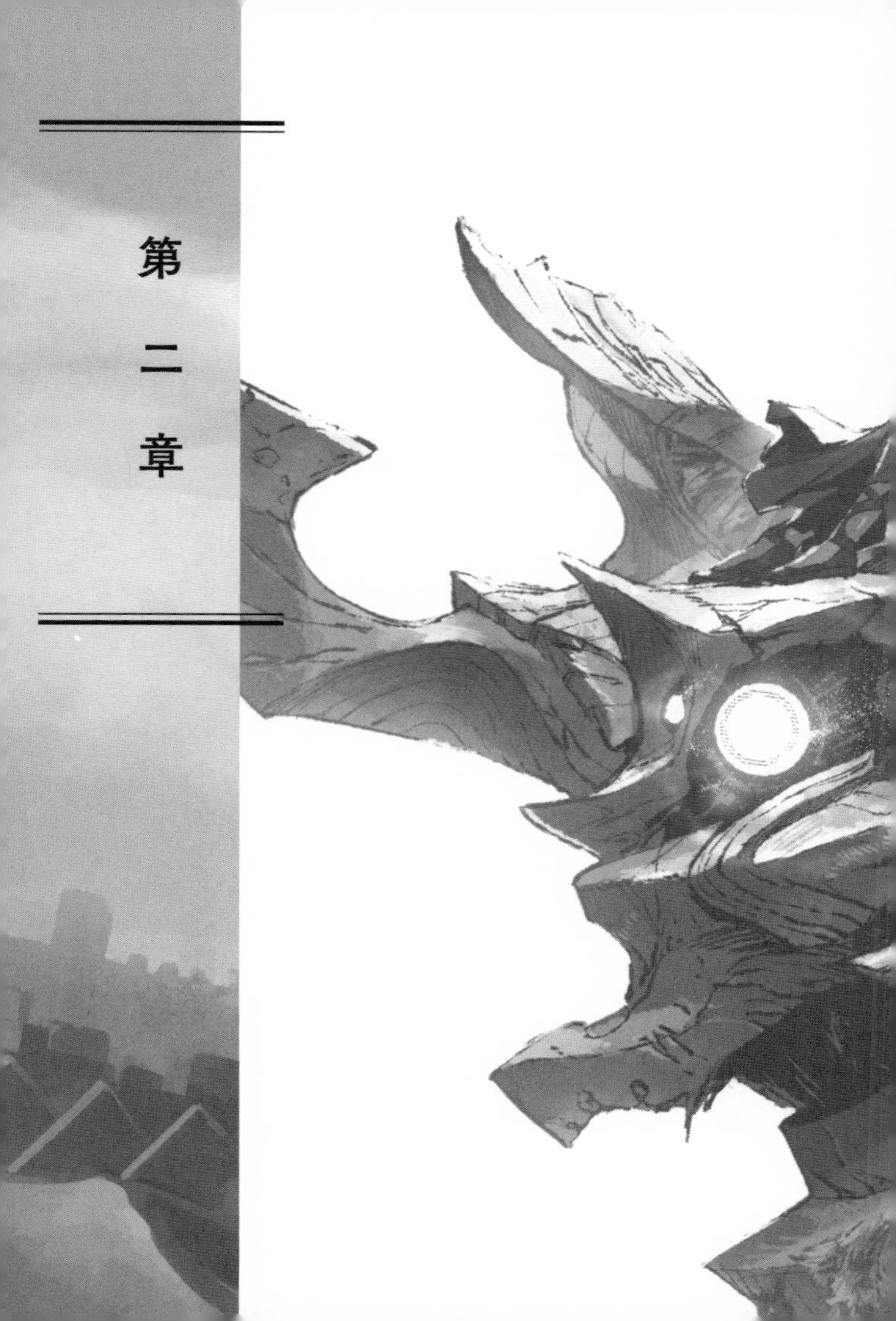

1

ユーロ。

その名を聞くなりリョウの血潮がかっと熱くなった。

岩窟牢《がんくつろう》の日々でその名と顔を忘れたことはない。

殺しても殺し飽きないほど憎い、仇敵《きゅうてき》の名だ。

若年の冒険者であり、シモフリという蛾《が》型の虫樹を操る屈指の虫使い。徳高きエン王の遺志を継いだと騙《かた》る三傑の一人にして、リョウの腹心の一人だった少年。

それがユーロだ。三傑のユーロだ。

リョウは階段を駆け上り、屋根へと躍り出た。

周囲を見ると、町の向こう――岩山の傍《そば》で濛々《もうもう》と砂煙が上がっている。砂煙を上げているのは、たった一機の大型虫樹だ。その白みを帯びた体表は、瑞々《みずみず》しい緑や赤の装飾植物群で彩られている。もはや、山だ。山のように大きい、長い八本脚の蜘蛛《くも》型虫樹だった。

動く要塞《ようさい》だ。

腹部や背面に小型虫樹の発着スペースらしきものがある。

(でかいぞ……古代精霊体に近い、大きさだ……)

リョウはそう見て取った。

古代精霊体と呼ばれる虫樹の上位存在——それに似ている。古代精霊体は古代遺跡を守護する、凶悪な自律型虫樹だ。人間に制御できる存在ではない。

古代精霊体は古代遺跡に居つき、人の集落に関心を示さない。

つまりこの町へと迫ってくるあの巨大な蜘蛛は、虫使いの操る虫樹だということだ。

「あれが、ユーロの多脚要塞かっ」

リョウはぎりりと睨《にら》みつけた。

あのような移動要塞を運用するには人も物も金も必要になる。一介の冒険者や虫使いでは扱えない。この十年でユーロはずいぶんと力をつけたらしい。

リョウの身体《からだ》の芯《しん》から、めらめらと敵意が燃えてくる。ついさっきまで意気消沈していたというのに、ユーロが攻めてきたと思うだけで、リョウは気力が漲《みなぎ》ってきた。

身体が熱い。汗ばむほどだ。

十年かけて溜まりに溜まった恨みつらみは、ここまで火が付きやすいものなのか。

（あそこに、ユーロがいる……）

そう思うだけで、リョウの握り拳《こぶし》の中で爪《つめ》が手のひらへと食い込んでいく。

今すぐにでもぶちのめしにいきたい。

ユーロも、その手勢も、一人残らず、ぎたぎたにしてやりたい。

だが今のリョウにその力はない。

それが一目でわかる。

悔しい。腹立たしい。あの砂煙を上げる多脚要塞《ようさい》ひとつとってもそうだ。リョウとユーロの力の差は歴然としている。仇《かたき》を目の前に、攻め潰《つぶ》す方法がない。

攻めるどころか、多脚要塞が近づいただけで事態はより悪くなっていた。

(なんだ?)

リョウは眉根《まゆね》を寄せて町の通りに目を凝らした。

この町にまだこれほど人がいたのかとリョウが目を見張るほど、大きな通りに人が集まっている。農具や棍棒《こんぼう》を持ち、この診療所へと向かっていた。四方八方からやってくる。様子がおかしい。その集団には剣呑《けんのん》な気配がある。

リョウはすぐに中庭へと呼びかけた。

「王女様、フィルスっ、囲まれてるぞ!」

あの群集はおそらく、この診療所を襲撃するつもりだ。

群衆の目的は、センだろう。センが言っていた。このルイアンの地は主要行路から外れているものの、ユーロの本拠地と言われるイウナンの支配圏にある、と。

センは徳高き王エンの唯一の子。この大陸において政治的な利用価値は計り知れない。

(センをユーロに差し出せば、得るものがあるってわけか……)

はなからこの町の連中はグルだったのだろう。リョウはそう直感した。センのような世間知らずの王女一人、罠《わな》にかけるなど造作もなかったようだ。

中庭にいるセンは戸惑いながらリョウを見上げてくる。

「囲まれている？　誰にです？」

「町のやつらだ！　大通りからくる」

「……この町の者たちが……そう、ですか……」

センの目に動揺が浮かぶも、すぐに納得したらしい。王都での十年で人間というものがどういうものか学んできたおかげだろう。センはフィルスへ鋭く目配せした。

「フィルス、隠れ家まで――ソレオレノの元へ戻ります」

「お任せください。何人立ち塞《ふさ》がろうと、私が道を拓《ひら》きましょう」

センとフィルスの話し声に混じり、騒がしい足音がした。

リョウは聞き逃さなかったが、手遅れだ。

玄関から中庭へと三人の男が飛び込んできた。町の者だろう。いずれも棍棒や縄を手にしている。センやフィルスを取り囲もうとするその動きから、味方でないのは明らかだ。

センたちを捕えようとしている。

（玄関に閂《かんぬき》がかけられていない？）

リョウは違和感を覚えたが、今はそれどころではない。

三人の内の一人へと、リョウは屋根から飛び降りて体当たりし、地面に押し倒すなり首筋から腕を回して締め上げた。組み敷いた相手の体からすとんと力が抜ける。リョウが顔を上げた頃には、フィルスが巨体を生かした体当たりで二人まとめて壁に叩《たた》きつけて倒していた。リョウが顔をめぐらす限り、新手の姿や足音はない。

リョウがそう思った矢先、中庭に鋭い声が響いた。

「動くなっ！　動かないでくれ！」

リョウたちを威嚇《いかく》するのは、中年の医師だ。曲刀を手にした、この家の主人だった。刀剣の扱いなど慣れてはいないのだろう。切っ先が震えている。だが、素人が滅多矢鱈《やたら》に力の限り振り回す刃物は動きが予測できず、極めて恐ろしいものだということをリョウは知っている。

リョウは息を潜《ひそ》め、気配を殺した。

医師は曲刀の切っ先をフィルスやセンへと向けている。

「大人しくしてくれ、セン王女。ユーロは、あなたを傷つけない。そう言ってる」

「しかし、私に鎖をつけようとしているのでしょう？」

「……」

言葉に詰まる医師へと、センは気迫を込めて一歩詰めた。

「あなたたちの生活を脅かしているのは、私たちなのですか？　水の手を牛耳っているのは誰です？　若者を奪っていくのは誰です？　あなたたちから豊かさを奪い、死なずに済んだ者を死なせ、乳飲み子すら飢えと渇きに苦しませているのは、誰なのですか!?　こうやって私たちに向かってくる闘志があるのなら、なぜそれをユーロへ向けないのです!?」

「すまないっ……だが、だが従わないと、町の皆も、俺の息子も……あの要塞《ようさい》にいる虫使いの息子まで、ユーロに殺されてしまうんだっ……すまない、すまない！」

医師の悲痛な声と表情に、センが怯《ひる》んだ。

フィルスすら躊躇《ちゅうちょ》している。このルイアンの住民の窮状と、その血涙を感じずにはいられない。この医師も決して、そうしたくてしている訳ではないのだろう。

リョウは医師の死角を突いて猛然と突進し、踏み切る寸前に叫んだ。

「じゃっかぁしいわっ、裏切り者がオラぁ！」

リョウは大きく跳躍し、折り畳んでいた両膝《ひざ》を伸ばし、両の足裏を鋭く突き出して医師の顔面を蹴り飛ばした。かつてエンから教わった、渾身《こんしん》の飛び蹴りだ。空中で体を捻《ひね》り、うつ伏せの状態で受け身を取りつつ、姿勢を素早く戻すことも忘れない。

医師は顔面を蹴り飛ばされ、もんどりうって倒れた。

中庭の隅の柱に激突した医師は、ぴくりとも動かない。駆け寄ったフィルスが倒れ伏した医師の呼吸や瞳孔《どうこう》を確かめ、ほっと一息つきながらリョウを見てくる。

「……リョウ様、少々、やりすぎでは……？」

「いいえ、フィルス。これはリョウの気遣いです。事態がどちらに転んだとしても、これでここの方たちも、ユーロに対して申し訳が立つでしょう」

「いや、そうは見えませんでしたが……」

センとフィルスの話し合う声が聞こえるものの、リョウは黙殺した。

ユーロの手勢なら、それが誰だろうと容赦しない。

リョウとしてはそれだけのことだ。

町の連中に捕まってユーロの前へ引きずりだされるくらいなら、リョウはどんな相手にだって渾身《こんしん》の飛び蹴りを見舞ってやる。あの中年の医者は死んだ娘がどうのこうのと言っていたような気もするが、ユーロに手を貸すのなら同情の余地はない。

リョウは素早く玄関の閂《かんぬき》をかけ、中庭に戻ってセンに呼びかけた。

「王女様、大通りは駄目だ。裏路地を抜けるしかない」

「迷子になります。私やフィルスも、この町の路地に詳しいわけではありません」

「この診療所への道すがら町の通路は見てきたし、大体の道は頭に入ったさ」

「しかし、一度見て回った程度では――」

「忘れたのか、俺は冒険者だ。入り組んだ物騒な古代遺跡で迷子になるような道覚えの悪い冒険者は、アフラージ探索を頼まれたりしない」

リョウが断言すると、センは頷《うなず》いた。

「……では、リョウ。先導してください。ソレオレノの元まで」

リョウはセンとフィルスを引き連れ、診療所二階の格子出窓を蹴破《けやぶ》り、細い路地へと降り立った。大通りは駄目だ。塞《ふさ》がれている。家屋の密集地帯である、細い路地を抜けて隠れ家まで戻るしかない。しかし地の利は向こうにある。

多勢に無勢だ。

リョウが進み出してすぐ、細い路地の向こうから四名ほどの一団がやってきた。

「いたぞ！」

そう言って一団の男が指さすなり、四人揃《そろ》ってリョウたちへじりじりと近づいてくる。

狭い路地だ。塞がれてしまった。横道は少し先だ。後退すると大通りに出てしまう。どう突破するかとリョウが考えていると、フィルスが一歩先に出た。

「お任せください」

フィルスは背中越しに言ってのけ、ぐっと身をかがめている。

四人の男たち目掛けて、フィルスは猛然と駆け出した。あっという間もない。フィルスは突進の勢いそのままに、真横に突き出した野太い腕で男たちの首元や胸板を叩《たた》きつけ、四人まとめて薙《な》ぎ倒した。殴られようが蹴られようが棍棒《こんぼう》で叩かれようが、フィルスはものともしていない。息一つ切らさず、痛みに顔を顰《しか》めることもない。日々の鍛錬を欠かしてこなかったのだろう。四人をのした猛烈な身のこなしは初老とは思えない。

だがその騒ぎを聞きつけたのか、大通りから群衆の足音が迫ってくる。折れ曲がった路地の先からは新手の一団がやってきた。このままでは挟み撃ちにあう。

「こっちだ！」

リョウはセンとフィルスに呼びかけ、ドアの外れた玄関から真横の家へと入った。

玄関から中庭へ向かうも、人影はない。生活の痕跡《こんせき》もない。

空き家のようだ。

「この家だ。やつら、この家に入ったぞ！」

路地から群衆の怒号が聞こえてくる。

リョウは屋上伝いに隣家へ逃れようと階段を探ったが、とっさに入った家がまずかった。一階建てで、この家には二階がない。隣の家へと屋上伝いに移動できない。

（しまった……）

己の不明だ。リョウは臍《ほぞ》を噛《か》むしかない。

やむにやまれず、リョウたちは中庭から一室へと入り、部屋のドアを閉めた。リョウとフィルスがドアを閉めて押し塞《ふさ》ぐと、どんがんとドア板が外側から叩《たた》かれ始めた。

長くは持たない。

町の連中が集まってくれば、リョウとフィルスで押さえているこの部屋のドアも突破されてしまう。この町へやってきた時の空からの景色と、診療所へ向かうまでの道すがらの観察ではあるが、リョウはルイアンの町並みはおおよそ摑《つか》んでいる。リョウの方向感覚では、たった一枚だ。この部屋の壁の向こうは隣の邸宅へと繋《つな》がっている。その隣の邸宅からならば、ソレオレノのある家まで、あとは屋上伝いでたどり着ける。

だが壁を打ち抜こうにも、この部屋には木槌《きづち》一つない。

「向かいの壁を打ち抜けりゃ、向こうの家へ行けるのに……」

入り口のドアを背中で押さえながらリョウがそう言うと、センが目の色を変えた。

「本当ですか、リョウ？」

「ん？　……ああ、たぶん、そのはずだが……」

「わかりました。では打ち抜きます」

センは至極当然にそう言うと、左袖をすっとまくり上げた。「打ち抜くとは、いったいどうやるつもりなのか？　この王女、何を言い出すのか？」と訝《いぶか》しんでいたリョウも、センの左腕を見て納得した。センの手首を起点として文字模様が鮮やかに描かれている。

リョウはその模様を知っている。古代の模様だ。

おそらく、古代遺物の筆記具と薬液で描かれたものだろう。

（そうか、この王女……ヘナタトゥーの名手なのか）

リョウの希望を裏付けるように、センは駆け出した。

そのままセンは勢いよく向かいの壁へと、全身をしならせるように手刀を放った。どんな体格の大男であろうと、部屋の壁が多少脆《もろ》くなっていようと、普通なら人間の腕力でどうにかかなるものではない。金槌《かなづち》を使ってですら骨が折れる。だがセンの手刀が壁に当たるや、重い響きと共に壁が砕け散った。人一人通れるほどの穴の上部から、ぱらぱらと瓦礫《がれき》の粉が落ちている。

センの左腕の文字がいつの間にか消えていた。

消えるボディペイント。そして、人間とは思えぬ力を発揮した、センのあの手刀の一撃。やはり、あの文字模様はヘナタトゥーと呼ばれるものだ。

王家の武道による反り投げを食らった時、リョウは正直「ちっとは手加減して技かけてくれよ」と思っていたが、どうやらセンは十分すぎるほど手加減してくれていたらしい。

センは顔色一つ変えず、まくった左袖を戻して振り返った。

「二人とも、穴が開きました。いきましょう」

「いくっつってもな……」

リョウはドアを叩《たた》き鳴らす震動を堪《こら》えつつ、懸命に踏ん張り続けるしかない。押され続けているのだ。力を緩めた途端に群衆がなだれ込んでくる。ドアに掛ける閂《かんぬき》はおろか、バリケードを築ける大型の家財一つこの部屋にはない。どうするかとリョウが汗を垂らしていると、ふっと脚が軽くなった。リョウの隣でフィルスが筋骨を漲《みなぎ》らせ、一段と強くドアを押している。「この扉一つなら、私一人で事足ります」と言わんばかりにフィルスは目でリョウを促した。「いってくれ」と。そんなもの、フィルスのやせ我慢に決まっている。

リョウは骨のあるやつが好きだ。

見捨てたくない。

愚策だと分かっていてもリョウは再び足に力を込め直してドアを強く押した。ただ一緒になって開き戸を押しとどめているだけで、つぶさに語り合ったわけでもないのに、フィルスという男がどういう心意気を持っているのか、リョウはひしひしと感じた。

このままでは二人とも力尽きる。

そう悟っていながら止められぬリョウを諫《いさ》めるように、フィルスが口を開いた。

「リョウ様。セン様をどうか」

「どうにかできる力なんて、俺にはもうない。自分のことで手一杯だ」

「そんなことはありません」

フィルスは断固として野太い首を左右に振った。

「私はかつて、エン陛下と共にあなたの冒険にご一緒したことがあります。あなたの虫捌《むしさば》きをこの目で見て、心奪われた一人です。陛下はあなたのことを語るとき、よく、童心にかえられたようなお顔をしていた。よいものはなんでもそうです。武道も、虫樹も。良き道しるべとなるものは、関わる人の目を童のように輝かせ続ける」

フィルスはそう言って、リョウの瞳《ひとみ》を見てくる。

「この国難にあってセン様をお助けできる者は、あなたをおいて他にはいない」

場違いなほど穏やかなフィルスの声音に、リョウは感じ取った。

己の死を決している。フィルスはこの場で追っ手を止めるつもりだ。

そういう人間の目つきをしている。

リョウは忠告せずにはいられなかった。

「あんたの命を賭《か》ける価値なんぞ、俺にはないぜ」

「そうかもしれませぬな。しかし、それを決めるのはあなたではない」

フィルスがそう述べた途端、閉じたドアが重々しく鳴った。

群衆だ。丸太か何か、道具を使ってドアを突き破ろうとしている。一突きされるたび、戸板が破片を撒きながら割れていく。フィルスはリョウの首根っこを摑《つか》むなり、センのほうへぐいっと押し出した。リョウは迷いを消し、フィルスに背を向けた。戸板を突き破ってきた丸太をフィルスは奪い取るなり、その丸太で群衆を押し返している。

「リョウ様っ、お頼み申しましたぞ！」

「フィルス！　あなたも早くこちらへ――」

そう呼ぶセンの手をリョウは引っ摑み、部屋の割れ目から出ると、有無を言わせず駆け出した。中庭の階段を駆け上るリョウの背中から、フィルスの怒号が聞こえてくる。

「王家の武道師範として代々仕えてきた、我が一族の秘技――拝める幸運を喜びたまえ！」

リョウはその声を懸命に振り切り、センの手を引いて走った。

建物が密集している。

　リョウは二階建ての家々の屋上伝いにソレオレノへ向けてひた走った。密集しているおかげで何軒もの家の屋上から屋上へと伝っていける。フィルスが注意を引いたおかげか、それとも神様の気まぐれか、徒党を組んだ群集の姿はない。襲い掛かってきた町人の一人をリョウは殴り飛ばし、隠れ家の中庭へとたどり着いた。

　一階の格納空間にはオンボロの虫樹が見える。

　ソレオレノは健在だ。

　ソレオレノの水分補給が済んでいるかどうか、確かめている時間すらない。リョウはボールコックピットを開き、操縦席に飛び乗って手を差し出した。

「早く。町の連中に追いつかれる」

　リョウは急《せ》かしたが、センは首を強く横に振った。

「フィルスがまだですっ」

「あの爺《じい》さんの覚悟を無駄にしたいのか？」

　リョウは声低く問いかけた。

　群衆の騒ぎ声が近づいている。

　フィルスが稼いでくれた貴重な時間が無くなりかけている。センも意を決したらしい。ボールコックピットに滑り込み、補助座席に腰を下ろしてシートベルトを締めた。

「出してください、リョウ。東へ。ひとまず東へ逃げてください」

センの声から断腸の思いがひしひしと伝わってくる。

その悲痛さを背負い、リョウもシートベルトを締めた。

両サイドの操縦桿《そうじゅうかん》を握り、睨《にら》みつけるように前を向く。リョウは推力ペダルに足を乗せ、操作パネルを操りソレオレノの水袋から維管束へ水を行き渡らせた。

状況は最悪だ。ソレオレノに宿る精霊をリョウはまったく感じない。

ソレオレノの角先や外殻の感触が、リョウの皮膚感覚で分からない。リョウ自身の手足や肌の感触とソレオレノの脚や翅《はね》の感触が重なり、人間では感じ取れない音や匂いすら感じ取り、虫樹と一体化していく感覚がない。十年前なら、ソレオレノの操縦桿を握るだけで精霊を感じ取り、身体《からだ》の奥底から喜びが溢《あふ》れてきたというのに。

リョウはやるせなさを闘志で塗りつぶすしかなかった。

中庭へと群衆がやってくるも、リョウの眼中にはない。

騒乱の中でリョウは耳を澄ませ、空を飛ぶ虫樹の音を聞き取ろうとした。多脚要塞《ようさい》のものと思《おぼ》しき震動が無くなっている。この町に隣接したのだろう。ユーロは多脚要塞から虫樹の部隊を出撃させているはずだ。下手に飛び立てば、その瞬間に囲まれかねない。

リョウは天井のその先を見通すように睨み上げた。

(どうせ上から見てたんだろう？　ほら、早く覗きにこいっ)

リョウは待った。

群衆の動きから、センがこの屋敷に入ったかもしれないと疑われているはずだ。リョウの予想を裏付けるように羽音がする。虫樹のものだ。飛蝗《バッタ》型だろう。近づいてくる。見るまでもない。ユーロの手勢の敵虫樹だ。

中庭にいた群衆が空を見上げたかと思うと、我先にと蜘蛛《くも》の子を散らした。

どんっと荒々しい着地音がする。

真上からだ。この屋敷の屋根から、虫樹が歩く音がする。一機だけだ。着地の音や足音を聞くだけで、その虫使いの力量がリョウには手に取るように分かる。

真上にいる虫使いは下手くそだ。

（こいよ、さあ。面《つら》を見せろ）

リョウは操縦桿を握り直し、推力ペダルに足裏を添えた。

背筋がぞくぞくする。戦いの幕が切って落とされる、その寸前だ。戦意が滾《たぎ》る。リョウの耳が正しければ、この屋敷は虫樹の部隊に囲まれている。上空に複数の虫樹の気配がある。

屋根に降り立ったのは、様子見の一機だ。

中庭に降りてくる。降りて、センを見つけようとしてこの格納空間を覗こうとする。だが中庭は四角形だ。リョウたちの正確な位置を摑《つか》めていない敵虫樹は、四分の三の確率でソレオレノに対して横面と背後を晒《さら》してしまうことになる。

リョウの予想はドンピシャだ。睨みつけていた正面に、飛蝗型の虫樹がぬっと現れた。円錐《えんすい》形の尖《とが》った頭部と長い触角を持つ、白みを帯びた虫樹だ。背部にだけ、うっすらと桃色の小さな葉が生えていた。ソレオレノよりも少し小さい。槍《やり》のように鋭く細長い後ろ脚が見えることから、石材加工や牽引《けんいん》運搬を得意とする虫樹だろうか。

飛蝗《バッタ》型の敵虫樹は横面を晒《さら》してくれている。

その隙《すき》を見逃すリョウではない。

「――いただき！」

リョウは推力ペダルを踏み込み、そのまま敵虫樹の横腹へまっすぐに突っ込んだ。飛蝗型虫樹の腹部を貫き、水を吸い取りつつ、そのまま反対側の壁へと激突した。飛蝗型の虫樹はもちろん、中庭の柱廊や玄関すら突き破ったが、リョウの知ったことではない。

濛々《もうもう》と漂う埃《ほこり》の繭《まゆ》を貫いて、大通りへと転がり出るなり、リョウは飛び立った。

地を這《は》うような超低空だ。

リョウは蒸気噴流を噴かせてソレオレノを急加速させた。リョウの頭が後ろに持っていかれそうになり、首にぐっと力がこもり、体が座席に押し付けられる。

大通りにいた群衆が血相を変えて縮こまる、その真上をリョウは飛んで抜けた。

リョウが後方をちらと確認すると、青空を背に蒸気噴流の細い尾が三つほど見える。邸宅を囲んでいた敵虫樹がソレオレノ目掛けて急降下してきていた。

だが、リョウの不意打ちが効いている。距離は詰められていない。

追い駆けてくる虫樹はいずれも甲虫型で、鞘翅《しょうし》をかぱっと大きく開いて飛んでいる。あの飛び方をする虫樹はあまり飛行能力が高くない。

（このまま振り切ってやる！）

超低空飛行から一転、リョウは操縦桿《そうじゅうかん》を引いて機首を上げた。多脚要塞《ようさい》がルイアンの町に落とす巨大な影に紛れつつ、ソレオレノの高度をぐんっと上げる。

リョウがざっと見た限り、ルイアンの町にいる虫樹は二十機近い。地上に降りて家屋を探る虫樹や、群衆を威嚇《いかく》して何やら聞き出そうとしている虫樹の姿がある。すべてユーロの手勢だろう。ユーロの狙いはセンだ。王家の血を引くセンを利用し、ユーロは自らの権力を強めようと画策し、ターレルやディナールを出し抜こうと多脚要塞で急ぎやってきたのだろう。

ユーロの手勢がルイアンの地表に分散している、今が好機だ。

取り囲まれる前にこの町から離れなければ先がない。

上を取られていたら厄介だとリョウは目を細めた。上空に虫樹の姿は見えない。

ぎらぎらとした太陽があるのみだ。

（……なんだ？）

リョウは違和感を覚えた。

太陽の真ん中に黒い点が見える。その黒点が微かに動き、大きくなった。

——危険だ。何かくる。

リョウは虫使いの直感のままに蒸気噴流を逆噴射してソレオレノを急停止させた。

リョウの前方で閃光《せんこう》が迸《ほとばし》り、耳が痛いほどの轟音《ごうおん》が木霊《こだま》する。

青天の霹靂《へきれき》だ。

(雷だと!?)

リョウはぞっとした。心臓を縮み上がらせる雷鳴だった。空中静止せずに直進や旋回していたら、ソレオレノは雷撃の餌食《えじき》となっていたろう。

眩《くら》んだ目が治まると、リョウの眼前に一機の虫樹が現れていた。

ソレオレノの行く手を遮るように、その蛾《が》型の虫樹は四枚の翅《はね》を大きく広げている。

上空からずっと町の様子を観測していたのだろう。

空中での機動力が極めて高いようだ。他の虫樹がいずれも反応できていない中で、この蛾型の虫樹だけがリョウの逃走経路に立ち塞《ふさ》がったのだ。

「この虫樹は……」

センが重苦しくそう呟《つぶや》き、口を引き結んだ。

霜が降りたかのような白色の、蛾型の虫樹だ。野太い頭部と胴体に、力強い翅を四枚も備えている。翅を閉じれば矢尻のような三角形となるか。頭部から背部にかけて白い装飾植物群で飾られており、ふかふかとした毛皮のように見える。鞭《むち》のようにしなやかな触角や、がっしりとした脚部からするに、空輸や高所建築を得意とする虫樹だ。

眼前の虫使いがこの集団の筆頭だと、リョウには一目で分かった。

蛾型の虫樹は四枚の翅を器用に動かし、ふわりと空中の一点で止まっている。綺麗《きれい》な空中静止だ。羽音も極めて静かだった。虫使いの腕の良さが如実に出ている。

(間違いない……この白い虫樹は、シモフリ……)

リョウは確信した。

十年前とは装飾植物群や脚の形状や翅の一部が違うものの、全体のフォルムや頭部に二本ある鞭のような触角は、間違いない。この蛾型の虫樹はシモフリだ。

この蛾型の虫樹にシモフリと名付けた虫使いを、リョウは忘れたことはない。

(ユーロっ!!)

リョウは全身がかっと熱くなった。焼けつくような恨みつらみが殺意となって、体中の血管を沸き立たせているのか。煮えたぎる血の奔流《ほんりゅう》を感じ、リョウは操縦桿《そうじゅうかん》を握り締めた。

目の前に十年憎んだ仇敵《きゅうてき》がいる。

シモフリの拡声装置から男の声が聞こえてきた。

「今の一撃を避けるとは……なかなかの腕だな、虫使い」

口振りからして、ユーロはリョウに気付いていないらしい。

「王女の身柄を大人しく渡せ。どこの虫使いかは知らんが、王女への義理立てなど不要だ。恭順するなら、俺の手先に加えてやる。望むだけ水をくれてやるぞ、虫使い」

ユーロは泰然としている。

言葉尻こそ穏やかだが、その意味するところは剣呑《けんのん》だ。服従せよ、さもなくば殺す。ユーロは威圧するようにシモフリの四枚翅《ばね》を動かしていた。

(てめぇから恵まれた水なんぞ、干《ほ》からびたって飲むものか)

リョウは心の中で吼え、シモフリの前翅《ぜんし》を睨《にら》みつけた。

(あの前翅《まえばね》……あれはっ……!)

十年前、ソレオレノが身に着けていた虫樹のパーツだ。

鱗粉《りんぷん》を操り雷撃を発生させる、珍しい古代遺物。リョウのものだったものだ。

「おい、さっさと返事をしろ、虫使い。だんまりを決め込んでも無駄だ。オンボロの甲虫型でセン王女がこの町に入ったことは、調べがついている。この俺からは逃れられない」

ユーロはそう言うなり、口振りを改めた。

「……セン王女、その機体に乗っておいでのはず。その虫使いにすぐ御命じください。地上に降りてボールコックピットを開くように、と。俺にあなたを傷つける意図はない。東の王都や南の地でアフラージの力を欲しいままにする、ターレルやディナールの横暴が許せないのは俺も同じ。俺はあなたをお助けしたいのです、セン王女」

ユーロは不気味なほど丁寧な口調だった。

だが、リョウは見抜いていた。ユーロのゆっくりとした語りにあわせて、シモフリの前翅から薄煙のようなものがうっすらとソレオレノへ向けて流れてきている。

ゆらゆらとしたそれが何か、リョウは知っていた。

何の変哲もない砂埃《すなぼこり》や陽炎《かげろう》にも見えるそれこそが、雷撃を発生させる鱗粉なのだ。

リョウが推力ペダルを踏んで蒸気噴流を逆噴射し、ソレオレノを勢いよく飛び退《との》かせた途端に、再び雷光と雷鳴が轟《とどろ》いた。雷鳴の殴打が身体《からだ》の芯《しん》を震わせてくるほど、近い。

リョウは何とか避けられたが、まったく油断も隙《すき》も無い。

握手を求めて近づきながら背には短刀を忍ばせる。

ユーロのやり口はこの十年で随分と狡猾《こうかつ》になったようだ。

二度も雷撃を避けたためか、ユーロの訝《いぶか》しむ声がシモフリから聞こえてくる。

「……おい、虫使い。お前、何者だ？　なぜ、俺の雷をそうまで避けられる？　その動き……お前、知っているな。どうして、この雷の性質を知って……いやまて。セン王女がこの地へ来たことといい、まさか……いや、生きてるはずが……しかし、その身のこなしはやはり、そうとしか……そう、そうなのか……お前は、そうか、虫使い……」

ユーロの声の調子がどんどんと低く、荒々しくなっていく。

「リョウか？　リョウだなっ。俺の雷の翅を避けられる虫使いなんぞ、この大陸にそうそういるものか。そうだろ、リョウ！　おい、答えろ、虫使い！」

そう問いただすユーロは傲岸不遜《ごうがんふそん》だ。

リョウは辛坊堪《たま》らずソレオレノの拡声装置へと口走った。

「――お前の、じゃないっ」

「なに？」

「その前翅《まえばね》……そいつはっ、俺のだ!!」

リョウがおどろおどろしく吠えるも、ユーロは鼻で笑った。

「はっ。だったら取り返してみろ、リョウ」

「言われるまでもねぇっ。てめぇの命ごともぎ取ってやる！」

リョウは推力ペダルを踏み込んだ。

もはやセンの「いけませんっ、リョウ！」という制止の声すら聞こえない。

リョウは一目散にシモフリへと突っ込んだ。シモフリのどの部位でも構わない。とにかくソレオレノの角先で、ユーロの操るシモフリに一撃を加えることが先決だ。

リョウのあまりの気迫に、ユーロは距離感を見誤ったのか。

身を翻すのが半歩遅れたシモフリのど真ん中を、リョウはソレオレノで貫いた。

(なんだ!?)

貫いた瞬間、リョウはぞわぞわとした違和感を覚えた。手ごたえがやや弱い。虫樹がぶつかり合う時にある体の芯《しん》を突き抜けるような衝撃、それが軽い。

リョウは目を見開いた。

ソレオレノの角先で貫いた途端、シモフリの姿が霞《かすみ》のように掻《か》き消えている。

リョウの虫使いとしての嗅覚《きゅうかく》が迫る殺意を嗅《か》ぎ分けた。

嗅ぎ分けたものの、目が眩《くら》み、耳がつんざかれる。稲光と雷鳴だ。リョウがソレオレノを翻すなり、漂う鱗粉《りんぷん》から放たれた雷撃が真横を貫いていた。

直撃しなかったのが不思議なほど、近い。

迅雷の余韻がリョウの頭からつま先まで、びりびりと痺《しび》れさせている。

（まずいっ）

リョウは肌の粟立《あわだ》ちを堪《こら》え、急降下して物見やぐらの下へと一目散に滑り込んだ。

半鐘を備えた高い物見やぐらは雷避けになる。

地べたに這《は》いつくばることになるが、不用意に飛び立てば餌食《えじき》にされてしまう。ユーロの位置が分からない。リョウは忙《せわ》しなく頭をめぐらせた。

シモフリの姿はすぐに見つかった。

ソレオレノの正面、多脚要塞《ようさい》の陰にその姿がある。

砂煙が舞い上がる大通りの真上の日向にも、その姿がある。

そして家屋の屋根の上にまで、その姿がある。

シモフリの姿が三つある。三体のシモフリが、ソレオレノの正面で空中静止していた。

「そんな……シモフリが、三体も……？」

センの掠《かす》れた声がした。センにもリョウと同じものが見えているらしい。目を擦《こす》る音がリョウの後ろから聞こえてくる。見間違いかと思ってしまうのも仕方ない。

（これは一体、なんなんだ）

古代遺物の力によるものだろう。リョウにはそれしか分からない。

（幻視を引き起こす遺物か？　だが、ぶつかった時に手応えがあったぞ……）

リョウは見切れなかった。

三体に分身したシモフリは、三体とも地面に影を落としている。シモフリが巻き上げる砂粒や煙が渦を巻く様子、その翅《はね》の音まで、三体とも同じ実体感がある。

リョウにはそうとしか感じられない。

戸惑うリョウ目掛けて、真正面から三体のシモフリが触角をしならせて突っ込んでくる。

一体目のシモフリの突進を、物見やぐらを盾にリョウは辛くも避けた。

だが二体目と三体目までは避けきれない。

ソレオレノの横腹の気門から蒸気噴流を噴かし、鋭いサイドステップを繰り出すも、ユーロの攻撃の芯《しん》を外すのでリョウは精一杯だ。シモフリの翅の痛打や、鞭《むち》のようにしならせた触角の一撃がソレオレノを襲った。ソレオレノの前脚で防ごうとするも、受けきれない。

刺さるような衝撃がリョウの身体《からだ》を軋《きし》ませ、センのくぐもった悲鳴が聞こえる。

ソレオレノの前脚がもげたかもしれない。

リョウが慌てて確かめるも、ソレオレノの前脚には凹《へこ》みはおろか、真新しい傷など一つもない。シモフリの翅《はね》の痛打を受けていながら、装飾植物群ひとつ剝離《はくり》していない。

(幻視じゃないっ!? 翅の一撃でも触角の鞭打《むちう》ちでも、衝撃を感じたぞ。衝撃を感じたのに、ソレオレノが傷ついていない。……どうなってる?)

リョウはごくりと喉《のど》を鳴らし、背筋の寒気に震えた。

(ユーロめ、これはいったい、なんだ……?)

リョウの絶望感を掻《か》き立てるように、シモフリが蒸気噴流を噴き上げながら四枚の翅を力いっぱい広げていた。三体のシモフリの姿が、一斉にゆらゆらと揺らめいている。

前翅《ぜんし》から鱗粉《りんぷん》を振りまいているのだ。

リョウは死に物狂いで空き家の中庭へとソレオレノを飛び込ませた。

迸《ほとばし》る雷光と雷鳴は人為の範疇《はんちゅう》を超えている。地鳴りがする。

耳も目も稲妻に蹂躙《じゅうりん》され、もはやリョウは何が何だか分からなかった。

これが現実なのか、幻なのか。判別がつかない。

シモフリの動きについていけない。ユーロの操る幻の前に手も足も出ない。鱗粉を前翅でまき散らして引き起こす雷の強烈さに、リョウは近寄ることすらできなかった。

雷鳴が途切れるなり、ユーロの高笑いが降ってくる。

「ふははっ、はっははは っ! 無様だな、近寄ることすらできないか。哀れだ、みじめだ、無残だよ、リョウ。そのオンボロ虫樹は、今のお前そのものだ！」

リョウは知っている。死ぬほど腹が立つのは大抵、本当のことを言われた時だ。

リョウは空き家の壁面を突き崩して中庭から飛び出すと、路地裏の陰からシモフリの背後を突かんと跳び上がった。背後からシモフリの腹部を貫くと、またシモフリの姿が掻き消え、真横から別のシモフリの触角がソレオレノの横っ面を張り飛ばした。リョウが空中で辛くも姿勢を立て直すと、余裕綽々《しゃくしゃく》で滞空するシモフリがソレオレノの正面にある。

リョウは確信した。

（視覚だけじゃない……俺の五感そのものを、惑わせる古代遺物かっ）

勝てない。

その事実が、リョウの胸の奥をざくざくと突き刺してくる。

歯応えがなくてつまらない。そう言わんばかりにシモフリの動きは気怠《けだる》そうだ。

「おいおい、リョウ。なんだ、その脚捌《あしさば》き。その翅捌《はねさば》き。濁った羽音に、繊細さの無い足音。……まさか、リョウ。お前、虫樹に宿る精霊と、通じあえなくなったのか……？」

ユーロはリョウの沈黙を手応えに、抱いた疑問の答えに確信を持ったらしい。

陰惨な笑い声がシモフリから降ってくる。

「……情けない。大陸一と呼ばれた冒険者リョウが、この様か」

ユーロは嘲笑《ちょうしょう》を深めるように、続けて声を張り上げた。

「かつての輝きは見る影もないな、リョウ！」

（こ、このっ、ド腐れ野郎が！）

リョウは体が震えた。血が逆流するとは、このことか。顔が破裂しそうなほど体が熱い。だが、フィルスの顔が脳裏をよぎり、リョウは血の沸きたちを堪《こら》えた。

ソレオレノの操縦席にはセンもいる。

リョウ一人だけではない。

なにより、シモフリの元へと虫樹が集まってきている。ソレオレノがユーロの手勢に囲まれつつあるのだ。このままでは、すべてがユーロの思い通りになってしまう。

後ろの補助座席から懸命に呼びかけてくるセンの声が、リョウはやっと聞こえた。

「リョウ、挑発です。すべてユーロの策略です。乗ってはいけないっ」

「分かってる。わかってるさ、そんなことは！」

噛《か》んだ下唇から血を垂らしながら、リョウはソレオレノを翻した。

恥も外聞もない。一目散にユーロから遠ざかる。

（くそっ――……くそくそくそっ、くそったれが！）

悔しくってしかたない。

仇敵《きゅうてき》を目の前に、手も足も出ず、散々に煽《あお》られながら、背を見せて逃げるなど。逃げるしかないほど、自分に力がないなどと、腹立たしくて仕方ない。煮えた血が焦げだしそうだ。この感情を吐き出す言葉をリョウは求めたが、人の言語に存在していない。

リョウは獣のように唸《うな》った。

下唇から垂れる血を啜《すす》り、唸りながら逃げた。

（ソレオレノじゃシモフリは振り切れないっ）

ユーロの虫樹であるシモフリは飛翔能力がずば抜けている。多勢に無勢だ。リョウはどうすればいいのか必死で考えるも、まるで思いつかなかった。

興が冷めたとばかりに、配下の虫使いたちにリョウの追撃を命じるユーロの声がする。

「王女は生かして捕らえろ。あの虫使いは殺せ！」

駆け付けてきた六機の虫樹が、いびつな三角の隊形でリョウへと迫ってきていた。飛蝗《バッタ》型と甲虫型の虫樹の編隊だ。いずれも飛行能力が高そうな個体ばかりだった。

リョウは訝《いぶか》しんだ。

（……なぜだ？　なぜ、シモフリで追ってこない？）

疑問がよぎるも、リョウはすぐさま脳裏から消し去った。

どうでもいい。

逃げるリョウの相手など部下で十分だと思ったのか。腸《はらわた》が煮えくり返るが、今のリョウにとってはありがたいことだ。ユーロが部下に追撃を命じた。

ソレオレノを追ってくるのは、六機の虫樹だ。

シモフリではない。振り切れる可能性がほんのわずかに生まれた。

（――させてやるっ。後悔させてやるぞ、ユーロ！　必ず、臍《ほぞ》を噛《か》ませてやる。今この時、その手で俺にとどめを刺さなかったことをっ）

リョウは奥歯を割れんばかりに噛み締めながら、ソレオレノの蒸気噴流を噴かした。呪詛《じゅそ》の念と罵詈雑言《ばりぞうごん》が頭の中でこんがらがって膨れ上がり、行き場を失くして今にも身体《からだ》が破裂しそうだ。リョウは何度も息を深く吐いて破裂を堪《こら》えつつ、前を向き続けた。

ルイアンの町から遠ざかるほど惨めさが増していく。

センが方位磁針を手にしながら、座席から腰を浮かせて手で方向を示してくれた。

「東です。東へ向かってください、リョウ」

「東に行けば、どうにかなるのか？」

「私に協力する騎士たちがいます。虫使いの騎士たちが。こちらに向かっているはずですっ」

「……合流できれば、望みはあるか……」

どの道、今はセンを信じるしかない。

センの指示に、リョウは目を血走らせながら頷《うなず》いた。

なるべく長距離を飛ばねばならない。

だが、ソレオレノの燃費の悪さでは、追っ手を引き離す速度を出せば水袋が空になって航続距離が短くなり、燃費のよい飛び方を心掛けると追っ手を振り切れない。

ソレオレノは水喰虫だ。

瞬発力に優れてはいても持久力では劣る。

そして今この状況下で追っ手を振り切るには持久力こそが重要だった。

（たまるかっ……なってたまるか。ユーロの目論見《もくろみ》通りになんぞ、なるものか！）

リョウは怒りを内燃に、ソレオレノで飛びながら思考した。

逃げ切る方法が必要だ。

だが、そんな方法が都合よく思いつくほど状況は甘くない。

ルイアンの町に背を向けて飛び続け、町が岩山の稜線《りようせん》に隠れ、その岩山が砂丘に隠れ、その砂丘が地平線の彼方へ消えても、状況を好転させる策のきっかけすら浮かばない。

じりじりと、リョウの身を焦燥感が蝕《むしば》んでいくのみだ。

どんどんと直線飛行での伸びがよくなり、横風に対してソレオレノが煽《あお》られやすくなっていく。ソレオレノが徐々に軽くなっていくのが、リョウは手に取るように分かる。

（ソレオレノの水が、尽きかけてる）

リョウの背中を嫌な汗がさらに湿らせていく。

未だに、センの言う騎士団らしき虫樹の部隊も見えない。騎士たちが隊列を組んで飛行する様子はおろか、どこかで野営地を築いている様子すら見つけられない。町や村もない。ただただ、だだっ広い砂漠とごつごつとした岩場が広がっているだけ。

オアシスの痕跡《こんせき》すらない。

地下水のある白っぽい地面や、地下用水路の目印である竪穴《たてあな》も、全く見えない。荒涼とした砂と岩、家屋の基礎しか残らぬ村落の痕跡があるのみだ。

リョウは脂汗を拭《ぬぐ》い、振り返った。

神への祈りの言葉を小声で唱えているセンの、不安そうな顔が見える。そのセンのさらに奥のほうに、しつこくソレオレノを追跡してくる虫樹の編隊があった。

ルイアンの町近くでは三角だった飛行隊形が、今では細長い糸のようだ。

ユーロの手勢の追撃部隊は、一機一機の間隔が極めて広くなっていた。先行する虫使いと遅れていく虫使いが出てくるのは、リョウの想定の内でもある。

(隊形が崩れてる……)

リョウの頭の中でいくつかの選択肢が浮かぶも、悩むことはなかった。

やるしかない。

リョウは即決し、蒸気噴流をぶしゅぶしゅと無様に噴かし、止めた。翅《はね》を大きく広げたソレオレノをふらふらと一度ふらつかせ、そのままゆっくりと高度を下げていく。

遠目から見ても分かる、飛行中の異変だ。

リョウの演出は完璧だった。補助座席のセンすら息を呑《の》んでいる。

「リョウ、どうしたのです?」

「王女様っ、座席にしがみ付け。荒い着地になる」

リョウが早口で忠告すると、センは戸惑いながらも座席に深く腰を沈めた。

この張り詰めた状況の中でも、センは泣き喚《わめ》いたり、取り乱すこともない。ボールコックピットの中で虫使いの指示に従うことの大切さを、しっかりと理解してくれている。

このシャハラザードの王女様はなかなかの胆力を持っているようだ。

(助かる……)

リョウはそう思った。操縦に集中できる。

右へ左へソレオレノをふらりゆらりと旋回させ、泡を食った虫使いの哀れさを表現することで、今のリョウは手一杯だ。同乗者のメンタルケアまで手が回らない。

どんどんと大地が近づいてくる。

リョウは身構えた。

砂に埋もれた村落の廃墟《はいきょ》や、岩場の亀裂や砂丘の風紋まで、はっきりと見えてくる。

リョウは砂丘の天辺《てっぺん》をえぐり飛ばして着地し、ソレオレノが砂を削りながら滑り降りた。操縦席がガタガタと揺れ、あまりの激しさにセンが呻《うめ》き声を上げている。

ソレオレノは横転しかけるも、斜めに傾いたまま、岩場の手前でやっと止まった。

後ろの砂地を振り返れば、長い長い擦過《さっか》の痕跡が深々と残っている。

無様な着地だ。

ド新人の虫使いでも、もっとマシな着地ができる。

リョウはソレオレノをピクリとも動かさず、座席横にある操作パネルをいじり、水袋から維管束への水すら遮断した。ソレオレノの体表の古代植物がカラカラに乾いていく。虫樹の維管束は毛細血管のように全身に張り巡らされており、動力源の水の通り道となっているのだ。

ここまではリョウの考えた通りだ。

ここから先は、わからない。

リョウは緊張で背中を湿らせつつ、背後の様子をうかがった。

追っ手がくる。

傍から見れば、ソレオレノは水袋を使い果たしたようにしか見えないだろう。

「リョウ、ソレオレノの故障ですか？」

後部の折り畳み式補助座席にしがみ付いていたセンが、腰を浮かしてリョウの横顔を覗き込んでくる。センの表情は曇っていた。マシントラブルだと思っているのだろう。

「それともまさか、水がなくなってしまったのですか？」

「いいや。無くなったフリをしてるのさ」

リョウがそう言うなり、センはこれから何が始まるのかを察したようだ。センは慌てて補助座席に座り直し、リョウの座席の背もたれへと再びぎゅっとしがみ付いた。

もう十分逃げた。

反転攻勢だ。

どの道、これ以上は逃げられない。守れば死ぬ。攻めるしかない。

（こい、さあ。やってこい、こっちにっ）

リョウは舌なめずりし、弓のように引き絞った緊張感を楽しんだ。

相手の狙いはセンだ。ソレオレノの破壊ではない。相手は必ず近づいてくる。今のソレオレノは絶好の獲物だ。功を焦って、先頭の敵機は仲間を待たず、やってくる。

勝機は一瞬だ。

リョウの読みでは、ユーロが放った追っ手の内、先行しているのが手練《てだ》れだ。後続は水の消費を抑えた飛び方をして、水袋の水を温存し、補給部隊のような役割を担う。腕に覚えのある者が先行し、一番槍《やり》を狙う。リョウが追っ手の虫使いなら、そうする。

（きたっ……）

リョウは眼光鋭く、敵虫樹の様子をうかがった。

長く太い強靭《きょうじん》な後脚と、分厚く丸みを帯びた頭部装甲が印象的な、飛蝗《バッタ》型の虫樹だ。脚部と頭部の太さから、圧搾や解体を得意とする虫樹だろう。白色の装飾植物群で機体を彩り、脚部だけに末摘花《べにばな》のような赤黄色の縁取りがなされている。敵虫樹はソレオレノから虫樹四体分ほどの距離をあけて、颯爽《さっそう》と砂に降り立った。その着地の羽音と脚音が実に柔らかい。

それだけでリョウには一目瞭然だ。

この敵虫樹の虫使いは、間違いなく手練《てだ》れだ。ソレオレノへと近づいてくる。

(もっとだ、もっとこいっ、イナゴ野郎)

リョウは操縦桿《そうじゆうかん》を柔らかく握り直し、推力ペダルに足を添えた。

まだだ。

まだ敵は油断しきっていない。功を焦って単機でソレオレノに近づいてきたが、その挙動にはまだ警戒心が見て取れる。リョウは待った。闘志を漲《みなぎ》らせて我慢した。

すると、敵虫樹が駆け出した。

「──ぐっ」

ソレオレノの横腹にぶつかられ、リョウは呻《うめ》いた。

センがくぐもった悲鳴を上げるほどの衝撃が、操縦席を突き抜ける。リョウの内臓にもびりびりと衝撃がきた。だが飛蝗《バッタ》型の虫樹のもつ打撃力からすれば、これは小突いた程度だ。

二度三度と、敵は小突いてきた。確かめている。

ソレオレノが本当に水切れを起こしたのか、確かめようとしている。

(まだだ……まだ……)

リョウは堪《こら》えた。

たまらなく怖い。ソレオレノは今、敵虫樹に横腹を晒《さら》しているのだ。無防備なのだ。敵の虫使いがやろうと思えば、ソレオレノの水袋は容易《たやす》く貫ける。

だが、そうしないだろうとリョウは踏んでいた。

ソレオレノは乾き切ったオンボロ虫樹だが、それでもまだ動く古代遺物だ。虫樹は水と太陽光と空気があれば多少の傷を受けようとも自己治癒する、価値ある古代遺物だ。

なるべく損傷させず鹵獲《ろかく》できる機会があるのなら、敵虫使いは飛びついてくる。

リョウが相手の立場なら、そうする。

そのリョウの読みを裏付けるように敵虫樹は動きを止めた。

「おい、甲虫型の虫使い」

威圧感のある男の声だ。

敵虫使いが、拡声装置越しにリョウへと呼びかけてきた。そのドスの効いた声の中に、自己の優位性を確信したが故の慢心と油断が、ありありと聞き取れる。

「出てこい。投降しろ。ここで死にたくなければ、今すぐボールコックピットを開けろ。王女を渡せ。もう一度だけ言う。いますぐ操縦席を開放――」

（――今だ！）

リョウは引き絞っていた闘志を解き放った。

狙うは敵虫樹の顎下だ。

腹部に残っていた水がソレオレノの維管束へと瞬く間に行き渡るなり、猛烈な瞬発力を一点に集中させる勢いでリョウは敵虫樹へとぶちかました。

ソレオレノの角を薙《な》ぐように唸《うな》らせた、下側から敵虫樹をひっくり返す一撃だ。

敵虫樹が大きくのけ反っていた。体表から霧のように飛び散った装飾植物の白い破片は、ソレオレノのぶちかましの威力を物語っている。敵虫樹は長い後ろ脚で辛くも転倒を堪《こら》えてはいたものの、腹部をリョウに対して大きく晒《さら》してしまっていた。

その隙《すき》を逃すリョウではない。

ソレオレノの蒸気噴流と共にリョウの雄叫《おたけ》びも噴き出した。

「もらった！」

ソレオレノの角先をぴたりと定め、突進したリョウは容赦なく敵虫樹の水袋を貫いた。もんどりうつような勢いだ。もつれあって転がりながら、リョウは維管束の音を聞いていた。

水喰虫の本領発揮だ。

転倒から機体を立て直した時には、ソレオレノは敵虫樹の水袋を吸い尽くしている。敵虫樹から引き抜いたソレオレノの角を横薙ぎに払うと、血振るいしたかのように水が煌《きら》めいた。

「残り五つ」

リョウは兜《かぶと》の緒を締め直すように周囲を見回した。

奪い取れた水は少ない。短期決戦が重要だ。

リョウは待ち伏せするために落とし穴を掘ろうとしたが、センの声に作業を止めた。

「リョウ、新手が来ます！」

センの指さす岩場に、虫樹が一機見える。甲虫型だ。鞘翅《しょうし》を展開しない飛び方やそのフォルムはカナブンに似ている。頭部にある二股に分かれた角や、逞《たくま》しい胴回りや脚部からして、ソレオレノと同じく掘削や解体などを得意とする虫樹だろう。

鞘翅や脚部に茂らせる装飾植物によって、全体が白みを帯びている。ユーロの手勢は、どいつもこいつも白っぽい。敵味方の識別を容易にするため、装飾植物を白色に限定しているのだろう。光沢のある黒色が、縁取るように虫樹の輪郭を際立たせている。

この甲虫型の敵虫使いも、かなりの手練《てだ》れだ。

岩場に降り立つ着地の足音はもちろん、羽音が柔らかい。艶《あで》やかな響きだ。

リョウは唾《つば》を飲み下した。

甲虫型の敵虫樹は大岩の上から、ソレオレノを見下ろしている。リョウによって仕留められた飛蝗《バッタ》型の虫樹を見て、迷っているのだろう。単騎で戦いを挑み手柄を得るか、増援の到着を待つか。飛蝗型の虫樹を倒したリョウの力量が、偶然によるものか実力によるものか。

リョウは足元に転がる飛蝗型の虫樹を、ソレオレノの脚で踏みつけた。

挑発だ。

こいつを仲間と思うのなら早く助けにこいよ臆病者、というリョウのメッセージは明確で、甲虫型の敵虫使いの神経を逆撫《さかな》でするには充分だったようだ。甲虫型の敵虫樹が岩場から砂地へと勢いよく降り立とうとした、その瞬間を狙ってリョウは推力ペダルを踏み込んだ。

ソレオレノの脚力は勿論《もちろん》、蒸気噴流まで噴かした突進だ。

かち合った時、甲虫型の敵虫樹の脚はまだ地面についていなかった。

正面切ってのぶつかり合いは、地に足をつけるものが圧倒的に有利だ。ソレオレノの角の一撃は甲虫型の二股の角で受け止められてしまったが、リョウは構わず押し込んだ。

ぐんっと迫ってくる大岩の絶壁こそ、リョウの狙いだ。

虫樹はその構造上、正面からの衝撃には強いが、後方からの衝撃には弱い。リョウは突進の勢いそのままに、敵虫樹を挟み込む形で大岩の絶壁へと激突した。背後から聞こえてくるセンの引《ひ》き攣《つ》ったような呻《うめ》き声が、その衝撃の凄まじさを物語っている。

絶壁からパラパラと砂や石ころが降り注ぎ、虫樹の外殻を小気味よく鳴らしていた。

いかに頑強な虫樹とて、確実に仕留められる一撃だ。

だがリョウは、操縦桿《そうじゅうかん》の手応えに違和感を覚えていた。

膨れ上がる違和感に、リョウは目を丸くして甲虫型の敵虫樹を見るしかない。

「……そんな……この一撃を受けて、どうして……?」

唖然《あぜん》としてセンがそう呟《つぶや》いた。

リョウも一瞬、見間違いかと思ったほどだ。

大岩の絶壁に尻から激突したというのに、甲虫型の敵虫樹がぴんぴんとしている。後部で膨らませていた風船のようなものが、萎んで収納されていくのがリョウにも見えた。外付けの水袋の一種だろうか。袋に空気を充塡させ、衝撃を吸収したらしい。

（こ、この甲虫型っ、なんて打たれ強さだ）

リョウの目測は外れた。この一撃で仕留める算段だったのだ。

角と角を交えたままだ。甲虫型の敵虫樹は既に、地に足をつけてしまっている。

ソレオレノの勢いは完全に殺されていた。

虫樹に宿る精霊を感じられない今のリョウでは、目の前の手練《てだ》れ相手に押し勝てない。

甲虫型の敵虫樹の背中からばしゅんっと音がして、蒸気の薄煙が見えたかと思うと、赤い煙の柱が空高くしゅるしゅると立ち上っている。仲間に位置を知らせる、信号煙だ。

（早く、早くコイツを倒さねえと……！）

リョウは一度大きく飛び退《と の》き、相手を下から跳ね上げるべく再び突進した。

しかし掬《すく》い上げるように放ったソレオレノの角の一撃は、甲虫型の敵虫樹の角で呆気なく摑《つか》み止められた。リョウが相手の体幹を崩そうと攻勢を続けるも、甲虫型の敵虫樹は防戦に徹して堪《こら》え続けている。その手堅い守りをリョウは突き崩せず、時間だけが過ぎていった。

多勢に無勢では勝てないが、一対一を繰り返すなら勝機はある。

目の前の一機を一刻も早く倒さねばならない。そうしなければ勝機はない。焦燥がリョウの首筋をじりじりと焦がしていく。増援が到着するほど、リョウは不利になる。

一秒でも早く倒せば、それだけリョウが有利になる。

勝負は、いかに己を有利な状況にもっていくか、それに尽きる。相手の長所を封じ、相手の弱点を突き、己の弱点を守り、己の長所を引き出した者が勝つ。

甲虫型の敵虫使いもそれを熟知している。だから防戦に徹しているのだ。

「リョウ、もう一機来ます！　二時方向っ」

センの警告と共に、二時の方向から虫樹の着地音が聞こえた。

飛蝗《バッタ》型の敵虫樹だ。丸みを帯びた分厚い頭部装甲と逞《たくま》しい後ろ脚、脚部だけに末摘花《べにばな》のような赤黄色の縁取りがなされている事から、一機目の姉妹機だろうか。その脚捌《あしさば》きからして、虫使いの腕は平凡だ。だが、二対一にもつれ込んでしまった。

飛蝗型の敵虫樹が絶壁に後ろ脚を掛け、全身の力を引き絞っているのが見える。猛烈な蒸気を噴き上げるのが見える。その分厚い頭部はソレオレノをまっすぐ狙っていた。

脚力と蒸気噴流をあわせた、飛蝗型の突進は目にも留まらない。

リョウは操縦桿《そうじゅうかん》と推力ペダルの決死の操作で、ソレオレノにバックステップを刻ませ、すんでのところで飛蝗型の突進を避けた。すれ違いざまに聞こえてくる圧縮された空気の音すらおぞましい。掠《かす》っただけでも、ソレオレノの脚部がもげ飛びかねないほどの一撃だ。

リョウの後ろから地響きがする。

岩が崩落しているのだろう。勢い余った飛蝗型の頭突きによるものに違いない。

「リョウっ、背後です！　八時方向から挟み撃ちにするつもりですっ」

「王女様っ、イナゴ野郎の蒸気噴流が見えたら合図してくれ！」

「わかりました！」

センの返事は力強い。切羽詰まったリョウを支えてくれる。ついさっきまで防戦に徹していた甲虫型の敵虫樹が、ソレオレノへと猛然と突進してきたのだ。

やはり甲虫型の敵虫使いは手練《てだ》れだ。

この状況を待っていたとばかりに、リョウに対して攻勢を強めてくる。

時間をかけていれば、これが三対一になり、四対一になり、最後には五対一になる。リョウはソレオレノの角で甲虫型の角を受け止めたが、押し合いにもつれ込んでしまった。

「ぐっ……」

リョウはぎりぎりと奥歯を鳴らした。

極めてまずい状況になりつつあるが、負けない。

絶対に負けない。

負けてなるものか。敵愾心《てきがいしん》を燃え上がらせてリョウは踏ん張った。

踏ん張った瞬間、リョウはふと手ごたえを感じた。組み合って擦《こす》れあうソレオレノの角の感触や、角越しに伝わってくる敵虫樹の息遣いを、強く感じる。ソレオレノの脚や体表の感覚までもが、リョウ自身の肉体と重なるようなこの感覚。

（い、いまっ、砂の感触がっ！）

リョウははっとした。

ソレオレノの脚先が触れる岩のごつごつとした感じや、砂のざらつきが分かる。ような気がする。ソレオレノの体表を流れる風を肌で感じる。ような気がする。

おぼろげだが、この感覚は――懐かしい。

虫樹に宿る精霊を感じ、繋《つな》がる時にある感覚だ。虫樹と重なり合うことで、人間の感覚を越えたものすら感じ取れる。今のリョウは自身の首を曲げることなく、八時方向にいる飛蝗《バッタ》型の敵虫樹がソレオレノ目掛けて飛びかかろうとする予備動作すら見える。ような気がする。

リョウは綻《ほころ》びかけた口元を引き締め、正面を睨《にら》みつけた。

「感じたぞっ、精霊を、今！」

角で組み合って押されていたソレオレノの動きが、止まった。

だが押し返せない。力が拮抗《きっこう》している。

甲虫型の敵虫樹が二股の角をソレオレノの一本角に絡め、リョウを逃がすまいと抜き差しならなくしてきた。挟み撃ちにするためだろう。数の利を活かそうとする相手の思惑が、リョウには透けて見えた。止まったソレオレノの横腹を、飛蝗型の虫樹が狙っている。

後ろに目があるかのように、それがリョウには見える。ような気がする。

ソレオレノに宿る精霊と繋がる感覚がまだ浅い。

一か八かだ。やるしかない。

「――リョウ、来ます！」

センの合図がリョウの超感覚を裏付けた。

リョウはタイミングを見計らい、ふっとソレオレノから力を抜くなり、後ろへ倒れ込む勢いを利用して八時方向へと思いっきり角先を薙《な》いだ。角と角を組み合わせていた甲虫型の虫樹はソレオレノの角先に引き込まれ、つんのめるように八時方向へと飛び出している。

そこへ、飛蝗型の敵虫樹が間髪を入れずに突っ込んできた。

衝撃がリョウを襲うも、軽い。

不釣り合いなほど、衝突音はけたたましい。

飛蝗型の敵虫樹の渾身《こんしん》の頭突きが、甲虫型の敵虫樹の横面を撃ち抜いたのだ。敵の挟み撃ちを逆手に取ったリョウの機転は、甲虫型の敵虫樹に深刻な被害を与えたようだ。甲虫型の敵虫樹は木の葉のようにぶっ飛ばされ、二股の角と前脚が砕け散っていた。

飛蝗型の敵虫樹は甲虫型への打撃を最小限にしようと、下手に制動をかけてしまったからだろうか、体勢を大きく崩し、甲虫型の敵虫樹ともつれ合って転がっていた。

（今だ！）

リョウはソレオレノの角先を定めるなり、果敢に駆けた。

ソレオレノの一本角で横転している飛蝗型の横腹を貫き、そのまま蒸気噴流の加速に輪をかけるように力強く砂を蹴立《けた》てて、甲虫型と二機まとめて岩の絶壁へと押していく。

ソレオレノに宿る精霊を感じる今なら、やれる。

敵虫樹が脚捌《あしさば》きで砂を掻《か》き減速させてくるも、リョウは巧みに押し切った。ソレオレノを液体だと思うのだ。濁流が岩を押し流すイメージを心掛け、リョウは突進しながらも力の掛け方を千変万化させていく。かける力が不安定であればあるほど、受ける側は堪《こら》えにくくなる。

力任せでは断じてない。

技量を活かした高度なぶつかり合いだ。この攻防は虫使いの本質により近い。

装飾植物の白い破片が、ぱっと散る。

リョウは岩の絶壁に激突し、敵虫樹を二機まとめて圧壊させた。甲虫型の敵虫樹は側面から風船状の袋を膨らませて衝撃を緩和しようとしたが、絶壁へと押し込んだ途端に破裂してしまった。ソレオレノに宿る精霊を感じたリョウの繰り出す突進は、以前の比ではない。甲虫型は腹板が拉《ひしゃ》げた上に脚が四本も千切れ、飛蝗《バッタ》型は翅《はね》がもげた上に水が枯渇して動けない。

さらなる増援が来る前に、二機とも仕留めた。

「残り三つ！」

リョウは吠えた。

ソレオレノの動きにかつての精彩さが戻り始めている。リョウの聴覚すらも、ソレオレノに宿る精霊を感じることで、人間の範疇《はんちゅう》を超えていっているらしい。

（聞こえるぞ。新手の羽音と、蒸気噴流がっ）

リョウは絶壁を見上げた。

遠いが、はっきりと聞こえる。

（この岩の向こうからだ。二機いる。飛蝗型だ。低空飛行で、縦に並んでやってくる）

リョウの頭の中で、見えていないはずの敵虫樹の様子がぼんやりと描けた。彼我の距離感がわかる。ような気がする。まだ感覚が不確かだ。センはソレオレノの背後に広がる荒野と砂漠を今も見張ってくれているが、迫る敵影やその音すら感じ取れてはいないようだ。

リョウはソレオレノを操り、岩の絶壁に脚をかけて登り、その中ほどで動きを止めた。角先を青空へ向け、ソレオレノを懸崖《けんがい》に張り付かせる。

接近してくる二機の敵虫使いは、先行した手練《てだ》れの三機がすでに仕留められたとは思ってもいないだろう。それはつまり、リョウが不意をつく好機だ。

リョウは精霊を感じる自分の感覚にまだ自信が持てず、センに頼んだ。

「王女様、もしソレオレノの背中側から敵が見えたら、合図してくれ」

「任せてください」

仰向《あおむ》けの体勢の中、センはそう答えて首をひん曲げ、頭上を確認してくれている。

リョウは座席横の操作パネルを操り、水袋に残っていた大部分の水を捨てた。水袋が空に近づけば近づくほど機体は軽くなり、より機敏に動ける。

水切れを起こす寸前こそ、虫樹の瞬発力が最も高まる時だ。

リョウは耳を澄ませた。二機に遅れて、さらにもう一機、甲虫型の飛行音も聞こえる。ユーロが放った追っ手の最後尾だろう。この不意打ちを仕損じれば三対一になりかねない。

高鳴る心臓をなだめるように、リョウは細く長く息を吐き、ゆっくりと吸った。操縦桿《そうじゅうかん》を握りながら、人差し指の指先でトントンと一定のリズムを刻む。

絶壁に張り付いて待ち構えること、十二秒。

まだ青空に敵影は見えていない。しかしリョウは音と勘だけを頼りに、推力ペダルを踏み込んだ。ソレオレノが絶壁を蹴りつけ、蒸気噴流を噴かせて駆け上っていく。

崖の縁から飛び出す飛蝗《バッタ》型の機影が、まず一つ。

リョウが狙っていたのは、その次にやってくるもう一機だ。

(——きたっ!)

崖の縁から飛び出してくる二機目が見えるなり、ソレオレノの操縦桿や座席越しに、リョウが待ち望んでいた手応えがきた。骨の髄まで震わす衝撃に、乱れる羽音、飛び散る装飾植物の白い残骸《ざんがい》。垂直上昇するソレオレノが、二機目の腹部をものの見事に貫いている。

そのまま空中でもつれ合い、リョウの視界は千々に乱れた。

天地が目まぐるしく入れ替わり、リョウの頭や四肢が外側に持っていかれそうになるも、敵虫樹の水を吸い取ることは忘れない。大きな放物線を描きながら、仕留めた敵虫樹をリョウは前脚で蹴り飛ばし、角を引き抜いてソレオレノの姿勢を空中で立て直した。

後続の立てた断末魔を聞いて、先行する飛蝗型の敵虫樹が慌てふためいている。その様子が眼下に見える。空中戦ではより上空に位置する者が有利だ。

リョウは真っ逆さまに急降下した。息もつかせぬ早業だ。先行していた飛蝗型の背中をソレオレノの角で貫くと、空中から滑り落ちるように真下の岩場へ押し付ける。とんがり頭の飛蝗型は腹面をがりがりと削られ、砂地へ滑り出る頃には水が枯渇していた。

リョウが横目で捉えた限り、散った装飾植物が白い軌跡をまだ空に残している。

（やはり、後続の虫使いは手練《てだ》れじゃない！）

ぶつかった瞬間に、その虫使いの力量は見抜ける。とっさに急所を逸《そ》らせるか、崩した姿勢を素早く立て直すか。当たった瞬間の衝撃の軽さなどで、リョウは手に取るように分かる。

暗闇《くらやみ》のただ中に突き落とされた感覚など今のリョウにはない。

一縷《いちる》の望みにかけ、それを手繰り寄せた。

自分の虫使いとしての嗅覚《きゅうかく》はまだ死んでいない。

そう思えるだけで、リョウの闘志が口から火の粉を噴いた。

「──あと一つ！」

リョウは剣士のように、ソレオレノの切っ先を岩場の方へと向けた。

勝つ。

絶対に勝つ。

降り立った最後尾の甲虫型はカナブンに似ていた。角はないが口元に鋭い顎《あご》が見える。胴や脚の太さからするに、木材加工や運搬を得意とする虫樹だろうか。六本の脚で器用に持っていたぶよぶよとした大きな袋を三つ、地面に置いている。革袋の水筒に似たそれは、虫樹の航続距離をのばす外付けの水袋に違いない。白っぽい装飾植物で彩られた逞《たくま》しい図体をしてこそいるが、どうやら尻込みしているようだ。その着地の音からして、虫使いの腕はあまりよくない。周囲に倒れ伏した五機の虫樹を見て、甲虫型の虫使いは戦意を喪失したらしい。

慌てて回頭している。

「逃がすかっ」

背を見せて翅《はね》を広げようとしたその甲虫型を、リョウは容赦なくはね飛ばした。

敵虫樹は岩肌に激突し、ソレオレノに横腹を晒《さら》したまま苦しそうにもがいている。敵虫樹に体制を立て直す隙《すき》を与えてはいけない。攻める時は一気呵成《いっきかせい》だ。

(こいつで、最後だ)

リョウは猛然と駆けた。

一直線だ。

ソレオレノの鋭利な角先が、六機目の敵虫樹の横腹へと突っ込んでいく。砂を蹴立《けた》てるソレオレノの脚は力強い。このまま相手の水袋を突き破ればリョウの勝ちだ。

制した。六対一を。

圧倒的な不利を、リョウは覆した。

(勝った！)

リョウが確信したその時——

がくん、とつんのめった。ソレオレノの角先が意図せずぶれる。

そのまま砂へと頭から突っ込み、センの悲鳴が聞こえた。全身を揺すぶる激しい衝撃すら、リョウは全く気にならない。ソレオレノが激しくこけた。

地に伏したままでは、隙を晒し続けることになる。

リョウはソレオレノを引き起こそうとして、胃の腑がきゅっと冷えた。

「なにっ⁉」

リョウはペダルと操縦桿《そうじゅうかん》を操るも、ソレオレノの動きが鈍い。

間違いない。ソレオレノの脚部に異常が生じている。だが、気門は活きているはずだ。

目の前の敵虫樹は、まだ立ち直れていない。

この好機を逃してなるものか。

リョウの決断は光の速さだ。

とっさに蒸気噴流を噴かし、急加速しようとするも、ソレオレノの切っ先を定め切れず、リョウは岩肌に激突してしまった。全身を丸ごと殴りつけられたかのような衝撃に、リョウの骨が軋《きし》んだ。背後からセンの苦悶《くもん》の声が聞こえてくる。

伏兵に横槍《よこやり》を入れられたのでも、地形のくぼみに脚をとられたのでもない。リョウはソレオレノが地面に刻んだ軌跡をたどり、目を見開いた。

もげたソレオレノの脚が砂の上に転がっている。

ソレオレノの脚が、この一番大切な時に、耐久限界を迎えてしまった。

それも一本や二本ではなく、三本同時に。

（ソレオレノの、脚がっ……）

リョウは愕然《がくぜん》とした。

こんなことがあるか。あっていいのか。リョウは悔しさに震えながらユーロから逃げ、策をめぐらし、追撃部隊の隊形を乱し、追っ手の油断を突いて五機も仕留めたというのに。

あとちょっとだというのに。

勝利が目前だったのに。

六機目の虫樹にとどめを刺せる、その絶好のタイミングだったというのに。

ソレオレノの脚が壊れた。それも、三本同時に。

一本だけなら、まだ何とかなった。二本でも、リョウはどうにかできた。三本同時に脚を失ってしまったら、さすがのリョウでもどうにもならない。

ソレオレノに宿る精霊すら、いつのまにか感じられなくなっている。

リョウの目の前で、敵虫樹が体勢を立て直していく。ソレオレノの窮状を見て取るなり、さっきまでの逃げ腰はどこへやら、鋭い顎《あご》をガチガチと鳴らしながら近づいてくる。なす術《すべ》がない。リョウは歯嚙《はが》みした。

ソレオレノがこれほどオンボロになっていなければ、ユーロの放った追撃部隊が五機編隊であったならば、このような惨めな敗北が眼前に迫ることはなかった。

裏切りだ。ソレオレノにすら裏切られるなんて。

（くそっ！　ちくしょう……！）

リョウは神を呪《のろ》った。

（うごけ、動いてくれ！）

リョウは神に祈った。

ソレオレノは三本の脚で後ずさりするのがやっとだ。その動きに精彩はない。甲虫型の敵虫樹がソレオレノの横腹へと回り込んでいくというのに、まったくついていけない。

終わりだ。

リョウはもがくのを止めたが、操縦桿《そうじゆうかん》や推力ペダルから手と足裏を離せない。

突進してくる甲虫型の敵虫樹は、しかしリョウの眼前で吹っ飛ばされた。横槍だ。上空から突っ込んできた虫樹の一団が、瞬く間に甲虫型の敵虫樹を横転させてしまった。

装飾植物の白い破片が、ぱっと飛び散っている。

リョウは何が何だか分からない。

五機もの虫樹がソレオレノへと接近していたというのに、その羽音一つ聞き取れないほど追い詰められていたのだ。困惑するリョウの後ろで、センが喜び勇んで腰を浮かした。

「騎士団です！　……亡き王への忠節を忘れぬ、桜の騎士たちです！」

センが声を張り上げている。

桜色の装飾植物と緑色の外套《がいとう》で機体を彩った、虫樹の一団だ。上方へ反り返った鋏《はさみ》のような大顎《おおあご》をもつ虫樹だった。伐採や裁断などを得意とする虫樹だろう。きびきびとした動きで、虫樹の一団はソレオレノを守るような陣形を取っている。岩場の上にいる桜色の一機は、見張りを果たしているのだろう。周囲への警戒を怠らない、訓練を積んだ者たちの動きだ。

甲虫型の敵虫樹が横転から辛くも立ち直った時には、前後を騎士の虫樹の一団に囲まれてしまっていた。甲虫型の敵虫使いは観念したようだ。頭部前胸装甲と共にボールコックピットを開け放ち、両手を上げて投降の意を示している。

リョウは体中の息をゆっくりと絞り出しながら、座席へと深く身を預けた。

（生き残った……）

リョウは神に感謝した。

呪《のろ》っては祈り、祈っては感謝し、これほど感謝していても、また呪うことになるかもしれない。まったく、なんという愚かさだろう。浅はかさだろう。

リョウは自分が心底嫌になる。

負けたと思った。駄目だと諦めかけた。だが、まだリョウは生きている。

安堵《あんど》感のせいなのか、かつて聞いた言葉がリョウの口を衝《つ》いた。

「勝ったように見えて負け、負けたように見えて勝つ……か」

「リョウ、その言葉は……」

「ああ。三傑の一人――ターレルの口癖だ……」

皮肉なものだと、リョウは思った。

ターレルを殺したいほど憎んでいる自分が、その口癖の意味にこうして触れ合い、生き延びることになったとは。なんとも不思議なものだと、リョウは思いながらボールコックピットを開いた。頭部前胸装甲が持ち上がり、焼けるような陽光が差し込んでくる。

乾いた砂風が、操縦席の汗ばみを拭《ぬぐ》い去っていく。

騎士団は瞬く間に、ユーロの追っ手たちを捕縛していった。

強行軍であったのだろう。騎士たちの衣服も、その虫樹も、砂埃《すなぼこり》に酷《ひど》く塗《まみ》れている。桜色の装飾植物で彩られた虫樹の中で、もっとも華やかな見た目の虫樹は隊長機だろう。隊長機から降り立った人影が、センのもとへと駆け付けてきた。

「セン様っ、よくぞご無事で！」

この騎士隊を率いる女騎士らしい。小麦色の肌をした、涼やかな目鼻立ちの女だ。桜色の外套の下から鎖帷子《くさりかたびら》が覗いている。センとは知った仲なのだろう、女騎士は駆け寄るなり強くセンを抱きしめて安堵《あんど》の息を漏らした。女騎士は自らの武人としての領分をはっと思い出したかのように、慌てて一歩下がって臣下の礼を示している。

センは微笑《ほほえ》ましいものを見るように、女騎士の手を取りながら他の騎士たちを見た。

「マナト……皆も、助かりました。よくぞ駆け付けてくれました。ありがとう」

「遅れて申し訳ありません、セン様。……フィルス殿は？」

「……フィルスは、私たちを逃がすべく、ルイアンの町で……」

センが声を落とすと、女騎士マナトも顔に影を落とした。

「そう、でしたか。もっと、早く来ていれば……」

「いいえ。私が拙速だったのです。ユーロがルイアンへとこれほど早く、多脚要塞《ようさい》でやってくるとは予想外でした。私の読みが甘かった。あなたたちは、よくやってくれました。……少なくとも、王都からこの地にやってきた甲斐はありました」

そう言ってセンは、リョウを見てくる。

マナトが目を見開いた。

「……もしや、では、この方があの？」

「はい。大陸一の冒険者、虫使いのリョウです」

センの紹介に、騎士たちが息を呑《の》んで顔を見合わせた。

リョウの姿を見ながら騎士たちが口々に囁《ささや》き合っている。

「リョウ？　……あの方が、あの、大陸一の虫使い……？」

「……本当に、本人なのか？」

「なんだか、いろいろと、ボロボロだぞ、あの人……」

「いや、間違いない。あんなオンボロの虫樹一機で……あのユーロの手勢を、五機も……」

「六機とも仕留めたようなものだろう、これは」

「た、たしかに」

「人間業なのか、これは……？」

騎士たちの囁きや好奇の目を、リョウは黙殺した。

騎士たちはすでにユーロの追っ手を一か所に集めて拘束している。リョウが打ち破った虫樹は水袋を貫かれ、機体の表皮と装飾植物群がカラカラに乾いていた。

ユーロの追っ手の虫使いたちは捕虜とされ、武装解除されている。

捕虜の物らしき短刀や曲刀が、一か所に積み上げられていた。リョウは曲刀の一つを足先で器用に蹴り上げ、その柄を摑《つか》み取るなり、横薙《な》ぎにして鞘《さや》から抜き放った。

（たたっ斬ってやる！）

リョウは殺意の赴くまま、荒々しく一歩ずつ砂を踏みしめた。

捕虜など必要ない。

ユーロの手勢だ。ユーロの味方は、リョウの敵だ。仇《かたき》に与する者も仇だ。騎士たちが困惑するほど鼻息荒く捕虜へと近づくリョウの前に、血相を変えてセンが飛び出してきた。

「リョウっ、駄目です！　この者たちはもう降伏したのです！」

「知ったことか。こっちを殺しに来た相手だ。ぶち殺してやる！」

「なりません、リョウ」

「ユーロの手勢は生かしちゃおかねぇっ、どけ！」

意に介さず押しのけて進むリョウに、センが必死に追いすがってくる。

「いけません。リョウ、止まってっ。短慮はいけません。感情に飲まれてはいけない。これ以上、心の内を爛《ただ》れさせてはなりません。堪《こら》えてください。どうかお願い、やめて。止まってください、リョウ。なりません。なりませんとぉ――」

リョウの腰回りにセンの両腕が巻き付くなり、あっという間もない。畑から引っこ抜かれる大根の気持ちはこんな感じなのかと、リョウはふと思った。

「――言っているでしょうがっ！」

センの怒声が鋭く響くや、リョウの頭のてっぺんから爪先《つまさき》まで衝撃が突き抜けた。ふわりとした浮遊感が、リョウの殺意を空気中へと霧散させていくかのようだ。

リョウの足の裏は青空へ向いている。

またた。

また、あの反り投げだ。王家の武道だ。フィルスの教えが上手いのか、センの飲み込みが良かったのか、リョウの頭と首と肩は砂にめり込んでしまっている。

前回よりもセンの技の切れが増していた。

前回よりもリョウの受ける痛みは少ない。

一度食らっていたからか、リョウは受け身が上手くなっていた。

リョウの拘束を解いたセンが、素早く起き上がって目を潤ませながら詰め寄ってくる。

「か弱い姫の頼み事くらい、聞いてくれたっていいではありませんか！」

「……ちょくちょく、言ってることとやってることが違うんだよ、王女様……」

リョウはぼやきつつも、曲刀を手放さなかった。以前センの反り投げを食らった時より、衝撃に面食らうことがなかったおかげか、リョウの恨みつらみも消えてはいない。

ユーロの手勢が目の前にいるのだ。

砂を多少ぶっかけられたところで殺意の炎はやすやすと再燃する。

捕虜どもを狙うリョウの視線を遮るように、センが立ち塞《ふさ》がった。

「降伏した彼らを殺すことはなりません。この虫使いたちはユーロの支配圏に家族がいる者たちです。ユーロに人質をとられ、従わざるを得なかっただけです」

「その人質になってる連中が、ユーロが攻めてきた途端、何をしたのかもう忘れたのかっ」

「それは……」

言い淀《よど》むセンの瞳《ひとみ》にありありと映る動揺を突かんと、リョウは詰め寄った。

「匿《かくま》うフリをして、手の平返してユーロに手を貸しやがったろうが！　ユーロがあの町へやってきたのも、虫樹が隠れ家を囲んでいたのも、こっちの情報がぜんぶ筒抜けだったからだ」

「一枚岩ではないのです。一枚岩の集団など存在しません」

「んなもんが裏切りの免罪符にはならねぇ」

「一枚岩ではないからこそ、我々の窮地ともなり、救いともなるのですっ」

「そんな甘っちょろい物の見方じゃ、ユーロに血を見せられやしない！」

リョウの怒声に、さしものセンも返答に窮したのか、辺りがしんとしている。このまま押し切ってやろうとリョウが燃え盛る殺意の眼光で貫くと、センは殊更に声を穏やかにした。

「……リョウ。あなたの復讐心は、ずいぶんと軽いものなのですね」

「な、なに？」

リョウが面食らうなり、センは精悍《せいかん》な眼差《まなざ》しで貫き返してきた。

「殺してどうなります？　無抵抗の者を殺して、何を得られます？　叩《たた》きのめして、なんになるのです？　彼らを殺して、ユーロが心を痛めますか？　ユーロは痛くもかゆくもないでしょう。では、ユーロが痛くて痒《かゆ》いと感じることはなにか？　情報が筒抜けになることです」

センはすらすらと続けた。

「ユーロがどれほどの手勢で、どうやってここまでやってきたのか。あの多脚要塞《ようさい》に食料はどれほどあるのか。どこの地域に、どう配下の者を展開しているのか。その情報を我々が知ることこそが、ユーロにとって痛いことであり、痒いことなのです」

「……」

リョウはぐぬっと唸《うな》った。返す言葉が見つからない。

センの言葉は道理だ。

やられて嫌なことをされたら、きっちりやり返す。リョウの知る戦いの経験則にも適《かな》っている。やり返すためには、ここで捕虜を殺してしまっては意味がない。

押し黙るリョウへと、センは畳みかけるように問いかけてくる。

「リョウ。あなたは彼らを殺して、ユーロを利するのですか？　ユーロの喜ぶ顔が見たいのですか？　ユーロを安心させてあげたいのですか？」

「そっ、そりゃ、そのっ、通りだがっ、しかし、ふぬっ――」

リョウは言葉に詰まった。頭で納得はできても、心は追い付かない。

ユーロを許さない。その手勢も許せない。

連中がのうのうと息をしていることすら我慢ならない。

リョウの握る白刃は、荒い呼吸に合わせて切っ先をふるふると乱すばかり。リョウは獣よりも荒々しい唸り声を上げ、センを押しのけ、捕虜の一人目掛けて曲刀を振りかぶった。

「――ぬおらぁあああっ！」

リョウは曲刀を一閃《いっせん》させた。

重い衝撃が柄を伝わり、リョウの手を痺《しび》れさせる。恐怖に顔を引きつらせる捕虜を、リョウはぎろりと睨《にら》みつけた。曲刀の切っ先は捕虜の足先の砂地に深々と突き刺さっている。リョウは荒い息を吐き出しながら、曲刀の柄から手を放した。

「殺してぇ！　でも、俺とあんたがここで拗《こじ》れちまったら、ユーロが喜ぶっ。ユーロを喜ばせるくらいなら、俺は殺されたって殺さねぇ!!　ドちくしょうがっ！」

リョウはそう言うなり、捕虜にばっと背を向けて勢いよく胡坐《あぐら》をかいた。

「これでいいか、王女様!?」

「はい。十分です、リョウ」

センは満足そうに頷《うなず》いている。

まったく、このシャハラザードの王女様はリョウ以上の頑固者だ。手を変え品を変え、言い方を変え、言葉や物腰こそ柔らかいものの、こうと決めたことはちっとも譲ろうとしない。まったく腹立たしい。エン王とそっくりだ。

センはさっそく捕虜の虫使いたちと話し合っている。鬼の形相をしたリョウの魔の手から懸命に救ったからか、センはもうすでに捕虜たちから信頼を得ているようだ。

リョウはソレオレノを見た。

脚を三本失い、ソレオレノは地に伏したままだ。鹵獲《ろかく》した六機の虫樹から、脚や翅《はね》などのパーツをソレオレノに融通することは簡単だ。虫樹のパーツは極めて互換性が高い。特別な工具がなくとも、脚や翅を取ってつけるだけでちゃんと動くようになる。

だがリョウは支度する気になれなかった。

漫然とするリョウの元へと、マナトが手を差し出してくる。

「初めまして。私はマナトと申します。この桜騎士団を率いています」

「桜騎士団？　……エン王直属の騎士たちか」

「ここにいる者は今、セン様にお仕えしております」

「ずいぶん少ないな」

リョウは騎士たちの虫樹を見ながら、ぽつりと言った。

桜騎士団とて一枚岩ではないのだろう。

シャハラザード王直属の騎士団とはいえ、センの志に共鳴して集まったその数はたったの五機。ユーロが多脚要塞《ようさい》に抱える手勢と比べて、半分にも満たない。

リョウの思惑を見越してか、マナトは付け足した。

「我らは先陣です。すぐに後続がきます」

「何機だ？　手勢は。こっちに向かってる騎士は、あと何人いる？」

「あと五機です」

「その五機は補給隊だな？　直接戦えるのはあんたらだけか？」

「……はい」

頷《うなず》くマナトの顔は曇っている。

リョウもため息が漏れた。

ユーロの多脚要塞《ようさい》には、おそらく本来のユーロの手勢からすれば少数とはいえ、まだ十四機以上の虫樹が存在している。今すぐ反撃、という訳にはいかない。

いったんは退《ひ》いて、騎士の集結を待つべきだろうか。

（ソレオレノのもげちまった脚は、鹵獲《ろかく》した虫樹のパーツで補える。後翅《うしろばね》もかなり傷んでるから取り換えたほうがいいな。鞘翅《しょうし》と角はまだ大丈夫そうだ……）

リョウはそう考えている自分が、ふと、たまらなく哀れに思えた。もう癒えることのない傷を羽に負いながら、空を目指して沼の中で羽ばたき続ける鳥のようだ。

（……どう取り繕ったところで、ユーロのシモフリにはまったく及ばない……）

リョウには分かる。

ルイアンの町で軽く一戦交えただけだが、今のリョウでは無理だ。虫樹の性能差はもちろんのこと、虫樹に宿る精霊と深く通じ合えていないリョウでは、まず勝てない。

持久戦に持ち込んで敵の水切れを狙う、という手も使えない。

虫樹を含め古代遺物のほとんどは水を動力源としている。高性能の古代遺物になればなるほど水の消費が激しくなる、という傾向もある。だがユーロは確実に、アフラージを身に着けている。シモフリやユーロの手勢が水切れになることは、ない。

（それに、俺の雷の翅《はね》。なにより、あの幻覚装置……）

リョウは痛感していた。

「多勢に無勢だ」

リョウがそう言うと、マナトが懐から手帳を取り出した。

「リョウ殿、ユーロは何機の虫樹を率いていましたか？」

「ざっと見た限り、二十機はいた」

「虫樹の機種は？」

「ユーロのシモフリを除けば、甲虫型と飛蝗《バッタ》型だ。虫使いは腕の良いのと悪いのが半々ってところだろう。六機仕留めたが、それでもこっちの二倍以上の戦力だ」

「そう、でしたか……シモフリはどうでしたか？」

「手も足も出なかった。雷撃を操る翅と、強力な幻覚を操る古代遺物を積んでる。詳しくは王女様が捕虜から聞き出すだろうさ。どの道、今は逃げに徹するしかない」

「セン様は、そうお考えではないようです」

「なに？」

リョウが聞き返すと、マナトは平然と頷いた。

「セン様がこの西の地へ来られたのは、あなたを助け出すことだけが目的ではありません。セン様は三傑の手からアフラージを取り戻すためにこの地にきているのです」

「マナトの言う通りです」

捕虜との話に一区切りつけたらしいセンが、マナトの言葉を引き継ぐように続けた。

「どの道、アフラージをまず一つ、手にできねば始まりません」

「アフラージを取り戻す？　あのな、アフラージってのは薄っぺらい湿布状の古代遺物で、肌によく馴染《なじ》む。ユーロは常に身に着けているだろう。盗んだりなんて無理だ。ユーロを捕らえるしかない。シモフリの傍《そば》を離れないユーロを。……誰がシモフリを倒せるってんだ？」

リョウが声を荒げると、センとマナトが揃《そろ》ってリョウを見た。

二人の目が言っている。それはあなただ、と。

冗談じゃないとリョウは首を横に振った。

「俺じゃユーロに敵《かな》わない。雷の翅《はね》も、幻覚も、無尽蔵の水も。どうにもならない」

「敵うようになる方法を考えられませんか？」

「無理なもんは無理だ」

リョウはにべもなく言い切った。

（考えるだけ無駄だ）

リョウはそう思えてしかたない。

「見てただろう、王女様。シモフリの追撃を食らってたら、俺たちは終わってた。逃げ切れたのは、ユーロの野郎が慢心して、部下に追撃を命じてくれたおかげさ」

「そうでしょうか？　……ユーロはむしろ、シモフリであなたを追撃することを恐れたのでは？　オンボロのソレオレノ一機で六機もの追っ手を返り討ちにしてしまう、あなたを。だから自らシモフリで追撃せず、部下に命じたのではありませんか？」

「よせ。そんなんで乗せられやしねぇぞ、俺は。逃げるので精一杯だったんだ」

「ユーロの操るシモフリは国士無双です。……マナト、貴女たちなら敵いますか？」

「我ら桜騎士団が束になっても敵わないでしょう。あのタールレルですら虫使いとして一目を置いているのがユーロです。この十年、アフラージに目が眩《くら》みユーロのシモフリに虫比べを挑んだ冒険者は数知れないと聞きますが、勝った者は耳にしたことがありません。あのオンボロ虫樹でユーロのシモフリから逃げ切れただけでも、リョウ殿は尋常の虫使いではない」

　マナトが断言すると、センが確信を得たとでも言うように頷《うなず》いた。

「やはり、リョウ。ユーロを倒せる虫使いは、あなただけです」

「万が一にも勝てやしないさ。……ったく、あの幻覚さえなけりゃ――」

　リョウはそう言いかけて、口を噤《つぐ》んだ。

　あやうく「幻覚さえなければ何とかできるかもしれない」などと、淡い希望を口にするところだった。ユーロと一戦交えた時、シモフリによる体当たりや、触角の鞭《むち》による一撃を食らった。その時の感触を思い返してみると、リョウは十年前との違いが分かる。

十年前のシモフリの体捌《からださば》きからくる鞭打《むちう》ちや頭突きは、もっと鋭かった。

(ユーロのやつ、この十年、雷の翅《はね》や幻覚装置に頼りすぎてきたんじゃないか。戦いにおける虫使いの基本——ぶつかり合いに弱くなっていたような気がする……)

十年前のユーロが操るシモフリは、もっと羽音が美しかった。

シモフリの打撃一つ一つも、もっと重かった。

リョウはユーロと何度も虫樹で手合わせしていたからこそ、分かる。だが、それが分かったところで今のリョウにどうにかできるものでもない。

幻覚装置を封じ込められたとしても、ユーロには数の利と雷の翅とアフラージがある。

「どうやったって、俺じゃユーロには敵《かな》わない……俺はな、もう信じるに値しない。俺も、俺以外の連中も、ソレオレノすら、もう、信じられやしないんだ。俺はもう大陸一の冒険者でも虫使いでもない。あのソレオレノと同じさ。オンボロで、脚すらもげちまったんだ」

またソレオレノの脚がもげたらどうするのか。

翅が千切れたら?

気門や肛門が塞《ふさ》がり、蒸気噴流が出なかったら? 角や腹板が砕けたら? 維管束が詰まったら? 複眼に異常が生じたら? 水袋が裂けたら? 操縦桿《そうじゆうかん》が折れたら? 推力ペダルが壊れたら? 座席が外れたら? ユーロと戦っている時に、またそんなことになったら、リョウがどれだけ頑張ったって何の意味もない。

リョウは怖くてしかたない。

「……俺は、もう……」

リョウは震え出しそうになる声を飲み込んで、背を向けた。

自分の言葉で自分が嫌になっていく。

なにもかも信じられない。

ユーロの万全さに比べて、リョウのこの至らなさはどうか。

勝ち筋が見いだせない。わずかな希望すら見つけられない。ユーロへの憎しみをもってすら何も思い浮かばない。身悶《みもだ》えするような苛立《いらだ》ちが増していくばかり。どうにもできない惨めな自分が、リョウは嫌だった。こんな自分をユーロと戦わせようとしているセンや騎士たちが嫌だった。嫌で嫌で、リョウは背を向けることしかできなかった。

砂原を抜けていく風は熱いのに、胸の奥が嫌な冷え方をする。風に混じる砂粒は摘まめぬほど小さいのに、リョウの体を打つたびにじくじくとした胸の痛みが酷《ひど》くなっていく。

すべてがリョウをせせら笑っているかのようだ。

なにもかもが醜く見えてしかたない。

センやマナトたちが困惑しているのが、背中越しでもリョウには分かった。

「リョウ……」

「一人にしてくれ」

「……わかりました」

センの声を後ろに、リョウはソレオレノが作る日陰に入り、岩肌と向かい合うように胡坐《あぐら》をかいた。何も見たくない。センも、騎士たちも、捕虜どもも、ソレオレノも、自分自身も。リョウは腕を組んで目を瞑《つぶ》り、岩肌すら視界から消した。

塞《ふさ》ぎ忘れた耳が、風に乗ってやってくるマナトとセンの話し声を拾ってしまう。

「セン様。補給隊が来ました。日が暮れる前に、ここで野営を敷きましょう」

「ユーロの増援がきませんか？」

「きた時のために騎士たちに備えさせてありますが、おそらくこないでしょう。あの状態のソレオレノで六機を返り討ちにできるとは、まさかユーロも思ってはいないはず。あの捕虜たちの帰りを待つために、ルイアンの地から多脚要塞《ようさい》を動かすことはないはずです」

「分かりました、マナト。お願いします。捕らえた者たちと話をしてきます」

「物見を立てておきます。ご安心を、セン様」

リョウは耳を塞いだ。

もうどうでもいい。どうにもならないのだから、何もしたくない。それなのに、耳を塞いでも物音や話し声が聞こえる。目を瞑っても、光や熱さを感じる。

遮ることすらリョウには許されない。

リョウは何もかも諦めて、胡坐をかいたまま、ぼーっとし続けた。

（このまま座り続けて、そのまま岩になっちまえばいいんだ）

リョウはふとそう思った。

虫樹を利用して天幕が張られ、捕虜たちの居場所も作られ、煮炊きの煙すら見える。平べったい円形パンを焼く香ばしい匂いと、直火《じかび》で炙《あぶ》られた鶏肉と香草の香りがする。

リョウは食欲すら湧《わ》かなかった。

太陽がゆっくりと砂丘の奥へと隠れ始めている。もはや風に熱さはない。砂漠の夜が迫ってきている。星しか見えぬ闇《やみ》に覆われ、涼しさが寒さへと変わっていく気配だ。

心細い。リョウはうつむくよりほかない。

岩窟牢《がんくつろう》にいた時のほうが、まだマシだった。

岩と砂が溢《あふ》れるこの場所は広すぎる。自然からも現実からも守ってはくれない。

近づいてくる淑《しと》やかな足音に、リョウは伏していた顔をのろのろと上げた。

センだった。

情けなくてリョウは顔を合わせることができず目を逸《そ》らしたが、センは跪《ひざまず》いてリョウと目の高さをあわせ、「どうぞ」とコップを差し出してくる。

水だ。美味《うま》そうだ。

リョウは喉《のど》の渇きに気付いた。

けれど、センの優しさが怖い。怖くて、意固地になる。意固地になっても、喉の粘つきは増していくばかりで、リョウは差し出された水の魔力に抗《あらが》えなかった。

コップを受け取って一口つけると、やはり美味《うま》い。

どんな甘い飲み物より、うまい。

ちびちびと喉《のど》を潤すリョウを待ち、センがおもむろに切り出した。

「……あなたの言う通りです、リョウ。人は醜い。信じるに値しないかもしれない。裏切りの痛みを感じるたびに、そう思ってしまうのも仕方ありません」

センは自らの胸に手を当て、痛みを和《やわ》らげるように瞑目《めいもく》した。

目を開けども、伏したままのセンの瞳《ひとみ》は憂いに満ちている。

「私も、あなたも、他の人たちも、みんな愚かです。失って気付き、神にすがって、神を恨んで、誰かのふとした言葉に救われて、また失って気付く。まったく、無茶苦茶です。身勝手です。短絡的で、感情的で、不合理です。……でも、だから何だというのです?」

そう言ったセンの瞳には、憂いを蹴散らす貪欲な光があった。

「裏切られるのは、人を信じたからです。裏切られないのは、人を信じないからです。私はエン王の遺志を継ぐと決めました。王は人を信じる王でした。何度裏切られようと、自らの不見識を恥じることはあっても、人の奥底にある輝きを疑うことはしなかった。愚かな王だと笑う者もいるでしょう。けれど、王が最後まで貫いた姿勢です。私の憧れた人の志《こころざし》です」

センがすっと目を上げ、リョウを見据えた。

「あなたは言いましたね、リョウ。俺を信じられるのか、と」

センは声に熱をこもらせて丹念に言葉を重ねた。

「私は、十年前は八歳です。十年前のあなたの輝きなど、覚えていません。けれど、今のあなたの輝きならば、はっきりと覚えています。遺体を埋葬する時、あなたはガイコツのお友達の宝物だといって、宝石をそのままにしました。あのオンボロのソレオレノで、あんな見事な戦いを成し遂げられる虫使いなんて、私は見たことがありません」

センの真摯《しんし》な目と声がリョウを捉えて放さない。

「私はあなたを信じます。お父様の信じた、あなたを信じます。私が見た、あなたの輝きを信じます。たとえ、あなたがあなたを信じなくとも」

センは言い切った。こっぱずかしくなるほど真っすぐな言葉の数々を、臆面もなく。

リョウはむずむずとした。

胸の奥にこびり付いた霜がじんわりと融けていくような気がする。さっきまで自分が吐き出す息の温かさすら忘れてしまっていたというのに、不思議なものだ。

目まぐるしく変わる自分の心の有様は滑稽《こっけい》ですらある。

情けないやら、嬉しいやら、恥ずかしいやら。

自分の単純さが口惜しくもあり、ありがたくもある。

はにかむような笑みを手でほぐし、リョウは自らの頭をぽりぽりと掻《か》いた。

「王女様。あんたといると、冷え切った竈《かまど》に、まだ火が残っているような気になる」

「気のせいではありません。誰しも心に火を持っている。それを忘れてしまうだけです」

センの声音は柔らかくも芯《しん》がある。

月日はいろんなものを変え、なくしていく。

同じように、月日はいろんなものを変え、あたえていく。少なくとも今、リョウの目の前にそのことを証明するシャハラザードの王女様が一人いる。

センは優しく問いかけるような目をしていた。

「リョウ、あなたの火は、何と言っていますか?」

「納得できねぇ、って言ってる」

リョウはルイアンの方角を見やった。

そこにいるユーロを、その先の地にいるディナールとターレルを、睨《にら》みつけた。

「三傑どもがアフラージを三分割してデカい面《つら》ぁしてることも、エンの遺志を継いだと抜かしてやがることも、俺のコレクションやソレオレノのパーツをかっさらいやがったことも。すべて、一切、どう考えても、まったく、これっぽっちもっ――納得できねぇ!」

融けた霜から湯気が立ち上るほど熱く、リョウは言い放った。

センが小さく首を傾げている。

「どうしてです?」

「お宝は、その価値を本当に理解している者の手にあるべきだ」

リョウはそう言って、重苦しく声を落とした。

「言っておくがな、王女様。アフラージは、徳ある者の手にあるべきものだ。アフラージにふさわしくないと思えば、俺はあんたの手からだってもぎ取るぞ」

リョウが凄《すご》んで見せるも、むしろセンは笑みを深くした。

「どうしてお父様がアフラージの発見をあなたに託したのか、分かるような気がします」

そう言ってセンはしかと頷《うなず》き、自らの腕を掲げるように差し出した。

「私がエン王の遺志を汚すようなら、リョウ、この腕ごともぎ取ってください」

センの瞳《ひとみ》には揺らぎすらない。

リョウは頷き返し、真面目すぎるのは性に合わないと、すっと体から力を抜いた。

「ま、とにもかくにも、アフラージを取り戻さなきゃ始まらねぇがな」

「そうですね。まずは、一つ。なんとしてでも取り戻さねば」

センも朗らかに苦笑している。

リョウは砂を払って立ち上がり、焚《た》き火を見やった。補給隊の騎士たちが煮炊きしている。

「その前に、腹が減ったよ」

「私もです」

センに導かれて、リョウは焚き火近くの敷物に座った。

大きな敷物の真ん中に料理の載った大盆がある。

食事の前には流水で手を清め、祈りの言葉を唱え、神に感謝し、主に右手を使って食べるのがこの大陸の伝統だ。指で触れられない温度のものを口に入れずに済む。リョウもスプーンや箸《はし》を使って食事をしたことがあるものの、よく口の中を火傷《やけど》した。

なにより、手で食べたほうが美味《うま》い。

手に勝るものはない。

焼きたての平べったいパンをちょっとずつ千切り、練り胡麻《ごま》やニンニクをすり潰《つぶ》して加えたヒヨコ豆のペーストを乗せ、香辛料が香るチキンの解《ほぐ》し身を挟んで食べる。

（うまい……）

リョウは一噛《か》みするごとに、神への感謝が湧《わ》いてきた。

自分が生かされているのだという、温かい気付きが身体《からだ》に染み渡っていく。こうして人々のいろんな話し声に囲まれながら食事をする日が来るなんて、思えば幸せなことだ。

料理を囲む騎士たちの輪の中で、リョウは質問攻めにあった。リョウが本当にエン王を殺してはいないのか、今までどこで過ごしていたのか、どうやってユーロの手勢の六機を返り討ちにしたのか。その詳細を根掘り葉掘り聞かれていると、マナトに王都や南の地の様子を尋ねていたセンが騎士たちの質問攻めをやんわりと制し、リョウへと話しかけてきた。

「アフラージは今、ユーロの手中にあります。ユーロは本拠地イウナンから、このルイアンへと多脚要塞《ようさい》でやってきました。これは好機です、リョウ」

「好機？　そうは思えねぇが……」

リョウが難しい顔で首を傾げるも、センは泰然と首を左右に振った。

「三傑は一枚岩ではありません。私はこれでも、徳高き王エンの正当なる唯一の血筋。三傑の一人タールレルが目論《もくろ》んだ通り、その利用価値は計り知れない。おそらく、ユーロはタールレルに先んじて私を手中に収めるべく、急いで追ってきたはず。今この時、本来の軍勢とはかけ離れた小勢力で我々の目の前にいるのです。多脚要塞たった一つで」

センは食事の手を休め、声を強めて続けた。

「この機を逃す手はありません」

「……おいおい、まさか王女様……このために、ろくすっぽ使いこなせないソレオレノに乗って、のこのこ俺の元までやってきたってのか……？」

リョウが尋ねるも、センは微笑《ほほえ》んで答えをはぐらかした。

桜騎士団を置き去りにする勢いで王都を飛び出しリョウの元へと単身乗り込んでくる大胆さがあるかと思えば、こうして状況の変化を読んだ上での用意周到さもあり、かと思えばルイアンの町人にあっさりと裏切られてしまう詰めの甘さも垣間見える。

何とも奇妙で面白い王女様だ。

エンの血なのか、その教育の賜物《たまもの》か。

桜騎士団の者たちがこうして駆け付けてきたのも、単なるエンの遺功ではないのだろう。

「リョウ。私はユーロを――彼の操るシモフリを、打ち破りたいのです」

「負けるはずがないものを負かしてこそ、希望が生まれる……か」

「反撃の狼煙《のろし》を上げたいのです。狼煙は、盛大に上げなければ伝わりません。私は伝えたいのです。この大陸で今もなおエン王の志を忘れぬ者たちに。……私たちがいる、と。あなたたちもいる、と。まだ、終わってなどいないのだ、と」

センの瞳《ひとみ》に宿る力強さを前にして、リョウは異を挟んだ。

「王女様、手勢が少なすぎる。仕掛けるには、早すぎるんじゃないのか？」

「遅すぎたくらいです」

センは断言して言葉を重ねた。

「この十年で失われてしまったものは、多すぎる……」

センは忸怩《じくじ》たる思いを噛《か》み締めるように、荒涼とした砂漠と村の廃墟《はいきょ》を眺めている。この十年、死なずに済んだ者が死んだろう。滅びずともよい町や村が滅んだろう。裂かれずともよかった家族が引き裂かれ、途絶えずとも良かった友情が途絶え、結ばれるはずだった恋人同士が死別する羽目になったろう。

苦しまずともよかったものたちが苦しみ、争わずともよかったものたちが争ったろう。

「……遅すぎました。この十年……お父様の遺志が踏みにじられ、私が王都でもがいていたこの十年、私は何一つ分かっていなかった……」

センは目元を拭《ぬぐ》い、リョウを一心に見てくる。

「私に知恵も、力も、財も、見識も、徳も、なにもかもが足りないことは承知の上です。ですから、リョウ。あなたの力が必要なのです。私には、あなたが必要なのです」

身体《からだ》を力ませるセンへと、頭をぽりぽりと掻《か》いてリョウはゆっくりと一息ついた。

「何もかも足りてないと言うがな、王女様。足りてるものが一つある」

「……なんでしょう？」

「諦めの悪さだ。粘り強さだ。粘り強さは、足りていない者ほど輝きを増す」

リョウの穏やかな口ぶりに、センは肩の力みを解《ほぐ》せたようだ。

「そう……ですね。そうかもしれません。リョウは見つけるのが上手ですね」

「冒険者だからな。見つけるのが仕事なのさ」

「では、手がかりも見つけられませんか？　ユーロのシモフリを攻略する、手がかりも」

センの求めに、リョウは「そうだな……」と眉間《みけん》に皺《しわ》を寄せた。

「雷を操っているのはシモフリの前翅《まえばね》だ。微細な鱗粉《りんぷん》を擦《こす》り合わせて、雷を発生させる古代遺物。あの翅はソレオレノのパーツだった。鱗粉の雷は俺の腕で何とかできるかもしれない。だが、幻覚を見せる古代遺物、あれは知らない。あれがある限り、手も足も出ない」

「あの幻覚装置はそれほど強力な古代遺物なのですか？」

センの問いかけに、リョウは強く頷《うなず》いた。

「幻視だけじゃなかった。聴覚や触覚にすら影響を及ぼしていた。あんな遺物、俺でも見たことがない。この十年でユーロが手に入れたものだろう。……強すぎる」

「今のままでは、どうやってもユーロは倒せない、と？」

「なにか封じる手立てがあればいいんだが……」

リョウはそう言って、笑みに皮肉が混じってしまう。

ないものねだりだ。

そもそも分からないことが多すぎる。幻覚を操る古代遺物の射程や、その仕組み、多くの古代遺物と同じく水を動力源にして動いているのかどうか、だとするなら水の消費量はどの程度なのか、小型なのか大型なのか、シモフリに搭載してあるのか。何も分からない。対策の立てようがない。沈黙の淀《よど》みの中、皆が顔を伏して何かひねり出そうともがいている。

だが、きっかけとなる言葉一つ出てくる気配がない。

ひゅうひゅうと、岩の狭間で風が笛のように鳴るばかりだ。

風の笛が止んだ時、センが不思議そうな顔をして、おもむろに顔を上げた。

「ユーロは、ソレオレノに乗っているのがあなたと知るや、幻覚装置を用いて全力で攻撃しました。それなのに、私たちが逃げる時、自ら追撃せず配下の者に命じた……なぜでしょう？」

ふと口にしたセンの疑問に、リョウは腕を組んで足元の砂を見た。

あの時、リョウも確かに違和感を覚えた。

逃げるリョウを、どうしてユーロはシモフリで追ってこなかったのか。シモフリは虫樹の中でも上位の飛翔能力を持っている。オンボロのソレオレノで振り切れる相手ではない。

(なのに、なぜ……?)

リョウはひっかかる。

何か理由があったはずだ。

ユーロが追撃したがらなかった、理由が。ユーロ自身が不利になることが。

リョウははっとして、眉間《みけん》の皺《しわ》を解いてセンを見た。

「……あの幻覚を見せている古代遺物、無尽蔵の水と同じタイプの遺物なのかもしれない」

「アフラージと?」

「ああ。俺が発見したアフラージは、三枚一組の透明な湿布みたいなものだった。おそらく制御装置だ。アフラージの発生装置はこの大陸中の地下にあるんだろう。制御装置と発生装置が別々に存在しているんだ。二つ揃《そろ》って、無尽蔵の水を操れる」

リョウが騎士たちの目を見ながら説明すると、センは顎《あご》に指を当てて深く頷いている。

センもはっとしたように、目を輝かせた。

「ユーロの幻覚を操る古代遺物も、それと同じ仕組み……それなら、ユーロが自ら追撃してこなかったのも頷けます。ユーロが身に着けているものが幻覚の制御装置であり、発生装置は大きすぎて機動力のある蛾《が》型マシンではなく、鈍重な多脚要塞《ようさい》にあるとしたら……」

「幻覚を操るには、多脚要塞の傍《そば》にいる必要がある」

「それに、制御装置か発生装置、どちらかを潰《つぶ》せばあの幻覚は操れなくなります」

センの言葉を聞いて、騎士たちの瞳《ひとみ》が輝き始めている。

リョウも知らず知らず、前のめりになっていた。

「制御装置はユーロが身につけるか、シモフリに載せているはずだ。アフラージと同じで、あの幻覚装置はユーロの力の源泉だ。制御装置は、肌身離さず持っているだろう」

「確かめてみます」

「どうやって？」

「リョウ、いるではありませんか。ユーロの内情に詳しい者たちが、今ここに」

センは食べ終わり、祈りの言葉を唱え、水差しで手を洗って立ち上がった。

センの言う通り、いる。ユーロの内情に詳しい捕虜たちが。

激情に駆られて捕虜を殺さずにいて良かったと、リョウは心底ほっとした。

（これも、あの時、王家の武道で止められたおかげか……）

センや、あの技を教えたであろうフィルスへも、感謝の念が湧《わ》いてくる。

マナトや騎士たちと共に食事を持って、センが捕虜の虫使いたちに確認すると、リョウの予測を裏付ける証言が得られた。センは一計を案じたのか、捕虜たちを説得するように長く話し合っている。ほどなくして、日没後の礼拝を済ませるとセンが切り出した。

「私がユーロに投降します。あの捕虜たちと共に。明日の朝に出立すれば、昼頃にはルイアンに着くでしょう。リョウ、あなたは追っ手を数機返り討ちにするも、討ち取られた。そして私はあなたを見捨て、ユーロに庇護《ひご》を求めた。そうして多脚要塞の内部に入り込み、日の出前に、隙《すき》を見て要塞内部にある幻覚発生装置を破壊します」

センが作戦を語っている途中だというのに、騎士たちがざわめいている。だがセンはリョウとマナトの目を交互に見て冷静に続けた。

「間髪を入れず、リョウ、あなたと騎士団で多脚要塞に攻め込んでください。ユーロの虫樹を倒せば、大将とアフラージを失ったユーロの手勢は敗走するしかなくなります」

センがそう言い終えるや、マナトよりも先にリョウが口を開いた。

「ダメだ。危険すぎる」

「危険は承知の上です」

「ユーロは俺の死体を見なきゃ納得しない」

「あなたの遺体はこの砂地に捨て置いたことにすればいい。ソレオレノの千切れた脚一つもっていけば、ユーロも信じるはずです。あなたの遺体や返り討ちにされた虫樹を回収するため、ユーロが手勢を割くのなら、それこそこちらにとって利となる話です」

「それはあの捕虜どもの協力があってこその話だ」

「はい。そうです」

センは覚悟を決めたと頷《うなず》いている。

リョウはため息交じりに首を振った。

「あの捕虜どもはユーロの手勢だ。いつ裏切るか分からない」

「彼らは従いたくてユーロに従っているわけではありません。水の手を牛耳られ、町を人質に取られ、従わねば故郷を滅ぼされるから、恭順しているのです。リョウ、彼らはあなたの凄まじい虫捌《むしさば》きを体感した者たちです。あなたならユーロを倒せるかもしれないと、そう思い始めています。自分たちの町や村をユーロの支配から解き放てるかもしれない、と」

「人の腹の内なんぞ、読めたもんじゃない」

「少なくとも、彼らの目に嘘《うそ》は感じられませんでした。私は事前に何も調べずに王都を飛び出してきたわけではありません。それなりの事前調査はした上で、ここにきたのです。ユーロの統治の仕方は、裏切りを誘発させ、疑心暗鬼と相互監視を強めさせるもの。ユーロに従っている者たちも、故郷や家族や友がいつ槍玉《やりだま》にあげられるかと、戦々恐々としているのです。アフラージの力を独占することで屈服させている以上、民心を得ているとは言い難い」

「人の心はすぐに揺れ動く。やつらも、今は捕虜の立場だからそう思うかもしれない。だが、あの多脚要塞《ようさい》に戻ってユーロを前にすれば、また心変わりするかもしれない」

「そうかもしれません。しかし、そうでないかもしれません」

勝負所だと、センは踏んでいるのだろう。

「リョウ。アフラージも幻覚の制御装置も、ユーロは片時も手放さず身に着けていることでしょう。アフラージの片割れを取り戻すには、ユーロを打ち負かさねばなりません。ユーロの操る、あの虫樹を。幻覚発生装置を止めない限り、我々に勝機はありません」

センは語気強く言葉を重ねた。

「何としても、まず一つ。アフラージを手にせねば。水がなければ、私がどれほど大義名分や理想を語ろうと、絵に描いたオアシスに過ぎないのです」

「……そうか。なら、やるしかねぇな」

リョウも覚悟を決めたと頷いた。マナトたちも頷いている。

まずは捕虜たちの虫樹を動ける状態に持っていく必要がある。

満月の下、眩《まぶ》しいほどの月明かりが作業を後押ししてくれた。

砂丘の印影までくっきりと見える。夜であるのに松明《たいまつ》一ついらないほどだ。

捕虜たちの虫樹の損傷はひどい。だがセンの策略のためには、捕虜の虫樹で多脚要塞へと戻らなければ疑われてしまう。そのため、裂けた水袋を人の手で縫い合わせる応急処置を施し、外れた脚や翅《はね》などを別の虫樹のパーツで補っていく。

共食い整備と呼ばれるものだ。

そうすることで、リョウを追ってきた六機の虫樹の内、三機を動かせる状態までもっていけた。遅れてやってきた桜騎士団の補給隊のおかげだ。補給隊の騎士たちは手際よく共食い整備を済ませ、ソレオレノのもげた脚まで取り換えてくれた上に、補給隊の騎士の一人が「手ごろな鹵獲《ろかく》品がありました」と、ソレオレノへと伝声装置を搭載してくれた。極めてボロボロだったおかげか、それだけで、ソレオレノが随分と立派になったような気がする。

リョウが作業に一段落つけると、センの元に数名ずつ騎士たちが集まっていた。

センが騎士たちへと順番にヘナタトゥーを施している。

騎士たちの手首と足首、そして首筋に、センは古代遺物の筆を走らせていた。センに古代の文字模様を描かれた騎士たちは、薬液が乾燥するまで敷物の上でじっとしている。

リョウは聞いた事がある。シャハラザード王家の者にはヘナタトゥーの名手が多い、と。古代遺物の筆と薬液を用いたヘナタトゥーは、安産祈願や無病息災の願掛け目的で行われる通常のヘナタトゥーとは違う。古代文字への精通が必要とされており、その効力は絶大だ。使用者の身体《からだ》に描けば、撃ち抜けない家の壁を素手で打ち抜き、耐えきれないはずの虫樹の落下の衝撃にすら耐えられるようになる。描き損じると体の部位がちぎれ飛びかねない危険なものでもあり、描くには専門の習熟や学識が必要だ。

南の地ドゥンヤの元巫女《みこ》・ディナールもヘナタトゥーを描く名手だった。

複雑な古代の文字模様を素早く描いていくセンの手捌《てさば》きにリョウが感心していると、マナトに「どうぞ」と促された。センも古代の筆記具を手に、リョウを待っている。

「リョウも、さあ。手を出してください」

センに台座へと促され、リョウは腕を差し出した。

祈禱《きとう》やお呪《まじな》いやお洒落《しゃれ》の一環として行われる普通のヘナタトゥーとは、道具が違う。普通のヘナタトゥーがペースト状の染料を肌に盛るように乗せていくのに対して、古代の筆記具を用いるこのヘナタトゥーは筆ですらすらと文字模様を描き出していく。

リョウは自身の手首を眺め、描かれた曲線の華やかさに見惚《みと》れた。なんだか心強い。センはリョウの足首周りに筆を走らせていたが、ふと顔を上げて目を丸くした。

「本当だったのですね、リョウ」

「……なにが？」

「リョウの足は、あまりいい臭いがしません」

そう言いながら、いたずら小僧のように微笑《ほほえ》むセンは年相応に愛らしい。どこか亡きエンの面影すら見て取れる。懐かしいような、哀しいような、嬉しいような。判別付き難い感情で目頭が熱くなり、リョウはこれ見よがしに頬をぶすっと膨らませた。

「くすぐったい。においも好きじゃない。ヘナは苦手だ」

「必要なものです。首の後ろにもやっておきます。しばらくそのままでいてください」

センが立ち上がってリョウのうなじに筆を添わすも、筆の動きがぴたと止まっている。センはなにやら、リョウの首筋に奇妙な物を見つけたらしい。

「これは……？　古代の、模様？」

センの問いに、リョウは頷《うなず》いた。

リョウの首の後ろには、二重螺旋《らせん》の精巧な文字模様がある。

「昔からある、痣《あざ》みたいなもんだ」

「お父様にも、同じものがありました。精霊に選ばれた者だけが、宿す印だと」

センは遠い目をしている。

「おばあ様にも、あったそうです。名君と呼ばれた者には、皆。特別な才能を秘めた者は、生まれながらに古代の印を体のどこかに宿している、と」

センはそう言うなり、心細そうにうつむいて続けた。

「……私には、体のどこにも印がありません……」

「初めて虫樹に乗った時、飛び立つなり頭から墜落した」

リョウはそう切り出した。

「虫樹に乗って初めて古代遺跡を探索した時、古代精霊体っていう馬鹿でかい化け物に追いかけ回されて、逃げ回る途中であちこちにぶつかって虫樹をズタボロにしちまった。虫樹に乗って初めて盗賊と戦った時、ぎったぎたにやられて、せっかく手にした古代遺物を全部もってかれちまった。よく言われたよ。お前は虫使いとしても冒険者としても素質がねぇ、って」

リョウは肩をすくめて見せた。

思い返すと不思議な日々だ。ちっとも上手くいかず、腹立たしくて、悔しくて、憎らしくて、バカバカしくて、上手くいっている連中が大嫌いで、とにかく虫樹が好きだった。

「あの時の俺が、ソレオレノを操る今の俺を見たら、ぶったまげる」

「……」

「才能なんて言葉で諦めがつくのなら、才能のあるなしなんて実はそれほど関係なくて、その夢や目的はそいつにとって目指す価値がもうない、ってことなんだと思う。多少の後腐れはあるだろうが、誰かの目なんて気にせず、他のことをやればいい」

リョウはそう思う。それでいいと思う。続けようと、やめようと。どちらにしろ後悔する。後悔しない人生なんて送れない。後悔していい。自分で決めさえすればいい。自分で決めた道の先でする後悔なら、きっと次の糧になる。だから──

「諦めがつかねぇってんなら、やるしかない。そんだけだ」

「そうですね。……そうでした」

やわらかい仕草と共に頷くと、センは声を潜《ひそ》めた。

「リョウ。うまくいかなかった時は、どうか、マナトたちを撤退させてください。騎士たちをルイアンで死なせてはなりません。もし私が囚《とら》われの身になったとしても、なんとかそちらと連絡をとります。機が熟すまで、力を温存して待っていてください。ユーロが私を追ってきたのは、エン王の娘を利用して正当性を主張し、アフラージを独占するためでしょう。ユーロはターレルやディナールと一戦交えるつもりです。それが、ユーロの隙《すき》となります。私を囚《とら》われの身から救うのなら、そこがもっともよい攻め時になるはずです」

淡々とセンは語った。

あらゆる場合を考えて好機を見いだそうとする。実にしぶとく、粘り強い考え方だ。仮にユーロに囚われたとしても、センは獅子身中の虫となる覚悟なのだろう。

やはりこの王女様はただ者ではないのかもしれない。

リョウは感心するような、ほっとするような、不思議な心持ちで口を開いた。

「本当に、諦めがつかないんだな」

「はい。まったく、つきません」

そう言うセンは頼もしくもあり、どこか気負い過ぎているようにも見える。根が真面目なのだろう。よいことでもあり、危険なことでもある。

リョウは忠告せずにはいられなかった。

「王女様、あまりため込み過ぎるな。どうしようもなくむかっ腹が立った時に堪《こら》えすぎると頭がおかしくなっちまう。吐き出す方法は持っとかないと、つらい」

「吐き出す方法、ですか?」

「ああ。例えば……大声出すんだ。ふざけんじゃねぇ、ぶっとばすぞ！　とかな」

リョウが実演してみせると、センは困ったような顔をした。

「あまり上品な言葉ではありませんね」

「そうだな。でも、時には必要なんだ。整った言葉や想いだけを抱えてちゃ、伝わらないことや越えていけないものが沢山ある。茨《いばら》の道を行こうとするのなら、特に」

「でしたら、覚えておきます。慎みを忘れない程度に」

センはふふっと笑いを堪え、声を柔らかくした。

「ユーロは、どういう人物ですか？　リョウ、あなたの冒険団の一員だったのでしょう？」

センはこれから、ユーロと対面することになる。人柄を知っておきたいのだろう。伝聞や噂《うわさ》話や密偵の調査報告とはまた違う、ユーロの近くにいた者が語るその人物像を。

けれど、リョウは首を否と振った。

「今のあいつのことなんざ、俺は知らん」

「では、十年前のユーロは、どういう人だったのですか？」

「……あのな、王女様。そんなことを尋ねられたって、あんたの役に立つようなことは言えやしない。考えてもみてくれ。アフラージのある古代遺跡に連れて行った三人は、冒険団の中で最も頼りになって、信用できる者を選んだつもりだったんだ。その結果、どうなった？　アフラージは三分割され、俺は岩窟牢《がんくつろう》に十年ぶち込まれ、こうして今は瀬戸際に立たされてる。俺に人の心の内まですっぽり見通せる、そんな眼力はない」

リョウは言った。自分に人を見る目はない。そのことに妙ちくりんな自信すらある。こんな風にみすぼらしい自信ばかりつくなんて、まったく情けない。

それなのに「そうだとしても」とセンは頭を振った。

「私は聞きたいのです。十年前、リョウにはユーロがどう見えていたのか。ユーロがどういう人物だと、リョウは感じていたのか。あなたの口から、聞いておきたいのです」

センにそう言われ、リョウはユーロへの悪口雑言が浮かんだ。一昼夜浴びせかけても足りないほど、頭の中に悪口が次から次へと浮かんでくる。けれど、そのほとんどは岩窟牢《がんくつろう》にいた十年で積もりに積もったものだ。センが求めているのは十年前のものだ。

十年前、リョウにとってユーロという存在は——

「紛れもない天才だ。冒険者としても、虫使いとしても、才能に溢《あふ》れていた。貪欲で、鼻っ柱が強くて、負けず嫌いで、意地っ張りで、虫樹を操ることに喜びを見いだしていた。誰よりも綺麗《きれい》な羽音で飛び、どんな技も一度教わるだけで物にした。眠る時ですらシモフリの操縦席から離れようとしないほど、虫使いでいることを望んでた。冒険者であろうとしていた」

リョウはそう言って、続けざまにぽつりと呟《つぶや》いた。

「十年前のユーロは、俺の知る限り、そういう虫使いだった」

リョウは口を閉じた。

昔のことを語りすぎて、恨みつらみの切っ先をわずかでも鈍らせてしまうのが怖かった。

2

センはふと呼ばれた気がして、目が覚めた。

補助座席から眼下を見ると、見知った岩山や砂丘がある。安定した飛行のおかげか、ついうとうとしてしまった。センが操縦席のほうを見ると、男の横顔があった。

「セン王女、ルイアンが見えました。もうすぐ到着します」

捕虜の一人――操縦桿《そうじゅうかん》を握るオボルスがそう言った。リョウの猛攻を単身で防ぎ続けた、外付けの水袋を膨らませて戦っていた防戦の名手だ。面倒見の良さそうな柔和な顔に、苦労の痕《あと》が皺《しわ》やシミとなって表れはじめている。オボルスは上着の胸ポケットから、つたない造りの可愛らしい人形を覗かせていた。オボルスが言うには幼い我が子からの贈り物らしい。

オボルスの横顔に緊張を見て取り、センはゆっくりと頷《うなず》いた。

ユーロの多脚要塞《ようさい》が見える。

捕虜の六名の内五名と、その虫樹三機と共に、センはルイアンへと戻ってきたのだ。リョウやマナトの進言で、誓約の保証として捕虜の一人は騎士団と行動を共にしている。

鼓動の嫌な高鳴りをセンはおくびにも出さなかった。

大博打《ばくち》だ。

アフラージを一つ手にできなければセンの未来は開けない。ユーロを打ち破らねば、次はない。ユーロが本拠地に引っ込めば手出しはできなくなる。

今必要なのは、水だ。

水を生む力だ。

日々喉《のど》を潤すにも、日々の糧にも、祈りの前に身体《からだ》を清めるためにも、役立つ様々な古代遺物を動かすためにも、何から何まで水がなければ話にならない。

虫樹の動力源すら水なのだ。

エン王の遺志を万民が感じ取り、この現状を打破したいと感じねば、センの行動は意味をなさない。三傑を倒し、アフラージを再び一つにすることは叶わない。

センは手元の古代の筆に目を落とした。かつてエン王からセンへと送られた品だ。名君と謳《うた》われた祖母モンメの遺品であり、勇気をくれるお守りでもある。

(やるしか、ない……)

目を瞑《つぶ》ってセンは息を整え、ユーロの移動要塞《ようさい》をまっすぐに見た。

勝ち目のない戦いに勝ち目を生み出すべく、センはここにいる。ユーロが操る幻覚発生装置を、なんとしてでも破壊するのだ。十年越しの反撃の狼煙《のろし》をあげるために。

「いきましょう、オボルス。みなさんも」

センが伝声装置に呼びかけると、二機の僚機から四名の声がした。

センを気遣ってか、オボルスが語りかけてくる。

「あなたやあのリョウがいるのなら、手を貸してくれそうな心当たりが多脚要塞内部に何人もいます。騎士団とリョウが攻め込みユーロさえ倒せば、あとはセン王女、大半の者はあなたに従うはずです。ユーロが率いる虫使いの中には、ルイアン出身の者もいますから」

「期待しています」

センはそう言って口元を引き締めた。

ルイアンの町に影を落とす多脚要塞は、もう目と鼻の先だ。

ユーロの多脚要塞は静観を保ちつつ、白みを帯びた背部や脚部から水を噴霧している。乾き切ったルイアンの町に見せびらかすかのように、多脚要塞の体表を彩る瑞々《みずみず》しい緑や赤の装飾植物群が、噴霧された水を浴びてきらきらと輝いていた。長い八本脚の蜘蛛《くも》型虫樹は、近づくほどにその山のような大きさが際立っていく。

古代精霊体と呼ばれる虫樹の上位存在――その成れの果てがこの多脚要塞だ。

オボルスの操る虫樹が要塞の脚部を抜け、多脚要塞の腹部にある垂《た》れ枝のような発着スペースにしがみ付いた。ユーロの従える多数の虫樹が、同じように発着場に並んでいる。

センはぐるりと要塞内部を見回し、お守りでもある古代の筆をぎゅっと握った。

（……この要塞は、お父様が動く病院として運用していたもの……）

それがすっかり、厳《いか》めしく改造されてしまっている。虫樹の発着スペースが背中側にまで増設され、見張り台がそこかしこにあり、動く城塞《じょうさい》監獄のようでもあった。かつての名残りと言えば、頭部に設置された避雷針と体表を彩る草花くらいだろう。かつては医療者や患者たちを和ませていた草花の数々も、どこか物悲しそうだ。変貌《へんぼう》したソレオレノを見て気絶してしまったリョウの気持ちを、センは今さらながら痛感した。

「セン王女、こちらです」

オボルスに促され、センはボールコックピットから降り立った。

幹のような歩道の先から、小太りの男が供回りを従え、落ち着いた足取りでやってくる。恰幅《かっぷく》のよい体を白い戦闘装束で包み、金銀の糸や宝石で彩られたベルトを巻いたその男こそ、ユーロだった。身に帯びた兜《かぶと》や短刀にも、金銀宝石で見事な細工がなされている。

「これはこれは、王女様。ご無事でなにより。ご足労いただけて、よかった。歓迎します」

ユーロは恭しく頭を下げ、口元に笑みを浮かべていたが、目は一切笑っていない。

ユーロは鋭い目で、センの脇に控えるオボルスたちを見た。

「オボルス、リョウはどうした?」

「殺しました」

「やつの虫樹は?」

「水切れを起こして、岩場に」

「そうか。……帰ったのは五名か?　フローリンはどうした?」

「死にました」

オボルスはすらすらと答えた。捕虜の五名と合わせておいた口裏通りの回答だ。

ユーロは部下の死亡報告に顔色一つ変えなかったが、発着場の虫樹を見ると顔を歪《ゆが》めた。

「帰還できたのは三機か。手ひどくやられたな。共食い整備せねばならなかったのか」

「はい」

「それにしても、オボルス……戻るのが随分と遅かったな」

「囲んだのですが、何度も突破されてしまい、仕留めるまでに手間取りました。かなりの水を消費してしまい、復路の水消費を抑えるために、仲間の虫樹はそのままにしています」

「回収に向かえ。虫樹を失う訳にはいかない」

「わかりました。虫樹の運搬に六機、必要です」

「四機でやれ。お前たちの失策だ。お前たちで挽回《ばんかい》しろ。すぐに発て」

「私が先導します。ですが、他の者には休息を。道中でへばられては困ります」

オボルスの言動を怪しむ様子もなく、ユーロは頷《うなず》いた。

「いいだろう。ただちに編制して出発し、一刻も早く戻れ。リョウの虫樹は燃やしてこい」

センは内心ほっとした。

オボルスたちにセンを裏切る気配はない。

もしそのつもりであったなら、ユーロと対面した時にそうするはずだ。

オボルスの機転でこの多脚要塞《ようさい》から四機もの虫樹を遠ざけることができる。どれほど強力な虫樹でも、必要とされる場所にいなければ何の意味もない。ユーロの口ぶりからして、オボルスはそれなりの人望があるのだろう。「あの防戦が上手かった甲虫型の虫使いは、目端が利いて責任感と人望がある。そういうやつの虫捌《むしさば》きだった。多脚要塞《ようさい》に潜り込んで事を起こす時、あいつは頼りになる」とリョウが言っていたが、どうやらその通りのようだ。

オボルスに命じ終えたユーロを、センは真っすぐに見た。

「ユーロ、あなたの勝ちです。私はあなたに投降します」

センがそう言うなり、ユーロは大仰な身振りを交えてへりくだった。

「王女様。弁明をお聞き願いたい。今回のことで、どうやらあなたに誤解を与えてしまったようだ。俺にあなたを傷つける意思はないのです。この大陸の未来を憂慮され、タ一レルの支配する王都から飛び出されたあなたのお志に共鳴したが故に――」

「あの、よろしいでしょうか?」

センはやんわりとユーロの話を遮った。

「少々、疲れております。休む暇《いとま》を頂けませんか?」

センが柔らかく求めると、ユーロは恭しい仕草で応じた。

「これは失礼を、王女様。無尽蔵の水を欲しいままにするターレルとディナールの手から、アフラージを取り戻したいと気が急《せ》いておりました。あなたが王都を飛び出してまで成し遂げようとすることにお力添えをしたい一心だったのです。これからのことを見据え、お互いの心を一つにするため、なるべく早く結んでおきたい約束があるもので」

「それはイウナンへの道中、おいおい話していけばよいことです」

センが毅然として言うと、ユーロは頷《うなず》いた。

「わかりました。ではお休みください。……王女様をご案内しろ。丁重にな」

ユーロがそう言って目配せすると、傍《そば》にいた配下の中から女性の虫使いが進み出た。「お部屋はこちらです、王女様」と案内され、ついて行くセンの耳にユーロの声が聞こえてくる。

「イウナンへの出発は明日だ。オボルスが戻り次第、発つ」

センは発着場から階段を上がり、導かれるまま入り組んだ通路を歩いた。

多脚要塞の内部で働く者たちは、多種多様だ。虫樹のパーツを運搬している者、掃除や洗濯をしている者、食料や生活用品の在庫を数えている者、傷んだ内装を修繕している者、立ち話ししている者、様々だ。だが皆、目の奥に似たような色を帯びている。互いに互いを慎重に見定めようと、探り合っている者たちの目だ。そういう目をセンはよく知っている。シャハラザードの王都でも同じだった。ターレルの意向や世の情勢を必要以上に気にしながら、疑念や不条理を飲み込んで上辺を取り繕いながら生きる、王都の民と同じ目をしている。

センは客室に案内された。格子状の細い窓から光が差し込み、植物の彫刻に艶《あで》やかな陰影を与えている。上等な敷物やクッション、古代雑貨と思《おぼ》しき鏡や衣装棚、文机まであった。

身の回りの世話をする召し使いがやってきたものの「一人で心の整理をつけたいのです」と

センは丁重に人払いした。センは礼を述べ、案内係が部屋から去ると一息ついた。

（……疑われてはいないようですね）

多脚要塞《ようさい》内部に疑われずに入り込めた。作戦は順調だ。

ほどなくしてオボルスが人目を憚《はばか》りながらやってきて、筒状のケースを手渡した。

「セン王女、こちらが要塞の改造図面です」

「助かります」

「私はこれから発たねばなりませんが、他の者に話は通してあります」

「わかりました。私はこの図面から、幻覚装置がある部屋への経路を調べておきます」

センはさっそく図面を調べた。

途中で何度か、断ったはずの召し使いが水やフルーツや軽食などを手にしてやってきた。センへの気遣いであると同時に、監視の意味もあるのだろう。オボルスたちの予測では、幻覚発生装置はこの要塞の中央部――厳重に施錠された古代遺物の保管庫の近くにあるらしい。センが要塞の図面を敷物の下に隠しながら読み解いていくと、どうやらオボルスたちの予想は間違ってはいないようだった。正規の順路では施錠が破れそうにない。だがセンが図面と睨《にら》めっこを繰り返していると、換気ダクトを辿《たど》って侵入できる経路を見つけた。

陽は既に沈んでいる。

格子戸から入り込んでくる風が、だんだんと冷たくなっていく。

皆が寝静まった頃合いに、示し合わせていた者たちが客室へとやってきた。

「ユーロは怪しんでいませんでしたか？」

「はい、セン王女。今のところ、問題ないかと。個別に話は聞かれましたが、皆、口裏はあわせておきましたから。リョウとの顛末《てんまつ》も、みな、同じように話せたと思います」

その答えに、センはほっとした。

「そうですか。では、参りましょう」

「幻覚装置の元へは施錠が厳しく、正規の順路では向かえませんが……」

「大丈夫です。図面を調べました。換気ダクトを抜ければ侵入できる経路があります。腹部発着場か、背部発着場です。どちらのほうが、警備が手薄ですか？」

「腹部発着場のほうが手薄です。夜間はほぼ人がいません。背部発着場は展望がきくので、周辺監視のために歩哨《ほしょう》や虫使いの詰め所があります」

「では、腹部発着場の換気ダクトから、幻覚装置の元へ向かいましょう」

センは客室から腹部発着場へと向かった。

幻覚発生装置は腹部発着場の上――多脚要塞の中央部にあるらしい。古代雑貨の発光照明なのか、ぼんやりとした光に照らさている。長い幹のような歩道から等間隔に細長い発着棒が垂れ下がり、枝垂れにしがみ付く虫のように虫樹がずらりと並んでいた。

その虫樹の中には、シモフリの姿もある。

夜気を感じてセンが真下を見ると、月光の下にルイアンの町並みが広がっていた。

換気ダクトへ向かって居並ぶ虫樹の合間を進んでいると、目の眩《くら》むような光がセンたちへと向けられた。虫樹によるものだ。居並んだ虫樹が一斉に動き始めたかと思うと、歩道の前後を瞬く間に封鎖し、センたちの逃げ道を塞《ふさ》がれてしまった。

「そこまでだ！」

シモフリの頭部前胸装甲が開き、ユーロの声がした。

足音を響かせてボールコックピットから降り立ち、鞭《むち》を手にしたユーロがやってくる。いつの間にかユーロの手勢によって、センたちは取り囲まれてしまっていた。

オボルスが突き飛ばされて、センの足元へと転がってきた。

すべてお見通しだとばかりに、ユーロは悠然としている。

「浅知恵だったな、王女様」

「どうして、我々の動きが……」

「あいすぎてたんだよ、口裏が。リョウを打ち破った顚末《てんまつ》が、あまりにも整然としていた」

ユーロはオボルスたちを見回し、鼻で笑いながら続けた。

「みんなが口をそろえて同じような報告なんぞ、できるわけがない。人は同じ雲を見たとしても同じように見えたりなんてしない。それぞれが同じ報告をするためには、示し合わせなくちゃだめだ。台本があるから、そういう風にすらすら報告できちまう」

「……あなたは、部下を信用していないのですね」

「裏切るのが人ってもんさ」

ユーロは眉《まゆ》一つ動かさず、当然だとばかりに言ってのけた。

「この世で信用にたるのは、たった二つ。俺自身と、コイツだけだ」

ユーロはそう言ってシモフリを指さした。

蛾《が》型の虫樹はボールコックピットを開き、泰然としている。この十年、ユーロからアフラージを奪うべく挑んだ冒険者はそのことごとくが返り討ちにあった。

ユーロの操るシモフリは国士無双。

センも、各地に放った密偵から話は聞いていた。

三傑のタールやディナールですら、部下たちが小競り合いを繰り広げることはあっても、ユーロに直接対決を挑もうとすることはなかったのだ。

ユーロは尻もちをつくオボルスの胸倉をむんずと掴《つか》み、鼻先をぐっと近づけた。

「さあ、言え、オボルス。セン王女の手勢は何人いる？　何機の虫樹で攻めてくる？　明け方か？　昼過ぎか？　どういう作戦を立てている？　オボルス、答えろ」

ユーロの恐ろしい声音に晒《さら》されて、オボルスはぐっと息を呑《の》んでいる。

仲間やセンのために堪《こら》えるオボルスへと、ユーロは殊更に優しく語り掛けた。

「……その胸の人形をよく見ろ、オボルス。その人形をお前に手渡した者の顔を思い浮かべろ。お前のすぐ後ろにいる四人のことを考えろ、オボルス。状況を、見ろ」

ユーロの囁《ささや》きに、オボルスは震わせていた唇を開いた。

「……リョウと騎士たちが、明け方に攻めてきます。幻覚発生装置が破壊されたその隙《すき》をついて、あなたの操るシモフリを撃破するべく、およそ十機の虫樹でこの町へやってきます……」

オボルスは肩と声を震わせて、センから顔をそむけながら告げた。

ユーロが満足そうに微笑《ほほえ》み、他の四人へも同じ質問をした。四人とも、オボルスと同じように答えていく。センは奥歯を噛《か》み、己の甘さを呪《のろ》った。

作戦が崩れていく。騎士たちやリョウはおろか、巻き込んだオボルスたちまで悲惨な目にあわせてしまうことになる。勝ち目が消えるどころか、ただ不幸を増やしただけ。

ユーロの配下の一人が慮るようにオボルスたちを顎《あご》で示した。

「ユーロ様、こいつらの処分はどのように？」

「彼らは私に従っただけです。すべての責任は私にあります！」

センは大声を出したが、諭すようにユーロは否と首を振った。

「いいや、王女様。従うことを決めた者にも、責任はある。この者たちは召し使いや奴隷ではない。虫使いであり、冒険者だ。果たすべき責任を、この者たちから取り上げてはいけない。己の行動の結果を負う機会を奪うことは、一見庇《かば》うように見えてもその実、残酷なことだ」

ユーロが手にしていた鞭《むち》の柄を、オボルスへと差し出した。懲罰用のものだ。

ユーロはオボルスの胸に突き付けている。

「オボルス。お前自身の手で、仲間を打て。そうすれば、皆、懲罰房行きで済ませてやる。全員の命を助けてやろう。お前も、お前の友も、故郷も、お前の妻や子や父母や兄弟も、その命は助けてやる。俺を裏切ったように、また仲間を裏切れ。王女を裏切れ」

ユーロに迫られ、オボルスは震える指先で鞭を取った。

意を決したオボルスの振るう鞭の音は、しかし弱い。ユーロは声を荒らげた。

「もっとだっ。もっと強く打て、オボルス！」

ユーロは二度三度と、オボルスに命じた。

命じるたびに、オボルスが仲間へと振り下ろす鞭の音は、鋭さを増していく。仲間の苦悶《くもん》の息を何度も聞き、ついに耐えきれなくなったオボルスはへたり込んだ。

そのオボルスの手からユーロは鞭を取り上げるなり、今まで鞭《む》打《ち》たれていた者の一人へとその鞭を差し出した。困惑している者たちへ、ユーロは無情に告げた。

「次はお前だ。さあ、立て。打て。お前を打った男を、打ち返せ」

ユーロは凄《すご》み、躊躇《ため》う者たち一人一人にオボルスと同じように鞭を打たせた。陰惨な鞭の音が発着場に淡々と木霊《こだま》し、その音が途切れた頃には、オボルスたちは気力を失っていた。

鞭打たれて刻まれた肌の傷以上に、鞭打った者の苦痛が垣間見える。

ユーロの情け容赦のない手法に、センは震えた。

ユーロは心底満足そうに頷《うなず》いている。

「そうだ。それでいい。それが人間だ。何も恥じることはない。俺は認める。俺だけは、そんなお前を、お前たちを認めてやる。居場所を、ここに、与えてやる」

ユーロがそう言うと、オボルスたちはがくりと首《こうべ》を垂れた。

「俺が許可するまで、懲罰房でじっくりと己を知るがいい。……連れていけ」

ユーロの命令によって連行されていくオボルスたちを、センは見送るしかない。

センの心の内を見透かすようにユーロは振り向いた。

「焦っているな、王女様。このままではリョウが返り討ちにあうと。だが安心するといい」

「……？」

「リョウは来ない。やつだって、腐ったとはいえ冒険者だ。互いの実力差はよく分かってる。勝ち目のない戦いはしない。……まったく、箱入り娘だよ、あんたは」

ユーロは酷薄な笑みを浮かべ、憐《あわ》れむようにセンを見て続けた。

「本当に人を見る目がないな、王女様」

ユーロは微笑《ほほえ》ましいものを見るような目をすると、おもむろに手を差し出してきた。

「俺と組め、王女様。早く認めたほうがいい。組む相手を間違った、と」

「ずいぶん、リョウを目の敵にするのですね、あなたは」

センは握手に応じなかった。

リョウの口ぶりが思い出される。ユーロを激しく憎みながらも、何か通じ合うものを感じているあの口振り。今のユーロの口振りと、どこか似ている。

センは聞かずにはいられなかった。

「ユーロ。あなたはかつて、リョウの仲間だったのでしょう?」

「ああ、そうさ。気に食わないやつだった。くだらねぇ信念とやらで、お宝を独り占めしやがった。売れば金になるものを売らず、かと思えば貧乏人に二束三文で貴重な古代遺物や雑貨をくれてやったり……身勝手で、業突く張りで、意地っ張りで、大食いで、音痴で、足が臭い」

ユーロは腹立たしそうに悪口を並べ立て、吐き捨てるように続けた。

「それがリョウだ」

「私は——」

センは想いが整うより先に口を開きかけ、詰まった。

ユーロはアフラージを手にしてからの十年、シモフリに改良を重ね、ターレルやディナールからも一目を置かれ、支配者としてこの西の地シャフリヤールに君臨してきたのだ。ユーロの虫使いや冒険者としての才覚を疑う者など、もはやいないだろう。だというのに、リョウに対する居丈高な姿勢には、劣等感のようなものすら滲《にじ》んでいる。

リョウを敵視するユーロの姿勢に、どこか、センは自分と重なるものを感じずにはいられない。それが何なのか、センは摑《つか》めたような気がして喉《のど》のつかえがとれた。

「私は、憧れた人を憎いと思ったことがありました。追いかける背中があまりにも遠すぎて、自分のちっぽけさが嫌になって、腹立たしくて、悔しくて、真似する事しかできなくて」

センはそう言って、胸が詰まった。

父のことが思い浮かぶ。徳高き王、エン・イブンモンメ・アルシャハラザード。その遠い遠い背中が、どれほど懸命にセンが目指しても離れていく。

追いつこうと気張るほど、足踏みから抜け出せない。

この十年で嫌というほど思い知ったそのもどかしさと無力感がセンの口を衝《つ》いた。

「なぜその高みへと、自分は至れないのかと。……けれど、気付いたのです。その原因を相手に求めようとしているかぎり、足踏みを止めることができないと」

「わかったような口を聞くな」

「私の見立てでは、アフラージ簒奪《さんだつ》計画の主導者は王都を牛耳るタァーレルです。ユーロ、あなたは心のどこかで、後悔しているのではありませんか？　ターレルの口車に乗ったことを」

センが尋ねると、ユーロは押し黙った。

図星をついた手応えがある。そうセンは思ったが、ユーロはくぐもった笑い声を漏らした。

「……たしかに、話を持ち掛けてきたのはターレルだ。だがな、乗ったのは俺だ。選んだのは俺だ。決めたのは俺だ。俺はそうやって、ガキの頃からコイツと生きてきた」

ユーロは浮かべていた皮肉な笑みを消し、その瞳《ひとみ》に怒りと覚悟を燃やしていた。

そんな話で懐柔しようなんざ俺を見くびるんじゃない、王女様。

そう言わんばかりにユーロはシモフリを顧みた。

「俺たちは負けない。虫使いとしても、冒険者としても。やつにだけは負けない」

「本当の勝者は、もっと余裕を持っているものです」

「口の減らない王女様だ。いいとも、見せてやる。あんたの手勢が、もうじきここへ来るんだろう？　俺の幻覚が封じ込められたと、あんたを信じて」

ユーロはシモフリを振り返り、嬉しそうに肩を震わせていた。

残酷な笑みだった。

「八つ裂きにしてやるよ。あんたに見せてやる。誰が、本当の勝者かってのを」

ユーロのくぐもった笑い声は気味悪く響き渡り、発着場を満たし続けた。

第三章

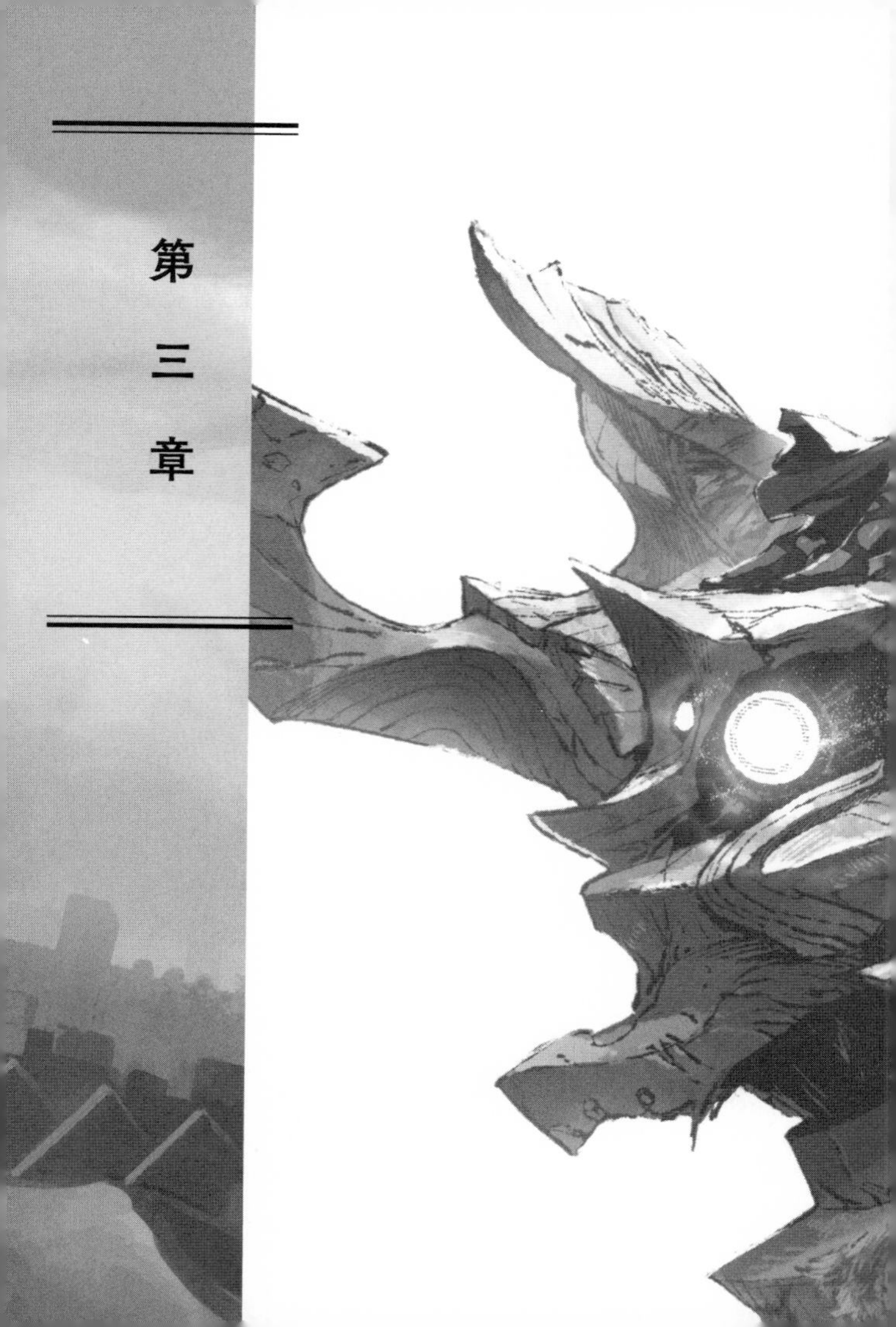

もう十五年以上前になるのか。

あれは、古代遺跡からの帰り道だった。

リョウは今もよく覚えている。

遺跡を守護する古代精霊体が手強《てごわ》すぎて、リョウたちはお宝を漁《あさ》る暇すらなく、ターレルと共にほうほうの体で帰路についていた。その道中だ。

まずリョウが見つけた。

砂丘を二つ挟んだ、砂漠の岩場の影だ。

リョウがソレオレノで近づいてみると、それは水袋を損傷し、脚の半数を失い、翅《はね》が折れてカラカラに乾いた虫樹だった。すぐ近くに干からびた冒険者の遺体もあった。その冒険者の収穫物なのだろう。古代遺物の数々が手つかずで残されていた。

リョウたちを返り討ちにした古代精霊体にやられ、道中で力尽きたのだろう。

単独の冒険者か、それとも唯一の生き残りだったのか。

こういう場合、近隣の人里まで遺体を送り届けて丁重に埋葬するのが、冒険者の慣習だ。それに、遺体が所有していた古代遺物の何割かは遺体の第一発見者の物になる。

収穫無しの帰り道だ。

リョウはこれも天の巡り会わせかと、遺体と虫樹を送り届けようとした。

だが、事態は少々厄介だった。

リョウがその岩場にたどり着いた時、見知らぬ蛾型《がけい》の虫樹がやってきたのだ。

リョウは嫌な予感がした。遺体の第一発見者が二人いる場合、そしてその二人が空振りしての冒険者であった場合、高確率で揉《も》め事になるからだ。

リョウの予感を強めるように、ボールコックピットが開くなり怒声が聞こえた。

「そいつはオレんだっ。オレが最初に見つけたんだ！」

その声は幼さを残しながらも鬼気迫るものがあった。

ボールコックピットから降り立った虫使いは、薄汚い身なりの十歳ほどの少年だった。どう考えても虫使いとしては非常に未熟で、冒険者としては幼すぎた。

リョウは少年の虫樹を見上げて、揉め事を避けようと、ふむふむと頷《うなず》きながら口を開いた。

「蛾型か。いい虫樹だな。お前のか？」

「ああ、そうさ」

「名前は？」

「シモフリ」

「そうか、綺麗《きれい》な名前だな。……俺はリョウ。こいつはソレオレノ。お前は？」

「オレはユーロ。……言っとくがな、このシモフリは盗んだもんなんかじゃねぇぞっ。シモフリはオレが見つけたんだ、砂に埋もれてたコイツを」

聞かれてもいないのにユーロはそう言って肩を怒らせた。

それが本当なのか、はったりなのか。リョウには分からなかったが、その事でユーロが腹立たしい思い出を沢山抱えているらしいことは、よく分かった。

リョウは周囲を見回すも、ユーロの仲間らしき虫樹の姿はない。

「ユーロ、一人でこの稼業をやってるのか?」

「当たり前だ。お前みたいに徒党を組まなきゃいけないほど、オレは弱くねえからなっ」

遅れて岩場にやってきたターレルを一瞥《いちべつ》し、ユーロはそう言って胸を張った。

どちらが取るべき稼ぎか。リョウは自分に利があると思ったが、そこは大人の余裕だ。

リョウは下手に出ることにした。

「どうだ、ユーロ。利益は三等分ってことで手を打たないか? お前の虫樹は強そうだからこの壊れた虫樹を運んで、俺は遺物を運んで、あのターレルに遺体を運ばせる。どうだ?」

「やなこった。ぜんぶオレのもんだ。文句あんなら、虫比べだ」

ユーロに譲る気はないらしい。

ユーロは自信満々で、ふんすと鼻を鳴らした。

「身を引くなら、今の内だぜ。オレは天才虫使いだ。今まで虫比べで負けたことなんてねぇ」

ユーロはそう言って、リョウへと虫比べを申し込んできた。

虫樹を使った取っ組み合いで揉《も》め事に決着をつける。それが虫比べだ。

冒険者をやっていれば、ままある事だ。

虫使いとして挑まれた勝負だ。そしてリョウは勝負に勝つのが大好きで、稼ぎを得るのも同じくらい好きだった。リョウは全力で相手をし、五回呼吸する間もないほど素早くシモフリを砂漠へと叩《たた》き落した。そのままソレオレノでシモフリを砂地に組み敷いて身動きを封じてから、リョウは退《ひ》いた。翅捌《はねさば》きでも脚捌《あしさば》きでも、相手にならない。

勝敗は誰の目にも明らかだった。だがユーロは負けを認めなかった。

「勝負はまだついてねぇぞ！　オレはまだ参ったなんて言ってねぇ！」

ユーロは骨のあるやつだった。

骨のあるやつが、リョウは好きだ。

リョウはもう一度ユーロを叩きのめした。

言い訳する余地を残させないほど、ぎったぎたにした。虫使いとしての実力差が歴然と分かるように、けっちょんけちょんにした。そして最後に、シモフリを頭から砂漠に突っ込ませて機体の半分ほど砂に埋もれさせた後、ソレオレノで引き抜いた。

成り行きを見守っていたターレルに「大人気ない」とたしなめられたが、リョウは「あいつの本気に対して手を抜く方が失礼だ」と返した。

それからというもの、ユーロにしつこく再戦を挑まれるようになった。

正直な所、リョウは三度目から面倒くさくなってきたが、ターレルに「本気に対して手を抜くのは、礼を失することだろう？」と毎度皮肉を言われ、受けて立つより他なかった。

リョウがぎったぎたにするたびに、ユーロは口癖のように言った。

「いいか、リョウ。シモフリが負けたんじゃねぇ！　負けたのはオレだからなっ」

ユーロはシモフリの敗北を決して認めなかった。

いつのまにか、リョウの冒険団にユーロがいつくようになっていた。

ユーロは負けず嫌いで、意地っ張りで、強がりで、鼻っ柱の強さを支えに生きているようなやつだった。だが、ユーロ自身よりも優れた技術を持つ虫使いと出会えば、それがどんな相手であろうと、その秘訣《ひけつ》を聞きに行っていた。ユーロは鼻っ柱が強すぎて性格がひねくれてしまっていたが、虫使いとしてだけは誰よりも真面目で素直だった。

もっとも、ユーロのその素直さは、手練《てだ》れの虫使いたちの恰好のオモチャにされていた。

ユーロが教えを乞うても出鱈目《でたらめ》を吹き込まれ、しょっちゅうケンカになっていた。

リョウが知る傑作の出鱈目は、確か元巫女《みこ》のディナールによるものだったか。

「いい、ユーロ。私の推論では、操縦席を水で満たすのが最もいい。水の中だと身体《からだ》が軽く感じられるでしょう？　これは気体の中にいるより、液体の中にいるほうが人体にかかる力がより分散されているからよ。つまり、液体の中にいれば衝撃に対してより強くなれる、ということ。ヘナタトゥーと組み合わせれば、ぶつかり合いで無敵になれるわ」

「でも、息はどうすんだ、ディナール？　溺《おぼ》れるぞ？」

「精霊と繋《つな》がった虫使いは、きっと溺れない。神の加護があるから。どう、ユーロ。一緒に実験してみない？　成功すれば、虫樹の画期的な操縦法になるわ」

元巫女のディナールは本気でそう言っていた。傑作の出鱈目というものは、嘘《うそ》を言おうとする者が生み出すのではなく、いつだって真剣な者が生み出すものだ。

周囲の反対を押し切り、ディナールとユーロは実行した。

虫樹の操縦席で溺れかけた二人を助けたのは、リョウとターレルだった。

ユーロは散々な目にあいながらも、虫使いとして多くの時間を虫樹の練習に費やし続けていた。リョウが見た限り、ユーロはシモフリを操ることに誇りと、喜びを感じていた。

虫樹を単なる道具としては考えていなかった。リョウの率いる冒険団の中でユーロが頭角を現し始めるのに、そう時間はかからなかった。

若き天才虫使い。それがユーロだった。

リョウとは違う。見て取る力も、飲み込みの早さも、虫使いの本質へと迫っていくその勢いも。ユーロが操る時だけシモフリは、脚捌《あしさば》きや翅捌《はねさば》きに煌《きら》めくような瑞々《みずみず》しさを宿した。ユーロの操るシモフリの噴流や羽音の美しさは、リョウですら聞き惚れる時があった。

いつしかリョウは、ユーロに技を見せることが楽しくなっていた。

見せる技が難しいほど、ユーロは喜んだ。

ある日、手強《てごわ》い盗賊相手にリョウは新技を試した。

空中で強引に組み付いて敵の視界を振り回し、自機を素早く立て直すと同時に敵機を抱きかかえ、真っ逆さまに地上へ向けて蒸気噴流を噴かす、強力な技だ。虫樹の勢いと高度をあますとこなく利用する大技で、どれほど頑丈な虫樹に乗った虫使いでも一撃で倒せる。

だが、技と言えば技だが、墜落と言えば墜落だ。

この技の効果を限界まで高めるには、ソレオレノも一緒に地面に激突せねばならない。技をかけられた側はもちろん、かけた方にも衝撃がかなりくる。

この技を初めて見せた時の、大多数の虫使いの反応は冷ややかだった。

ターレルは「技の反動が強すぎる。この技を使わずに済む戦い方を心掛けたほうがよい」と述べ、ディナールは「改良の余地がないわね。この技、神の加護は得られそうにない」とにべもなく切り捨てた。その他にも「見るのは楽しいが、やるのは最悪」「技と度胸試しの区別がついてない、おバカな虫使いが使うもの」などなど、散々だった。

けれどユーロだけは笑わなかった。

むしろ、目を輝かせた。

教えてくれと頼まれてリョウが技をシモフリにかけてやると、シモフリのボールコックピットからふらつきながら出てくるなり、ユーロは声を弾ませた。

「無茶苦茶な技だよ、リョウ。こんな技、実戦で使えるの、あんただけだ」

「あきらめるか?」

「まさか。ものにするさ。オレはシモフリと一緒に、いつか天辺《てっぺん》を取るって決めてんだ」

ユーロは胸を張った。

負けん気を漲《みなぎ》らせながら、ユーロは続けざまに宣言した。

「リョウ、オレはあんたになるんだ。あんたみたいな、冒険者に。虫使いに」

「……なれねぇよ、ユーロ。なれる訳ない。お前はお前だ」

そのままでいい。

誰かになんてなれない。なろうとする必要もない。

ユーロは虫使いとしても、冒険者としても、いずれリョウを超える。そうなるとリョウは思っていた。だがアフラージを前にして、ユーロは変わってしまったのだろう。


「リョウ殿」

マナトの呼びかけに、リョウはふっと目が覚めた。

天幕の中で、ついうとうとしてしまっていたらしい。マナトによって少しだけ開けられている天幕の入り口から、夜気がリョウの足元へとやってきている。

「リョウ殿、時間です」

「ああ」

リョウは起き上がって頷《うなず》いた。

懐かしい夢を見はしたが、夢は夢だ。昔は昔、今は今だ。ユーロへの憎悪は、リョウの中で全く鈍ってなどいない。その事にリョウはなんだかほっとした。

まだ少し頭がぼんやりとしている。身体《からだ》はあちこちが鈍く痛むものの、虫樹で激しく戦った後はいつもこうだ。砂の上に敷いていた自身の上着を身に着けて、リョウは天幕を出た。

野営には十一機の虫樹が整然と並んでいる。

戦えるのはソレオレノを含め、六機だけだ。残りの五機は補給隊だ。古代遺跡の探索と同じで、前線で大立ち回りを繰り広げることだけが虫使いの役目ではない。

支えてくれる者なしに過酷な環境下で前線に立てば、全滅の憂き目にあう。

リョウが焚《た》き火へと近づくと、火加減を見極めながら作業していた騎士の一人が、柄杓《ひしゃく》のような小鍋から泡立つ黒い液体をカップへと注いでマナトに手渡した。

「どうぞ。冷えない内に」

マナトは湯気の立つカップをリョウへと差し出してきた。

焙煎《ばいせん》された豆の香りがする。

「助かる」

コーヒーを飲むのは何年ぶりかと、リョウは感慨に浸りながらカップを受け取った。

カップの熱が心地よい。

リョウは冷めるまで少し待ち、粉が沈殿してからコーヒーに口をつけた。砂糖と香辛料が効いている。リョウはカップの上澄みを飲み、じゃりじゃりとする粉っぽい残りを捨てた。

頭がすっきりとする。

補給隊の騎士の一人から「伝声装置の調整が済んだので確認してほしい」と言われ、リョウはソレオレノへと歩み寄った。捕虜たちの虫樹の脚部や翅《はね》の中で質のいいものと、ソレオレノの破損した脚や損耗の激しい翅などは、もう取り換えてある。

ちゃんと動くことも確認済みだ。

虫樹のパーツの互換性は極めて高い。着脱に特殊な器具など必要ない。取って、つけるだけ。それだけで問題なく動かせる。虫樹に宿る精霊のなせる業だ。虫使いの間では、そう信じられている。古代文明の技術力を目にするたび、リョウは感嘆してやまない。

古代文明が繁栄したのは当然だ。

古代文明が滅んでしまったのが、不思議でならない。

今この大陸に虫樹を作り出せる者はいない。虫樹のパーツ一つすら、その品質の程度を問わず、形作れる職人はいない。古代遺物はすべて古代遺跡から持ち帰るしかない。

リョウはソレオレノに乗り込み、伝声装置の声に耳を澄ませた。

「こちらです。リョウさん。南東の方角。見えますか?」

砂原の遠くに、わずかに騎士の虫樹が見える。ひょこひょこと右の中脚を上げている。

「ああ、見える」

「リョウさん、私はどちらの脚を上げていますか?」

「右の中脚だ」

「この距離なら、問題なく聞こえるようですね」

「ああ。声が濁ってるがな」

「ソレオレノのその伝声装置は、鹵獲品《ろかく》ですから……」

「無いよりはマシさ」

リョウはそう答えて、暗澹《あんたん》たる気持ちになった。

奪われてしまったものが多すぎる。伝声装置一つとってもそうだ。こんな状態で、もうじきルイアンの町へと向かうことになる。ユーロと一戦交えることになるのだ。

（勝ち目は薄い……）

ソレオレノのパーツ交換の際、リョウは騎士団の虫樹を操らせてもらった。

そこで思い知らされた。通じ合えなくなったのは、ソレオレノとだけではない。リョウは虫樹そのものと通じ合えなくなってしまっている、と。

リョウは深く溜息《ためいき》をついて、しまったと思った。伝声装置に溜息を拾われた。

騎士たちの士気を削ぎかねない。

慎むべき行為だ。

ソレオレノの操縦桿《そうじゅうかん》を握り、もう一度リョウは再び集中した。

昔の感覚を取り戻そうとしたが、やはりソレオレノと感覚を重ね続けていられない。重なる感覚も浅い。虫樹に宿る精霊と深く繋《つな》がれない。

繋がり続けていられない。

脚捌《あしさば》きも、翅捌《はねさば》きも、噴流捌きも、まだまだだ。

ソレオレノが踏みしめる砂の感触が分からない。ソレオレノの木肌を撫《な》でる、風の冷たさを感じ取れない。視覚や聴覚や触覚や嗅覚《きゅうかく》などが驚くほど研ぎ澄まされ、動体視力や反射神経すら人間の範疇《はんちゅう》を超えていく、あの爽快感《そうかい》がない。かつてのリョウは、虫樹の維管束の一本一本を流れる水の感触まで当たり前のように感じ取れていたというのに。

（追っ手を返り討ちにしたとき、戻ったと思ったのに……くそっ。まただ。また、ソレオレノに宿る精霊と、通じ合う感覚が分からなくなってやがる……）

リョウは操縦桿を指の腹で撫でた。

「なあ、ソレオレノ。そろそろ、機嫌直してくんねぇか？　大一番が待ってるんだ」

リョウはご機嫌を取るように下手に出たが、ソレオレノはうんともすんとも答えない。ソレオレノに宿る精霊が、リョウとの繋がりを取り戻す気配すらない。

リョウは座席にもたれ掛かり、天を仰いだ。

かつての輝きを失ってしまったリョウへと見せつけるかのように、鮮やかな月明かりの中、無数の星が小憎らしいほど輝いている。いけないいと、リョウは頭を左右に振った。

弱気になってしまっている。

弱気になった分だけ強気にならないと、心の帳尻が合わせられなくなる。だから、見つけるのだ。なんとしても。よいことを、見いだすのだ。

「まあ、あの岩窟牢《がんくつろう》にいるよりゃ、マシか」

リョウはそう呟《つぶや》いて、見つけることを止めていない自分を見つけた。

これもまた、神のおかげかもしれない。腹がぐうっと鳴ったのもそうだ。

「ああ、腹減った……腹が減るなら、まだやれるよな……」

頭部前胸装甲を開いてボールコックピットから降りると、いい匂いが漂ってきた。

焚《た》き火の近くに騎士が集まり、食事の用意がされ始めている。

リョウも敷物を敷くのを手伝い、騎士たちと共に胡坐《あぐら》をかいた。

手を洗い、祈りを捧げる。

香辛料を用いた炊き込みご飯だ。右手の指でほぐしつつ適温にして口に入れると、優しい風味が口いっぱいに広がる。レモン果汁とオリーブオイルをかけたサラダの副菜は、塩コショウが効いている。食感と香りが実にさっぱりとしていて、炊き込みご飯によく合う。

医食同源だ。

予防医学を重視するこの大陸では、食事は神の恩寵《おんちょう》を感じるひと時であり、長寿と無病をもたらす生活の要だ。空腹や満腹を感じる事そのものが、神が与える恩恵と言われている。

腹ごしらえが済むと、作戦の最終確認に入った。

リョウは砂に図や絵を描いて、ルイアンの地形や、シモフリや多脚要塞《ようさい》の姿や大きさを記した。騎士たちが食い入るようにその図を見て話し合っている。

マナトが切り出した。

「では、各々、本作戦の確認に入ります。月が正中した後、我々はこの野営を発って西の町ルイアンへと向かいます。ユーロの多脚要塞を捕捉し、夜明けとともに襲撃。抵抗勢力を撃破します。本作戦の目標はアフラージの奪還です。ユーロの虫樹であるシモフリを撃破し、セン様の安全確保を行います。なるべくルイアンの町中やその上空での交戦は避けるように。アフラージを奪還できたとしても町が破壊されてしまっては、セン様や我々がユーロと同質のものであると民に見なされてしまいます。ユーロはアフラージの他、幻覚を操る古代遺物で武装しています。セン様が幻覚装置の破壊を達成されていない限り、我々に勝機はありません」

マナトの淡々とした説明に、騎士たちの顔はいずれも暗い。

嫌な想像をせざるを得ない。針の穴に糸を通すような作戦だと、この場の誰もがわかっている。だが悪いイメージに囚《とら》われすぎると成功するものもしなくなる。

リョウは咳払《せきばら》いして、手をひらひらとさせた。

「まずは、上手くいっていた時のことを考えよう」

リョウがそう言うと、騎士たちの顔色がやや晴れる。幻覚装置が破壊されたとしても、ユーロとその手勢の虫樹は相手せねばならない。多勢に無勢である状況は変わらない。

それでも、まだ勝機があるだけマシだ。リョウは言葉を続けた。

「シモフリが一番の強敵だが、ユーロの手勢も厄介だ」

「幻覚装置が破壊されていた場合、我々騎士団はユーロの手勢を相手にします。奇襲と幻覚装置の不調に敵が動揺している、その隙《すき》を突いて一気に攻めます」

「頼む。ユーロは俺が相手する。あんたらは、他の虫樹を無理に倒す必要はない。多脚要塞《ようさい》から引き離すか、時間を稼ぐだけでいい。ユーロを倒せば、相手はまとまりを失うはずだ」

「一騎打ちに持ち込めますか？」

「挑発するさ。ユーロが誰にも邪魔されず、自らの手で俺を殺したくなるように。……ああ、言っとくが、あんたらはシモフリに接近するな。特に霞《かすみ》や陽炎《かげろう》のようなものが見えたら、なるべく距離を取れ。そいつは鱗粉《りんぷん》で、雷撃を生じさせる。食らうとまずい」

「では、セン様の目論見《もくろみ》が外れてしまっていた場合は？」

「尻尾巻いて逃げる」

リョウがそう言うと、騎士たちは血相を変えて声を荒げた。

「馬鹿な！　セン様を見捨てろと⁉」

「一時的に、の話だ」

リョウは待て待てと、怒る騎士たちを手で抑えて続けた。

「王女様が仕損じたってことは、こっちの奇襲が読まれてるってことだ。そのままユーロの陣営にぶち当たっても返り討ちにされる。だから、いったん退《ひ》く。王女様もそうしろと言ってただろうが。再び機が訪れるまで待て、と」

「それは、そうですが、しかし、主を見捨てて逃げるなど……」

マナトの言葉を皮切りに、他の騎士たちも口々に「それはできない」「セン様がユーロに囚《とら》われたままなど……」「悪夢だ」「あのユーロに、どんな目にあわされるか……」と続けた。

（なるほど）

リョウは合点がいった。

センが「騎士たちを頼みます」と、わざわざリョウに言ってきた訳だ。だがこういう武人に対してどういう言葉が有効なのかも、リョウには多少の心得がある。

「主の言葉に背くのか？」

リョウの一声で、騎士たちは押し黙った。

マナトが口を尖《とが》らせながら尋ねてくる。

「……それで、一度逃げた後は？」

「移動要塞でユーロは本拠地イウナンに向かうはずだ。その道中、ユーロに隙があれば襲う。要塞の通り道に落とし穴なりなんなりを仕掛けてな。それでもダメなら、また退く。ユーロは王女を利用し、ターレルやディナールと一戦交える腹積もりだろう。アフラージを独り占めする腹積もりだからこそ、エン王の娘を欲しがってる。ユーロは本拠地を離れてターレルやディナールとやりあうだろう。その隙《すき》をついて王女様を救い出す」

「たしかに、それならこちらも体制を整えられますが……しかし、セン様の身が……」

「ルイアンで全員討ち死にするよりは、望みがある。違うか？」

リョウがそう問いかけると、騎士たちは顔を見合わせた。

ルイアンで決着がつけられなければ、アフラージの入手はおろか反撃の狼煙《のろし》も上げられないが、そもそもセンがいなければ話にならない。単なる騎士の寄り集まった暴走集団と見なされるか、正当な主張のある組織と見なされるか、それはセンの存在一つにかかっている。リョウなら冒険者稼業を再開し、センの連絡が来るまで騎士たちを養うことくらいならできる。

（あの王女、まさかそれも見越して、俺を引き入れようとしたのか……？）

リョウはふとそう思い、呆れるような、感心するような、不思議な心持ちになった。センは思い切った気質を持ちながら、先々を見通す目も持っている。桜騎士団の虫使いたちが少数とはいえ、こうしてセンの元に集ったのは、やはりエンの遺功ではない。

王都で十年もがき続けたセンの意志によるものだろう。

リョウは騎士たちを見回して、こりゃまずいと顎《あご》に手を当てた。

（みんな、かたくなってるな）

リョウが見たところ、この騎士団の中で虫使いとして手練《てだ》れと言えるのは、マナトと副長だけだ。他の騎士たちも腕は悪くはないが、目の奥に怯《おび》えが見て取れる。

実戦経験が足りないのか。挑む相手に圧倒されてしまっているのか。

リョウは慎重に言葉を選んだ。

「虫使いの冒険者は個人技に重きを置く。だが、あんたら虫使いの騎士は、連携技に重きを置く。集団戦は個人技よりも、機転の良さや連帯感が大切だ。ユーロの手勢には冒険者が多いとセンが捕虜から聞き出してた。多少の数の不利は覆せるさ」

「本当ですか？」

「本当さ。虫使いの冒険者がそう言うんだ」

リョウがそう言うと、騎士たちは少しだけほっとできたようだった。

正直なところ、やってみなければ分からない。

リョウたちが圧倒的に不利なことにも変わりはない。作戦の確認を済ませ、リョウは気を紛らわせようと歩きながら野営近くの砂丘へと上った。砂丘の天辺《てっぺん》からは野営地の様子や廃村の跡地がまた違って見える。砂丘や岩場や荒山や、河の跡がどこまでも続いている。

見慣れた砂や岩の風紋すら、月光の下では妖しい。

リョウがぼーっと眺めていると、マナトが一人でやってきた。

「どうなされました、リョウ殿」

「いっそのこと、ぜんぶ放り捨てて逃げちまおうかと思って」

「ほう……」

マナトが虫けらを踏み殺そうとするような眼光で腰元の柄に手をかけている。リョウの言葉を戯言《ざれごと》とは受け取ってくれなかったらしい。リョウも冗談半分で言ったことで、半分は本気でもあった。それをマナトは感じ取ったのだろうか。

リョウは慌てて手を振った。

「冗談、冗談。戦いをおっぱじめる前に、肩の強張《こわば》りを解《ほぐ》そうと思っただけ」

「……でしょうね。そうだと思いました」

にっこりと微笑《ほほえ》んでこそいるが、マナトは剣の柄から手を放していない。

(この女騎士、おっかねぇな、おい……)

リョウは思った。

ユーロとはまた違った怖さがある。リョウは聞かずにはいられなかった。

「怖くないのか、あんた？　……他のやつらも」

「騎士が恐れてよいのは武名を失う恥のみ、と教わりました」

マナトは毅然と答えたが、すぐに口元を緩めた。

「しかし、怖いものは怖い。ただ……私がこの十年で学び取ったのは、義を見てせざる勇のなさは、武名を失う恥よりも恥ずかしいということです」

マナトはそう言ってルイアンの町の方角をみやった。

「セン様が先陣をお切りになられた。本来は、我々騎士が切るべきはずであった先陣を。追い駆けねばならないのです。あの三傑のユーロが相手であっても」

　マナトはくるりと首をめぐらし、リョウを見て微笑んだ。

「それに、あなたがいる。大陸一の虫使いである、リョウ殿が」

「そのリョウって野郎は今、エン王殺しの大罪人って風評なんだろう？　王女様がそう言ってた。そんな俺をよくもまあ、頼りにしようなんて思えるな」

「正直に言えば、桜騎士団も二分されているのが現状です。この騎士と虫樹の数を見てもらえれば、それは一目瞭然でしょう。十年前からあなたを快く思っていなかった者はいます。王都での身の振り方を考え、ターレルにつく者も少なくはない。しかしここにいる者は皆、セン様を信じます。セン様があなたを信じるなら、我らも信じましょう」

　部下に呼ばれたマナトは、そう言い終えると足早に野営の元へと帰っていった。一団を率いる者として、気を配る癖が染み付いているのだろう。

　リョウは凝りを解そうと身体《からだ》を捻《ひね》り、ルイアンのほうを見た。

　センはもう出発した。

　いかないわけには、いかない。

　それなのに、まだリョウの心は定まらない。リョウは頭を抱えて砂を蹴飛ばした。

「あぁくそっ、そわそわが止まらん。地面がふわふわするぞ。なんでこんな、新米虫使いみたいな心境で、こんな大一番が目の前にっ……どうなってんだ。おかしいだろ。だいたい、何年もやってりゃ、もっと胆がどっしり据わるもんじゃねぇのかっ⁉　いやまて、そういや十年前も、大一番の前はこんな感じだった気がするぞ。アフラージの眠る古代遺跡に行く直前も、なんだかそわそわしてぐっすり眠れなかったし。ああ、古代雑貨にねぇもんかなぁ。身につけるだけで鋼の心が手に入るような、そういう便利なやつ。古代人も作っといてくれよ、アフラージ作る技術力あるんだから。作って沢山残しといてくれりゃぁなぁ……」

リョウはごろんっと砂に寝転んで、頭の後ろで手を組んだ。

脱力するしかない。

無理に力を入れて、どうにかなるならどれほど楽か。なる時はなるが、ならない時はならない。そういうものだ。空をぼんやり眺めていると、リョウはふと思い浮かんだ。

「……まあ、今が一番、初心を取り戻せてるっちゃぁ、取り戻せてるのか」

リョウはこの十年でいろいろとボロボロになった。いろんなことが下手になった。もう大陸一の虫使いではない。もう大陸一の冒険者ではない。そもそも『大陸一』という名称は、リョウが冗談半分で言い続けていたら周囲が遊び半分で茶化しながら乗っかってきて、なぜかそのまま定着してしまったもので、今思えば自分で自分の首を絞めていたようなものだ。

恥ずかしすぎる。

昔に戻って返上できるなら返上したい。

けれど、下手になってしまった分、上手になったものもある。

「ふぅ……毎年、愚痴の吐き方だけは上手くなる」

よっこらせっと立ち上がって、リョウは身体《からだ》から砂をぱんぱんと払った。

見渡す限り砂漠が広がっている。岩窟牢《がんくつろう》の日々、この広々とした景色をどれほど望んだか。

何度、夢に見たことか。それなのに、今はその広さがとても心細い。

「……なあ、エン……」

リョウはぽつりと虚空へ呼びかけた。

「あんただったら、なんて言うかね？」

リョウは独り言ちた。言葉は乾いた風に運ばれて、砂丘の彼方へと消えていく。

答えは返ってこない。もはや外に答えはない。内に見いだすしかない。

エンなら何と言うだろう。

今のリョウを見て、どういうことを言うだろう。

『らしくないな、リョウ。取られっぱなしで大人しくしているなんて。貪欲で、意地っ張りで、負けず嫌いで、見栄っ張りで、音痴で、大食いで——足が臭いのが、お前だろう？』

エンなら、リョウをおちょくるように笑いながらそう言うかもしれない。

エンは欲の深いやつだった。

この大陸で生きとし生ける万物に水の恵みをもたらす——それがエンの、終生の望みだ。

リョウなどとは比べ物にならないほどの、とんでもない業突く張りだ。

欲の深いやつは面白い。

己の欲望と正々堂々向き合い、それを隠そうとしないやつは信用できる。

「ここも、緑に満ちていたんだろうか……？」

リョウは広々とした砂漠を眺めた。

もし、エンが今も生きていたら。

もし、アフラージが三傑に奪われていなければ。

もし、リョウがあの岩窟牢《がんくつろう》に十年囚《とら》われていなければ。

今リョウの目の前に広がる砂漠と荒野と岩肌は、滅んだ村の痕跡《こんせき》は、生命に溢《あふ》れたものになっていたのだろうか。風は湿り、瑞々《みずみず》しい緑があっただろうか。

もし、たら、れば。そんな仮定に意味はない。

そう分かっていても、リョウは思わずにはいられない。

(もう、終わったことなのか？　まだ、終わっちゃいないことなのか？)

どっちなのだろう。

分からない。

判別などリョウにはつけられない。

大切な決断を迫られるときは、いつもそうだ。宙ぶらりんだ。

またぐらがすーすーする。

それはきっと、リョウが未だにセンも自分も信じ切れていないからだろう。けれど、いつだったか。エンの言っていたことが脳裏をよぎり、リョウは微笑《ほほえ》んだ。

「そうだな、エン……俺は疑ってる。信じてなかったのに、あんたの娘がやってきて、また疑い出すようになった。お前の言う通りだったよ、エン。『信じる』の反対は『信じない』だ。俺はまた、疑い始めた。これだって一歩前進だ。そうだろう?」

リョウは虚空へと呼びかけたが、返事はない。

エンはもういない。

過ぎ去ったものは戻らない。だが、過ぎ去ってもリョウは覚えている。

リョウは踵《きびす》を返し、ソレオレノへと向けて一歩踏み出した。その一歩がなんだか大きな一歩に思えて、リョウは二歩三歩と力強く足を繰り出した。

騎士たちが自らの虫樹を目視点検している。補給部隊の騎士たちは、ある者は目視点検の補助に回り、ある者は野営の天幕や煮炊きの道具の後片付けをしている。

補給部隊の騎士たちは野営の片付けを行った後、ルイアン近くの合流地点で待機する。強襲部隊が撤退することになった場合の、給水地点を設営してくれるのだ。

ぶよぶよと膨らんだ、革製品のような大きな袋がいくつもある。外付けの水袋だ。虫樹の脚で抱えて飛べば飛行距離を大きく伸ばせる。補給部隊が運んできてくれたものだ。

出撃準備が整いつつある。

月の傾きからして、そろそろ予定の時間だ。

ソレオレノの脚部や鞘翅《しょうし》の苔《こけ》は鮮やかさを取り戻しつつある。木肌に似た体表も、もう乾き切ってはいない。もげた三本の脚部は、撃破した甲虫型から取った脚で代用してある。

ソレオレノの角も、まだ役に立ちそうだ。

ボロボロで傷だらけだったソレオレノの体表は、細かい傷が塞《ふさ》がり始めている。虫樹は生き物のように自らの傷を自然に治せる。水と太陽光と空気があればいい。豊かな土壌があればなおよい。他の虫樹の体表を貫き、その体内から栄養素を吸収するのも手だ。

半分機械、半分生物。それが虫樹だ。

水を得たソレオレノは、リョウを置き去りにする速さで、確実に蘇りつつある。

リョウはソレオレノの外面をくまなく観察した。

(異常なし。万全じゃないが、戦える)

リョウはソレオレノの脚の苔を撫《な》でた。ふかふかとしている。懐かしい感触だ。だが、かつてリョウが拘《こだわ》り抜いてソレオレノに施していた装飾植物群と比べると、触り心地は硬い。発色もよくない。この種類の装飾苔の、本来の深緑とはほど遠い。

潤いを取り戻しつつあるソレオレノの木肌も所々、白蛇に巻き付かれたかのように変色した跡はそのままだ。人間が老いて白髪交じりになるのと似ていて、再生と終焉《しゅうえん》がせめぎ合っている証《あかし》であり、ソレオレノの老練さを際立たせてもいた。

潤いと乾き。芽吹きと冬枯れ。相反するものが交じり合う、この出で立ち。

これはこれで味わい深いものがある。

ソレオレノが頭部前胸装甲を上げ、露出したボールコックピットが開いていく。

(悪くない)

リョウはそう思えた。

休眠状態から覚めやらぬ乾ききったソレオレノも、その表皮や装飾植物群に瑞々《みずみず》しい兆しが見て取れる。精霊とは昔のように通じ合えないが、リョウはまだ生きている。

長年の相棒であるソレオレノが、目の前にある。

虫樹で駆け、転げ、跳べる。

それで十分だ。

「出撃！　出撃！」

マナトの命令を騎士たちが復唱している。

リョウは頷《うなず》き、操縦席へと乗り込んだ。ボールコックピットには独特の香りがある。朝霧に包まれた森の香り、とでも言えばよいのか。なんだか落ち着く匂いだ。

水筒もある。携行食もある。短刀もある。

恨みつらみに至っては、操縦席に乗せきれないほどある。

リョウは頭部前胸装甲を閉じ、自身の肩と首を回して操縦桿《そうじゆうかん》を軽く握った。

「頼むぜ、ソレオレノ。取り戻しにいこう」

リョウはソレオレノの前脚二本を操り、外付けの水袋を抱えた。なるべく水の消費を抑えて飛ばねばならない。水の補給はルイアンの手前だ。

野営地に立てられている旗は揺らめいておらず、夜空には雲一つない。

騎士の虫樹が準備を整え、野営地から続々と飛び立っている。

リョウも左右のペダルを踏み、ソレオレノをひょいと跳躍させて飛び立った。多少がたついたものの、軽やかな跳躍離陸だ。ソレオレノの翅《はね》を羽ばたかせ、蒸気噴流は最小限に留める。心地よい加速を肌で感じながら、リョウはぐんぐんと高度を上げていった。

「隊長機からソレオレノへ。リョウ殿、隊列の左へどうぞ」

伝声装置越しにマナトの声がした。

マナトの虫樹を中心に空中で虫樹が集まり、渡り鳥のような山形の隊形を描いている。ソレオレノと同じく、いずれの虫樹も二本の前脚で外付けの水袋を抱えていた。

(綺麗《きれい》な雁行《がんこう》だ。さすが、騎士)

リョウは舌を巻いた。

隊形を組んだ方が、より楽に長距離を飛べ、水を節約できる。マナトに促されるままリョウも隊列に加えてもらった。騎士たちはやはり、よく訓練されているようだ。

リョウも含めて、たった六機。

ルイアンへと向けて砂漠の夜空を飛び続けた。

影すら生み出す月光の下、いくつもの砂丘を越え、岩場をまたぎ、荒山を横切る。

涸《か》れ川の特徴的な曲がりくねった跡が見えた。ルイアンから逃げ出した直後に通り過ぎたのを、リョウは覚えている。ユーロの多脚要塞《ようさい》へ刻々と近づいている証《あかし》だ。

リョウは伝声装置に告げた。

「ルイアンが近い。補給しよう」

「分かりました。皆、補給する。眼下の涸れ川に着陸しろ」

マナトの命令に騎士たちは一糸乱れぬ動きで高度を下げ、着陸し、前脚で摑《つか》んでいた外付けの水袋を下ろした。虫樹の口吻《こうふん》を伸ばして飲み口に挿し、虫樹の水袋を満たしている。

リョウもそれに倣い、ソレオレノの水分補給を済ませた。

決戦の時は近い。

戦うことになるのか、尻尾を巻いて逃げるのか。もうじき分かるだろう。

再びマナトを先頭にして虫樹が飛び立つも、編隊を組む前にマナトが口を開いた。

「リョウ殿、先導をお願いします」

「ああ。ここからは低く飛ぶ。ついてきてくれ」

リョウは頷《うなず》いて、編隊の先頭に立った。砂上を滑るような低空飛行の中、ソレオレノを中心にして騎士の虫樹が鋭い山形の隊形を描いている。

空が白み始めていた。

リョウは低空を飛んで地形に身を隠しつつ、ごつごつとした岩山を横目に砂丘を超えていく。干上がったオアシスの跡地と、丘に並ぶ建物と、農地に陣取る多脚要塞《ようさい》が見える。

ルイアンだ。ルイアンの町並みだ。

(戻ってきた……)

リョウは気を引き締め、ひゅっと鋭く息を吐いた。

朝日の兆しが地平線に見える。

騎士の虫樹がソレオレノを先頭に、縦一直線に並び始めていた。突撃隊形だ。

リョウは前方を睨《にら》んだ。

多脚要塞の背部から飛び立つ機影が、豆粒のように見える。ユーロの手勢だ。リョウたちの接近に気付いたらしい。滑らかに飛び上がった、一際白い虫樹の姿がある。

遠目でもリョウには分かった。蛾《が》型の虫樹だろう。

シモフリだ。

飛び上がった一機のシモフリに続き、さらにもう一機の白い虫樹が飛び立った。立て続けに二機三機と、蛾型らしき真っ白な虫樹が多脚要塞から飛び立ち、翅《はね》を大きく広げている。

五機のシモフリだ。間違いない。幻覚によるものだ。

リョウは身がすくんだ。

（ユーロはまだ、幻覚を操れる⁉）

リョウは奥歯を噛《か》み締めた。

（王女がしくじったのか）

リョウはソレオレノを減速させるも、騎士団の虫樹は隊形も速度も崩さなかった。

「セン様がっ、セン様が要塞頭部に！」

マナトの怒声に、リョウは目を凝らした。

リョウや騎士たちに見せつけるように、多脚要塞の頭部避雷針にセンが縛られている。手枷《てかせ》をされた上に鎖で幾重にも繋《つな》がれた、いたわしい姿でセンは拘束されていた。

奇襲が読まれている。リョウは伝声装置へ向けて怒鳴った。

「退《ひ》けっ、敵《かな》わない！　幻覚装置がまだ活きてやがる！　王女は囚《とら》われたっ」

「なればこそ、退けませんっ。あのようなお姿のセン様を、このままにはしておけない！」

猛々《たけだけ》しいマナトの返答を裏付けるかのように、騎士の虫樹の隊列はまったく乱れない。多脚要塞と数多の敵虫樹を前に突撃隊形を崩していない。

見上げた忠誠心だ。迷惑極まりない。

リョウはユーロの思惑に気付き、歯噛《はが》みした。

「ユーロの野郎っ、これを狙ってやがったな！」

騎士たちを退かせないために、わざとああやって拘束されたセンの姿を見せつけている。幻覚装置が活きていても、鎖につながれたセンを前にして騎士たちは退《ひ》けない。

かがり火に吸い寄せられる羽虫と同じ。

ユーロは騎士の習性を突いたのだ。

(どうするっ?)

リョウは迷った。リョウがいなければ、あの騎士団は瞬く間に壊滅する。リョウがいれば少なくともユーロの注意は引き付けられるが、勝ち目のない戦いを強いられてしまう。

進むべきか、退くべきか。

リョウは唸《うな》り声を上げ、正面を睨《にら》み据えた。

「──ああくそっ、これだから堅物どもは!」

リョウはソレオレノの蒸気噴流を噴かせ、首に力を込めて耐えながら急加速した。

(王女を助け出さねぇと、騎士たちがこの場からずらかれねぇ)

リョウは舌打ちした。

冒険者にとって逃げるのは恥でもなんでもない。必須の技能だ。古代遺跡には古代精霊体という、歴戦の虫使いですら手も足も出ない化け物がいる。古代精霊体との防戦を一度でも経験すれば、勝算のない相手に対して逃げることなど一切躊躇《ちゅうちょ》しなくなる。

むしろ、恥も外聞もなく逃げることが、冒険者として誇らしい能力だと気付く。

そこで終われば次がない。

次がなければ稼げない。

どれだけ立派な戦いをしようとも、古代遺物を持ち帰れずに死んだ冒険者の名は砂原に埋没していく。立派に戦えば死しても名が残り、子孫が恩給を得られる武人とは違う。

（まったく、武人って生き物は手間がかかる！）

理由を作り出さねばならない。騎士たちが撤退を選択できる、理由を。そうしなければ全滅してしまう。戦力を温存するには、センを奪還せねばならない。

センは要塞《ようさい》の内部ではなく避雷針に拘束されている。

手の届く位置にいるのだ。

一直線に並んで先行していた騎士たちが素早く散開し、ユーロの手勢と互いの背後を取り合う空中戦を始めている。騎士の背後を取ろうとしていたユーロの手勢の一機を、リョウはすれ違いざまに跳ね飛ばした。ソレオレノの角での一薙《ひとな》ぎだ。

敵虫樹を撃墜し、リョウは声を張り上げた。

「俺はここだ！　ユーロ！」

リョウが前方にいる五機のシモフリを挑発すると、ソレオレノの周りに霞《かすみ》のようなものが漂った。雷の翅《はね》の鱗粉《りんぷん》だ。リョウがソレオレノを飛び退《と の》かせるなり、稲光が走った。身体《からだ》を揺さぶる雷鳴と目が眩《くら》むほどの雷光は、一度きりだ。瞬く間しかなかったというのに、多脚要塞の上で泰然と空中静止していたシモフリが、もうソレオレノの目前にいた。

残り四機のシモフリは、まだ多脚要塞《ようさい》の上空にいる。どれが実体で、どれが幻なのか。眼前に迫られていながら、リョウには判別がつかなかった。

シモフリは空中の一点でぴたりと止まり、悠然と周囲を見回している。

「貴様らは騎士どもを相手しろ。リョウは俺の獲物だ」

ユーロが声を発するなり、シモフリの鼻先がリョウへと向いた。

マナトの虫樹とその僚機がユーロの手勢の一機を追い回しているが、多勢に無勢だ。マナトたちは眼前の敵虫樹に致命傷を与える暇すらない。横や後ろから襲いかかられて回避運動を取らざるをえず、せっかくの攻撃の機会を何度も失ってしまっていた。

騎士たちを気遣っている余裕など、リョウにはない。目の前にシモフリがいる。

「らしくないな、リョウ！　惨めに逃げていればよかったものを」

ユーロは不愉快だと言わんばかりに声を歪《ゆが》めている。

「騎士どもの愚直さにあてられたか？　情けない。騎士の流儀は、あくまでも騎士の流儀。自分が何者かまで忘れたようだな。それでも冒険者か？」

ユーロの煽《あお》りを最後まで聞いていられず、リョウは眼前へと突っ込んだ。ソレオレノの角先がシモフリの腹部を貫く確かな手応えがあるものの、偽物だ。眼前のシモフリはリョウの突進を避けようとすらしていなかった。煙のように掻《か》き消えるシモフリの姿を後ろに、リョウは多脚要塞の頭部避雷針へと一直線に迫ろうとして、視界が霞《かす》んだ。

ソレオレノの視界の霞《かすみ》は鱗粉《りんぷん》によるものだ。シモフリが幻覚に紛れて散布したものに違いない。リョウは鱗粉の煙から距離を取った。雷撃の射程は分かっている。

リョウは避けたつもりだった。

間合いを外したはずのリョウの全身に、激痛が走った。

「――――ぐ！」

リョウは呻《うめ》き、困惑した。

目がちかちかとする。腕や脚や脇腹の筋肉が、攣《つ》ったかのように痛い。雷撃を食らった。ソレオレノの機体が軽減してなお、身体《からだ》に突き刺さってくる。

(この距離で、どうして!?)

雷撃の射程が突如伸びた。

幻覚だ。ユーロは幻の雷と本当の雷を織り交ぜて使ってきている。

四機のシモフリが揃《そろ》って上昇するなり、また遠い間合いで鱗粉の煙を撒いた。本来の雷の翅《はね》の射程を遥かに超えている。だが雷光がちかと瞬き、リョウは身構えざるをえなかった。

「うぐっ!!」

食いしばった歯から呻きが漏れ出た。

二度目のほうが、幻覚の雷撃が遥かに痛い。

苦しむリョウへと畳みかけるつもりか、上空から三機のシモフリが徒党を組んで急降下してくる。リョウは憎悪で痛みを塗りつぶし、三機ともソレオレノの角で切り裂いた。翅《はね》や胴を真っ二つに裂かれた三機のシモフリが、次々と掻《か》き消える。

シモフリの幻影を切り裂いたその手応えに、リョウは焦った。一機目のシモフリより二機目が、二機目よりも三機目が、三機目よりも四機目のシモフリのほうが、より実体に近い手応えを感じた。本物の虫樹を貫いた時の感触と区別がつかなくなってきている。

リョウの困惑を見計らっていたのか、ソレオレノの後ろから羽音がした。

はなからユーロと示し合わせていたのだろう。ユーロの手勢の一機がソレオレノの横腹へと頭から突っ込んでくる。リョウは紙一重で避けたが、肝を冷やした。

(まずいっ)

ユーロの手勢の一撃離脱に、ソレオレノの空中姿勢が乱れた。距離的にまた雷撃がくる。あるいは、シモフリの分身体がソレオレノに激突してくる。

リョウは身構えたが、衝撃がこない。

ユーロが幻覚を使わなかった。

ソレオレノの姿勢を立て直せてほっとする反面、リョウの戦士の嗅覚《きゆうかく》が反応する。

(幻覚のタイミング……今、何故使わなかった……?)

リョウは気付いた。見つけた。

敵味方だろうと関係なく、幻覚装置は影響を及ぼしているのだ。

つまり——

（誤射することがある……ユーロは今、誤射を避けた？）

一点を狙うことができないのだ。あの幻覚装置は。

広範囲に対して無差別に効果を及ぼしているのだろう。手下の虫樹を巻き込みかねなかったからこそ、ユーロはあのタイミングで、ソレオレノに雷撃を放たなかったに違いない。

リョウは伝声装置へと、大声を張り上げた。

「敵虫樹に接近しろ！　接近している間は、幻覚は相手にも作用する！」

リョウの警告は、戦況を好転させるものではない。

騎士たちは果敢に接近して攻めかかろうとしているが、ユーロの手勢は守りに徹している。下手に組み合おうとはせず、騎士たちに対して数の利を保っていた。リョウや騎士たちが頭部避雷針のセンへと近づこうとすると、ユーロが猛烈な雷撃を繰り出してくる。

皆の蒸気噴流や羽音こそ激しいが、戦いは膠着《こうちゃく》状態だ。

敵味方共に、さほどの損害は生じていない。

シモフリの戦い方一つとってもそうだ。幻覚装置という圧倒的な優位性を持ちながら、ユーロはソレオレノに致命的な打撃技や雷撃を仕掛けてこない。猫が袋小路に追い込んだネズミを嬲《なぶ》り殺しにするように、幻覚を利用してリョウをじわじわと痛めつけてくるのみだ。

昇った陽がぎらつきを増し、じりじりと時間だけが過ぎていく。

（この戦い方……ユーロめ、こちらの水切れを狙っているな……）

ユーロの攻勢を防ぎつつ、リョウは勘付いた。

激しい動きはそれだけ、虫樹の水を消費する。虫樹の数の利は、すなわち保有する水の量を意味する。戦闘時間が長引けば、水を多く保有する側が有利になっていく。水切れが近づけば戦域から離脱せねばならず、背を見せて逃げれば追撃を受ける。戦いにおいて部隊が最も損害を被るのは、真正面から戦っている時ではなく、連携を保てず敗走する時だ。

三分割されているとはいえ、アフラージをユーロは手にしている。

待てば待つほどユーロは有利になる。

自陣の損害を最小に留めて、敵陣に対して最大の損害を与える。水切れを起こさせ、無抵抗となった虫樹を鹵獲《ろかく》する。ユーロたちの戦法は自らの優位性をよく心得ていた。

（無尽蔵の水を相手に、長期戦は利がない……）

リョウは歯噛《はが》みした。

この状況下で一番不利なのは、リョウだ。

ソレオレノに宿る精霊と完璧に通じ合えず、動きに無駄が生じている。その無駄を補うために、水の消費が激しくなる動きをせねばならない。ましてや、ソレオレノは水喰虫だ。ユーロのこの戦法は、リョウに対して最も有効に作用する。

ユーロの見事な悪意を、リョウは感じずにはいられない。

（ユーロめ！）

リョウは操縦桿《そうじゅうかん》を持つ手とペダルを踏む脚に否応なく力がこもった。力はこもれども、まったく歯が立たない。

センを救出するどころか、多脚要塞《ようさい》の頭部避雷針に近づくことすらままならない。

（状況をひっくり返すには――）

リョウがユーロを仕留めるしかない。

一刻も早く、敵の頭を潰《つぶ》す。集団戦で最も大切なことだ。

冒険者であるユーロは、シモフリに自軍の戦力の大部分を集中させている。元武人のタールならば、己一人に戦力をここまで集中させないだろう。誰が倒れても集団が継戦能力を失わずに済むよう、一人に役割が集中しすぎないように分散させる。

やはりユーロは冒険者だ。武人とは違う。

状況を打破するにはシモフリさえ倒せばいいが、それができれば苦労しない。

（どうすりゃいい？　どうすればっ）

幻覚装置がある状況でシモフリは打ち破れない。騎士たちが全滅してしまう前に、センをあの頭部避雷針から奪い取り、脱兎《だっと》のごとく逃げるしかない。

どうやってユーロの操る幻覚の雷撃を見極めればいいのか。シモフリとの間合いがなかなか摑《つか》めない。幻覚の雷撃を受けた痛みを思い起こし、リョウははっとした。

(幻覚の攻撃を不意に食らった時は、いつもそうだった。衝撃が弱かった。不意ではない時ほど、感じる衝撃が強くなった。普通は逆なのに)

リョウは経験上、知っている。

不意に攻撃を食らったほうが、受け身を取れず衝撃を強く感じるものだ。それなのに、あの幻覚装置による攻撃はその逆だ。不意に攻撃を受けたほうが弱く感じ、受けると認識して受けた時のほうがより強い衝撃を感じる。まったく、あべこべだ。

(そもそも、幻覚の種類が少ない)

リョウはそう感じていた。

シモフリの分身や、雷撃や、突進や、鱗粉《りんぷん》の煙など、繰り出される幻覚はいずれもユーロの身の回りにあるものばかりだ。ユーロがどんな幻覚でも操れるのなら、ソレオレノが内側から炎上していく幻覚や、ソレオレノの操縦席にユーロが現れてリョウを短刀でめった刺しにする幻覚、あるいはリョウの身体《からだ》が凍り付いて動かなくなる幻覚、操縦席が水で満たされて窒息する幻覚など、そういったものを操ればいい。そういった幻覚のほうが、より効果的だ。

だが、ユーロはそれをしない。できないか、やっても効果が少ないのだろう。

(そうか、この幻覚は……)

幻覚を食らう人間の認識によって、幻覚の効果が増減するのではないか。

リョウが恐れれば恐れるほど、身構えれば身構えるほど、実際にあるのではないかと思っていれば思っているほど、幻覚の効力が増していく。裏を返せば、ユーロが幻覚を強力に作用させるには、今リョウが目にしているものを増幅させていく使い方をしなければならないのではないか。

それなら、幻覚攻撃の不自然さに説明がつく。ユーロの操る幻覚がシモフリという実体に関連させてあるのもそのためだろう。

そして、そうであるなら――

（幻覚の不意打ちでは、致命傷にはならない）

致命傷を与えてくるのはシモフリの実体だ。実体と幻覚を織り交ぜて使うことでユーロはリョウを翻弄《ほんろう》している。幻覚を必要以上に恐れてはいけない。

（気合いだ。あの幻覚は不意打ちなら、気合いで耐え抜ける。いける。俺ならやれる。岩窟牢《がんくつろう》での日々を思い出せ。あの恨みつらみを。あの日々を乗り越えたんだ、俺は。やってできない、はずがない。そう、そうさっ、ユーロに吠え面かかせてやるんだ！）

リョウは自己暗示をかけながら、真正面を睨《にら》みつけた。

シモフリは二機になったかと思えば五機に分裂し、五機になったかと思えば、三機になっている。どれが本物のシモフリで、どれが幻なのか、リョウには判別がつかない。ならば、ユーロが実体のシモフリでソレオレノに肉薄せねばならなくなる、状況を作ればいい。

どうやれば、その状況を作り出せるのか。

（避雷針をへし折ってやる……）

リョウは即決した。

多脚要塞《ようさい》の避雷針ごとへし折って、空中で摑《つか》み取ってそのままずらかる。かなりの荒業となるが、センは自身の身体《からだ》にもヘナタトゥーを施していた。リョウの仕掛ける荒業に対しても、なんとか堪え切れるはずだ。ユーロはセンを奪わせまいと、シモフリの実体でソレオレノに襲い掛かってくるだろう。そこを、突く。

返り討ちにしてやる。

リョウは多脚要塞の頭部避雷針を目指し、眼前に広がる霞《かすみ》へとソレオレノを突っ込ませた。雷の翅《はね》の鱗粉《りんぷん》による霞だが、あまりに広範囲だ。リョウが見て取る限り、雷の翅が保有できる鱗粉の総量を遥かに超えている。幻覚だとリョウは踏んでいた。

雷光が瞬き、轟音《ごうおん》が木霊《こだま》する。

幻覚だと分かっていてもリョウは歯を食いしばった。骨の髄まで突き刺さってくる衝撃と痛みや、筋肉に残る痺《しび》れは無視できない。リョウは耐え抜き、霞を突破した。

センはもう目と鼻の先だ。

リョウは頭部避雷針へと、ソレオレノでぶちかました。

異様な手応えに、リョウは目を見開くしかない。硬いとばかり思っていた頭部避雷針が、大きくしなっている。ソレオレノが激突しても、しなるだけで折れていない。

多脚要塞の頭部避雷針には、驚くほどの弾力性と柔軟性がある。

リョウの目論見《もくろみ》が外れた。

(動きが軽いっ……水が、尽きかけている)

さらなる窮地にもめげず、リョウは閃《ひらめ》いた。

まだソレオレノは動く。まだ終わりではない。

リョウは翅を目一杯広げて蒸気噴流を逆噴射し、多脚要塞の外殻にソレオレノの爪先《つまさき》を引っかけ、がりがりと削りながら制動を強めて、多脚要塞の背中へと着地した。

雷の翅の射程圏だったが、ユーロは鱗粉の煙を放っていない。放てるはずがない。避雷針近くにいるソレオレノに雷撃を浴びせれば、センまで巻き込んでしまう。センの存在が重要であることは、リョウや騎士たちにとってだけではない。ユーロにとってもそうなのだ。

リョウは読んでいた。

シモフリが来る。それも、実体が。雷撃でも分身体でもない。一番精密な一撃は虫樹による体当たりをおいて、他にはない。ユーロは必ず来る。

そこを迎え撃つ。

ソレオレノの水切れが近い。シモフリの水袋を貫けなければ、終わりだ。

一段と離れていた一機のシモフリが、リョウ目掛けて急降下してくる。実体に違いない。最も安全な位置にいたその一機こそ、ユーロが駆る本物のシモフリだ。シモフリが二機、突如としてリョウの左右から襲い掛かるも、リョウは無視した。幻覚だ。四つの触角の鞭《むち》がソレオレノを打ち、そのまま頭突きを仕掛けてきたが、ソレオレノはびくともしていない。

痛みを堪《こら》えてリョウは待ち構え、多脚要塞《ようさい》の背中から跳び上がった。

ソレオレノから蒸気噴流を噴かし、突進に拍車をかける。

(やってやる)

リョウの狙いは実体と思《おぼ》しきシモフリただ一機。

シモフリはマントのように翅《はね》を動かし、自らの腹部を覆い隠している。隠していようと腹部の位置はおおよそ分かる。リョウはシモフリの腹を狙って突っ込んだ。

だが、角先に手応えはない。

触角の鞭《むち》でソレオレノの角先を絡めとられている。

リョウの視界が大きく回った。

すれ違い様だ。ソレオレノの角先を触角で引っ張られ、弧を描くようにシモフリに投げ飛ばされてしまった。ソレオレノの突進力を逆手に取った投げ技だ。多脚要塞の後脚がみるみる迫ってくる。このままではソレオレノの背中から激突してしまう。

リョウは必死の噴流捌《さば》きでソレオレノを横転させた。多脚要塞の後脚を彩る赤い花々が、ぱっと散っている。ソレオレノを脚から着地させはしたものの、座席から伝わってくる衝撃に骨が軋《きし》む。軋んだ骨の痛みすら敵意へと変え、リョウはシモフリを睨《にら》みつけた。

「もう一度っ！」

リョウは多脚要塞の脚の外殻を蹴飛ばし、ソレオレノを跳ね返らせた。

水切れ一歩手前だからこそ繰り出せる、素早い挙動だ。リョウはそのままシモフリの腹部を貫こうとするも、ソレオレノの蒸気噴流が続かなかった。

（水がっ……ない……）

リョウは歯噛《はが》みした。

ソレオレノの高度がどんどんと下がっていく。シモフリに届かない。ソレオレノの翅を目一杯広げて、砂丘の天辺《てっぺん》へと着地するので精一杯だ。

あとちょっとだった。せめて一太刀。一太刀浴びせられたのに。

それすらできず、水切れだ。

騎士たちの乗る虫樹も次々と墜ち始めている。辛うじて、マナトと副長の虫樹が飛んではいるものの、ユーロの手勢に追いかけ回され、防戦一方に追い込まれているのが見える。

リョウはあがいた。

操縦桿《そうじゅうかん》を操り、推力ペダルを踏みこんだ。だが、ソレオレノは脚や翅をもがくように動かすばかり。ソレオレノの気門や肛門から蒸気噴流はもう出てこない。

格闘戦時の水の消費量は跳ねあがる。

水喰虫のソレオレノの、最大の弱点をユーロに突かれた。

ユーロがリョウとの一対一に乗ってきたのも、そのためだったのだろう。配下の虫樹の水袋をソレオレノに貫かれ、水を補給される危険を極力避けていたのだ。

「……残念だったな、リョウ」

ユーロはそう言い、勝ち誇るようにシモフリの翅《はね》を優雅に広げている。

リョウは折れんばかりに奥歯を噛《か》み締めた。ソレオレノの水切れは偶然などではない。

ユーロの戦術が勝っていた。

桜騎士団やソレオレノに対して、数の利を活かした防御戦術で、水切れを狙った慎重な立ち回りを心掛けていた。センをああして多脚要塞《ようさい》の頭部避雷針に縛り付け、騎士たちを逆上させて格闘戦へと引き込んだ手並みもそうだ。手勢の虫樹をほとんど損耗させず、騎士団の虫樹にすら回復不可能なダメージは与えずに、鹵獲《ろかく》することを目的として戦っていた。ユーロは己の優位性を揺るがさず、相手の弱点を突き、最後まで戦いの場を支配した。

その結果が、ソレオレノの水切れとなって現れたに過ぎない。

負けだ。

リョウの完全な敗北だった。

操縦桿《そうじゅうかん》や推力ペダルを動かしても、空に舞い戻るだけの力がソレオレノにはない。無様にあがいて、ソレオレノの維管束に残ったわずかな水を浪費するだけ。

勝負は決したと、シモフリが多脚要塞の頭部避雷針へと近づいていった。

「見ろ、王女様。あんたの企みは終わった！」

シモフリから、腹の底まで達するほどの大声が降ってくる。

「まだ飛んでいるあの騎士たちに、今すぐ命じろ！　抵抗するな、と！」

奮戦しているマナトたちの虫樹を、ユーロはシモフリの前脚で指した。

センの近くには、拡声装置らしきラッパ状の古代遺物が見える。

ユーロはセンの声を聞かせたいのだろう。リョウや、騎士たちや、ユーロの手勢や、ルイアンの町人たちに。シャハラザードの王女が発する、屈服の言葉を。

「ターレルは信用ならない。俺と組もう、王女様。三つに分割されたアフラージを本来の姿に戻し、二人でシャハラザードを強大にしよう。王の遺志を受け継ぎ、水の力で皆を従え、比類なき王権を確立しよう！　民を導き、古代遺物を集め、富と名声を得よう！」

「それでは結局、ターレルとやっていることが変わりません！」

センの拒絶を、ユーロは一笑に付した。

「それがどうした？　正直になれ、王女様。あんただって結局、ターレルが気に食わないんだろう？　俺もそうさ。さあ、リョウを捨てろっ。俺があんたの力になってやる！」

力で説き伏せようとするユーロを、センは説き返すように見返した。

「そこまでリョウを目の敵にするのは、リョウへの裏切りを心のどこかで、ずっと悔いているからでしょう！　だからリョウの存在が我慢ならないのでしょう、あなたは！　自分のちっぽけさをありありと見せつけられているような気になるからっ、だから――」

「違う！」

ユーロはシモフリの翅《はね》で虚空を一薙《ひとな》ぎし、声を荒げた。

「違うねっ。俺は冒険者だ！　裏切りを恥じる？　冒険者がお宝をもぎとって何が悪い⁉　富と権力を手にする絶好の機会を、俺は摑《つか》んだ！　それだけのことだっ。アフラージをエン王が手にして、それで俺に何の得がある？　くだらない。バカバカしい。この大陸で生きとし生ける万物に水の恵みをもたらす？　はっ！　俺はリョウほどお人好しじゃねぇ。王の掲げる絵空事なんぞに、騙《だま》されるもんか。エン王がアフラージを手にしてたって、やる事は俺と変わらなかったさ。仮に王が高潔でも、その民はどうだ⁉　王の高潔さについて行けるほど、その民に高い志があったと思うか？　自分にとって都合のいい相手には水を恵み、そうでない相手からは水を奪う――結局は、そうなっていた！」

ユーロは断言し、ルイアンの町を見下していたシモフリの頭をセンへと向けた。

「自分にとって都合のいいものが善いもので、そうでないものは悪いものさ！　自分が信じたいものだけが真実で、そうでないものはすべて嘘《うそ》っぱちさ！　人ってのはそういうもんだ！　王都の連中を嫌ってほど見てきたあんたなら、よく分かるだろう⁉　王女様！」

「それでも、私は――……」

なおも堪《こら》えようと声を振り絞るセンへ、ユーロは声の調子をすっと落とした。

「あんたの従者を殺したのは、この町の連中だ。あの爺《じい》さん……フィルスだったか？　この町のやつらはな、王女様。爺さんの首を俺に差し出してきたのさっ、恭順の証《あかし》として。水を恵んでやると持ち掛けたら、あっけなく俺になびきやがった！」

ユーロは零《こぼ》れ落ちる悪意で眼下を貫き、センへ向けてシモフリの前脚を差し出した。

俺と手を組め、と。民草なんぞ捨ててしまえ、と。

「それが民草ってもんだ。人間の性根ってもんなんだよ、王女様！」

「――それでもっ、民を想うのが王族です！　為政者というものです。感謝してもらうためでも、褒《ほ》めてもらうためでもないっ。民の苦衷を和《やわ》らげるため、全力を尽くす。それこそ、私が見て学んだ王道というもの。その道を塞《ふさ》ごうとする者と、手など組めませんっ」

「ならば、この町の民草を皆殺しにしてやろうか!?　俺と手を組まぬと言うのなら！」

ユーロは怒声を発するなり、シモフリを分裂させた。

多脚要塞《ようさい》の節々から大量の水が噴き出している。乾き切った町並みの色が変わるほどの水が降り注いだかと思うと、分裂した無数のシモフリから雷光が一斉に迸《ほとばし》った。建物や虫樹の中にいても防げない。塞いだ目や耳すら貫いて、閃光《せんこう》と轟音《ごうおん》が身体《からだ》の内側で暴れ回る。家々が真っ二つに裂け、石畳が弾け飛び、尖塔《せんとう》が燃え上がり、物見やぐらが根元から崩れ落ちていく。

落雷の勢いは止まない。本物と幻覚の区別すらつかぬほどの、激しい雷雨だ。

幻覚装置を強烈に作用させている。

ユーロの操るそれは、単なる幻視装置とは訳が違う。人間の五感に作用する幻覚装置だ。攻撃に用いれば、その出力を強めれば、人間の心すら壊しかねない代物だ。

ユーロは雷雨の切れ間を狙い、見せつけるように叫んでいた。

「ほらほら、セン王女！　このままだと、民が苦衷に喘《あえ》ぐぞ！　あんたの想う民草が！」

「……わかりました………」

センのぽつりと漏らした声を、拡声装置が拾った。

ユーロは聞き耳を立てていたのだろう。雷雨をぴたりと止めて、シモフリの鼻先をセンへと向けた。多脚要塞《ようさい》にいるセンを見下ろすためか、頭部避雷針へと近づいてく。

「なら、首《こうべ》を垂れろ、王女。リョウを裏切れ。俺に従え！」

「わかったんです」

センはうつむいたまま、声を沸き立たせた。

「……こういう時、この気持ちをなんて表せばいいのか、よくわかりました。お聞きなさい、ユーロ。──ふざけんじゃねぇぶっとばすぞ痴《し》れ者っ!!」

センは顔をぐっと上げ、血の蒸気を噴き上げんばかりにシモフリを睨《にら》みつけた。

「民の命を盾に要求をのませようなど、恥を知りなさいユーロっ」

「優しく言ってりゃぁ、つけあがりやがって──死にてぇのか!?」

「私は亡き王エンの遺志を継ぐと決めました！　アフラージを再び一つにし、この大陸で生きる万物に等しく水の恵みをもたらす、と。貴方の提案を受け入れれば、私もまた、王の遺志を冒涜《ぼうとく》する側に回ってしまう！　そんな提案、首がもがれたって頷《うなず》くものか！」

センはそう啖呵《たんか》を切るなり、血走るような熱い目で町を見た。

ユーロの手勢の虫使いたちを見た。

多脚要塞にいる者たちを見た。

家の外壁や虫樹の外殻や多脚要塞すら貫いて、その内側にいる者たちの心へむけて迸《ほとばし》らせる勢いで、センは見た。そのすべてに呼びかけんばかりに、センは胸を膨らませた。

「あなたたちは、これでよいのですか!?　これが我々の生きる大陸であって、よいのですかっ!?　三傑は砂嵐とは違う！　日照りとも違う！　過ぎ去るのを待つ相手ではない。互いに信じず、互いに見張りあい、互いに貧しく、互いに渇く――無数の古代遺物を発掘し、これほど世界を豊かにでき得る道具に囲まれていながら、生きることに充足感を得ることなく、未だにいがみ合い続ける。これがっ――こんなものが、亡き王エンの遺志であるものか！」

センの言葉尻をかき消すように、雷光がまたたいた。

ユーロが頭部避雷針へと、雷撃を浴びせたのだ。おそらく幻覚によるものだろう。激しい苦《く》悶《もん》の呻《うめ》きがセンの歯から漏れ出るも、センは怯《ひる》まずに顔を上げ続けた。

「この地にはまだっ、己の命を危うくしてすら自分の食べ物を病人に譲る娘がいる。娘を失っても病と闘い続ける医者がいるっ。わずかな水を工面して、食べ物を生み出そうとする農夫がいる。家族を養うために辛い仕事を成し遂げようとする虫使いがいる！　亡き者の遺志を尊重すべく駆け付けてくる騎士がいる。数えきれない理不尽に打ちのめされ、世の中の冷徹さが身に沁《し》みて、積み上がっていく後ろめたさに口を引き結びながら、諦めきれないものをまだ抱え続けている者たちがいる！　私は見ています、そんな人たちを、この地で、何人も！」

センは両目をかっと見開き、見続けていた。

「私はっ、欲しい！　その人たちの力がっ。飢えと渇きと病で死ぬものが、一人でも少ない世界が欲しい！　誰かに分け与えても自分の食べる分に困らない、そんな世界が欲しい。娘を失うことなく病と闘い続けられる、そんな世界が欲しい。多くの水を工面して多くの食べ物を生み出せる世界が欲しい。奪わずとも、親しい人と共に綺麗《きれい》な水を飲み、美味しいものを食べ、笑い合える、そんな世の中が欲しい！　欲しいっ、欲しいのです、そんな世界が！」

センは声を張り上げた。

腕を縛られ、身体《からだ》を繋《つな》がれ、脅され、雷に打たれ、それでもなお呼びかけ続けた。欲望を口にすることを止めなかった。夢のような未来を、欲の皮を突っ張って、求め続けた。

「私は欲しい！　すべての者が水に困らない、そんな世界が！　欲しい!!」

センが言い終わるや、またしても情け容赦なく稲妻が落ちた。

二度、三度と落ちた。

幻覚の雷は、一度目よりも二度目のほうがより強い。

センは悲鳴すら上げなかった。避雷針に背を預けるようにして、ぐったりとしている。だがそれでもセンは、鎖の重みに屈してなるものかと両足で踏ん張り、顔を上げ続けていた。

虫樹の吹かす激しい蒸気噴流の音は、もう聞こえない。

戦いの真っ最中でありながら、すべての虫樹が動きを止めて見守っている。

しんと静まり返った中で、ユーロのくぐもった笑い声が聞こえた。

「くくっ……ははははっ！　無様なもんだよ、王女様。まったく、駄々っ子の戯言《ざれごと》だ。ほら、見てみな？　そんな戯言で、ここの連中が動かされるとでも――」

センを侮るユーロの声が途切れた。

ユーロの背後から猛然と突っ込んできた虫樹に、シモフリの横腹を突かれたのだ。ユーロはとっさに機体を捻《ひね》って致命傷を避け、横槍《よこやり》を入れた虫樹をシモフリの翅《はね》で打ちのめした。背後を突かれたとは思えぬ卓越した虫捌《むしさば》きであったが、ユーロは歯噛《はが》みしている。

なにせ横腹を突いてきたのは、ユーロの手勢の虫樹であったのだ。

「貴様っ。身の程もわきまえず、よくもシモフリに傷をっ……！」

ユーロは言うが早いか、センへと寝返った虫樹に雷撃を浴びせて撃墜した。だがその時にはすでに、別の数機が騎士たちを追い回すのを止め、シモフリを取り囲んでいる。明確に翻意を示している敵虫樹は、ユーロの手勢の三割にも満たない。しかし明確に翻意を示してはいなくとも、どちらにつけばよいのかと戸惑っている敵虫樹が半数以上いる。

これはセンの底抜けの欲深さが、ユーロのそれを上回った証《あかし》だ。

戦いの潮目が変わっていた。

見守るリョウのもとへ、撃墜された虫樹がふらつきながら舞い降りてくる。砂に塗《まみ》れて不時着するなりその敵虫樹は、自らの腹部をソレオレノの角先へと差し出してきた。

「吸ってくれ！　あんた、あのリョウなんだろう⁉　頼むっ！」

ユーロの手勢の敵虫使いは、決死の気迫で言葉を重ねた。

「聞いたんだ。死んだ妹のために、あの人が泣いてくれたって。寄り添ってくれたって。あんた、大陸一の虫使いなんだろう⁉　頼む、セン王女を救ってくれ！」

その敵虫使いから熱を浴び、リョウはシモフリを睨《にら》み上げて気付いた。

空を無数に舞っていたシモフリが、たった一機に戻っている。

（止まった？　止まってるぞ。幻覚装置が、止まっている……）

その意味するところは、希望だ。

多脚要塞《ようさい》の中で誰かがユーロに反旗を翻した。センの姿勢に共鳴した、何者かが。

敗北しているも同然のセン達へと、命懸けで手を貸した者がいる。

生き残り方ではなく、生き方を見いだそうと行動した何者かがいる。そうでなければユーロの幻覚装置は止まらない。その事実が、リョウには輝いて見えた。

欲の深い者は、面白い。

センがこじ開けたものからあふれ出る眩《まばゆ》い輝きを、リョウは感じずにはいられない。その輝きにリョウは奮い立ち、闘志の帯を締め直すような力強さで操縦桿《そうじゆうかん》を握り直した。

「ソレオレノ、頼む！」

リョウはソレオレノに呼びかけ、向かいたい空を見上げた。

リョウはただの人間だ。翅《はね》などありはしない。翅となってくれる相棒に願うしかない。

「俺にはお前が必要なんだ！」

リョウの踏み込む推力ペダルに応え、ソレオレノがぐんっと起き上がった。

腹部の水袋を使い果たし、動力源は維管束に残ったわずかな水だけだ。だというのに、そうは思えないほどの力強さで、ソレオレノは目の前の虫樹の腹部を貫いている。

水が美味《うま》い。

たまらなく、美味い。ソレオレノがそう感じていると、リョウは感じる。早飯ぐらいのソレオレノが腹を満たすなり、リョウは跳躍して蒸気噴流を噴かした。

シモフリが多脚要塞を横目に、気味の悪い静けさを湛《たた》えている。

「幻覚が……そうか、裏切り者が要塞内部にまで……」

ユーロは呟《つぶや》くなり、くぐもった笑い声を響かせた。

「いいね、俺を裏切るか。やっぱりな、そうだよ、人間は裏切るものさ、くくっ。そうさ、それでいい。リョウ、お前を殺し、反逆者となった虫使いどもを根絶やしにし、あの王女を縊《くび》り殺してやる。そうすれば、くくっ、俺に今たてついている連中も、もう一度俺に首を垂《こうべ》れる！」

ユーロは声を不気味なほど弾ませ、シモフリの翅《はね》を大きく広げた。

鱗粉《りんぷん》が濃霧かと見紛《みまが》うほど広範囲にばらまかれていく。

「俺だけじゃない。軽薄で、移り気で、裏切る生き物なのさ、人間ってやつは‼」

シモフリの放つ危険な気配を肌で感じ、リョウは慌てて距離を取った。

もはや敵も味方も区別してない。

目が眩《くら》むほどの雷光だ。ユーロはシモフリを起点に、手勢の虫樹へと雷撃を錯綜《さくそう》させた。

次々と虫樹が雷に打たれ、翅から火を噴いて地に落ちていく。

シモフリの蒸気噴流と翅を唸《うな》らせて、ユーロがリョウへと突っ込んできた。

「地べたを這《は》いずれ！　お前に空は似合わねぇんだよ、リョウ！」

「そうかもな。だが、それを決めるのはお前じゃねぇっ」

リョウはユーロの突進をひらりと避け、啖呵《たんか》を切って連ねた。

「墜としてみろ、ユーロ。俺はまた飛び立って、手にしてみせる！」

「手にしてみせる⁉　笑わせるなよ、欲深野郎！」

ユーロは急降下の勢いを利用して急上昇するなり、流れるような身のこなしでソレオレノの上を取った。シモフリの航跡に薄煙が漂っている。あの煙は鱗粉によるものだ。

――雷撃がくる。

リョウはとっさにソレオレノを飛び退《と の》かせ、目が眩むような稲妻を避けた。だがソレオレノの動きがユーロに読まれていたのだろう。リョウが雷を避けるなり、上空から急降下してきたシモフリの頭突きを受けた。ソレオレノが高度を勢いよく下げていく。リョウは気門から蒸気噴流を噴き出し、乱れた姿勢を整え、翅を広げて辛くも脚から砂地へと着地した。

着地の衝撃は激しい。リョウは首を振り、軽いふらつきを払いのけた。

ユーロに叩《たた》き落された。

睨《にら》み上げるリョウへと、ユーロの罵声《ばせい》が降ってくる。

「お前がどれほどかつての宝を取り返そうと、俺に刃を突き立てようと、お前の失った十年は返ってこない。かつての輝きは蘇らない。ははっ、どうやったって取り戻せやしないのさ！　所詮、お前は虚しい復讐者にすぎないんだよ、リョウ」

ユーロは勝ち誇っていた。

シモフリの拡声装置から降ってくるのは、言葉の形をした悪意の豪雨だ。乾き切った者の心に悪意の雨粒はよく浸《し》みる。距離も虫樹も衣服も、隔てるすべてを貫いて、乾いた大地すらぬかるみへと変えんばかりにリョウの心を黒く蝕《むしば》もうとする。

リョウは鼻息一つで悪意の雨粒を払い飛ばした。

「取り戻すつもりなんてねぇよ。一度失っちまったもんが、そっくりそのまま元に戻ったりするもんか。あの熱血王女を見習おうぜ、兄弟。あの王女様、日増しに眩《まぶ》しくなりやがる。……俺の十年？　そんなもん、欲しけりゃお前にくれてやる」

リョウは悪意の雨雲へむけ、晴れ晴れとした闘志の弓を引き絞った。

「俺は決めた。十年前の俺にだって負けねぇ、俺になるっ」

リョウは言い放ち、ソレオレノの角先を定めた。

狙うはシモフリ、ただ一機。

ソレオレノの六本脚と蒸気噴流を唸《うな》らせ、リョウは飛び上がった。

悪意の雨を吹き散らして進むソレオレノの姿が、ユーロは腹に据えかねたのか。シモフリの拡声装置から歯ぎしりが聞こえる。シモフリは翅《はね》を広げて迎え撃とうとしていた。

「……うぜぇ、うぜぇうぜぇうぜぇっ、くそったれが！」

ユーロは悪罵《あくば》と雷鳴を混ぜ合わせるかのように、猛烈な雷を浴びせてきた。

それでもリョウは、シモフリ目掛けて突っ込んだ。

雷撃がソレオレノを貫く。激しい光が瞬く。耳が鳴る。痛い。苦しい。ソレオレノの外殻越しでありながら、皮膚感覚でリョウへと伝わってくる。操縦桿《そうじゅうかん》を握るリョウの手がびりびりと痺《しび》れる。だが雷撃を避けなかったからこそ、リョウは分かった。

（やはり弱いっ。雷撃が、弱まってる！）

リョウの読み通りだ。

センを脅そうとして、ユーロは町へと雷を乱発していた。あの雷の鱗粉《りんぷん》は、そう乱発できる遺物ではない。もともとはソレオレノのパーツだったのだ。

シモフリの腹部にある水袋は、もはやソレオレノの目と鼻の先。

雷の翅の持久力を見誤ったユーロは反応が一歩遅れている。

一歩遅れていてなお、ユーロは腹部が貫かれる前に体を捌《さば》いていた。角先の一撃はすんでのところでシモフリに避けられたが、リョウはソレオレノの前脚を広げてぶちかました。

虫樹の突進力を乗せた、渾身《こんしん》のラリアットだ。その手応えは激しく、生々しい。

シモフリがきりもみしながら大きく弾き飛ばされていく。

まずは一矢。一矢報いた。二の矢三の矢の手は緩めないと、リョウは声を張り上げた。

「鱗粉は使えば減るもんだ、ユーロ！」

「うるせぇっ」

「この十年、便利な道具に頼りすぎたな。虫使いの基本は、ぶつかり合いだっ」

「いまさら講釈垂れんじゃねぇ、オンボロ野郎！」

ユーロは崩れたシモフリの姿勢を地面すれすれで立て直した。

シモフリを自由に飛ばせてはいけない。

リョウは急降下して肉薄し、ユーロに上昇する隙《すき》を与えなかった。砂埃《すなぼこり》を巻き上げるほどの超低空だ。二体の虫樹が引く蒸気噴流の長い尾が、幾度となく絡まっては解け、解けてはまた絡まった。砂丘の稜線《りょうせん》すら削りながら、ソレオレノとシモフリがぶつかり合う。リョウは何度もシモフリの腹部を貫こうとするも、そのすべてをユーロはいなした。リョウが何度も背後を突いているのに、後ろに目がついているかのようにユーロは物ともしていない。

空中戦の身のこなしは、やはりシモフリに分がある。

卓越した翅捌《はねさば》きだ。

それでも、リョウは一撃離脱の虫捌《むしさば》きでシモフリの上を取り続けた。空中戦では上空にいる者が有利だ。位置エネルギーをより多く利用できる。相手に圧力をかけ続けられる。

ユーロの神経を削れる。

ミスを誘える。

リョウはユーロの操縦ミスを衝《つ》いて、地上戦に持ち込むつもりだった。だが、ユーロは操縦を誤らない。それどころか、背面飛行でシモフリの後翅《こうし》を砂原に掠《かす》らせ、大量の砂煙を巻き上げてソレオレノへと浴びせかけてきた。操縦をほんの少し誤るだけで墜落する荒業だ。

リョウの視界が塞《ふさ》がれる。

堪《こら》え切れずに砂煙からソレオレノの頭を突き出すなり、いつの間にかソレオレノの角先にシモフリの触角が一つ巻き付き、ぴんと張っていた。シモフリの触角は鞭《むち》であると同時にユーロの指先に等しい。砂煙越しでも、ソレオレノの動きがユーロに読まれていた。

(――まずいっ)

ひどく粘つく時間の中で、リョウは悟った。

ソレオレノの角先に巻き付いているのは、シモフリの左の触角だ。ということは、次はシモフリの右の触角が、間髪を入れずにソレオレノの左側からくる。

リョウはとっさに、ソレオレノの左前脚で触角の鞭を受けようとした。だがリョウの正面から飛び込んできたのは、機体の捻《ひね》りを利かせたシモフリの左前翅《ぜんし》だった。

シモフリの左前翅が、リョウの右側からきた。

さしものリョウも反応できない。狙い通りだと言わんばかりに、シモフリの左前翅がソレオレノの頭部を横薙《な》ぎに打ち払った。その衝撃たるや、触角の鞭の比ではない。

砂煙で初動を隠したシモフリの反撃は鮮やかだ。

リョウはぶっ飛ばされた。

ソレオレノの脚を砂原に擦《こす》らせながら、失速することなくリョウが乱れた姿勢を立て直したその一瞬の内に、すでにシモフリの姿は上空に翻っている。

上を取られた。

上を取った、とユーロは牙《きば》を剝《む》き出すように吠えた。

「アフラージを手にした俺に、いろんなやつがひれ伏し、古代遺物を差し出してきた！　あんたですら手にしたことのない珍しいお宝をいくつも、俺はこの手にしてきたんだ！　俺はなったんだ！　あんたを超える、冒険者にっ！　虫使いに！」

「冒険者ってのはな、奪うことより、見つけることが得意なんだ。ユーロっ、お前はこの十年で何を見つけてきた？　奪うことの何十倍も、ちゃんと見つけてきたのか!?」

「――っ！　だ、黙れっ」

　ユーロは動揺を気取られまいとしてか、痛みを怒りで塗りつぶすように繰り返した。

「黙れ、黙れっ、黙れぇええ、死にぞこないが！」

　ユーロは怒声と共に、ソレオレノから大きく距離をとった。逃げるためなどではない。その逆。シモフリの体から、ばちばちと電気の触手がほとばしっている。

　二枚ある雷の前翅《ぜんし》の、片側に鱗粉《りんぷん》を集中させているのだ。シモフリの右前翅に不気味な気配が宿っているのを、リョウは感じた。強烈に帯電している。

　あの右前翅で打ち据えられたら、ただでは済まない。

　ユーロは鮮やかな翅捌《はねさば》きで軽やかに反転するなり、つむじ風のようだ。シモフリの蒸気噴流を渦巻き状に噴かし、ソレオレノを仕留めんと一直線に迫ってきた。

（見える……）

　リョウははっとした。

　シモフリの動きに、ついていけている。遠くに見える豆粒のようなシモフリの動きが、細部まで見えている。人の目では見えないはずの鮮明さで遠方が見え、人の耳では聞き取れないはずの音が聞き取れている。音だけで真後ろの様子が手に取るように分かる。いつの間にかリョウは、シモフリが通った後の残り香すら嗅《か》ぎ分けられている。

　ソレオレノに宿る『精霊』をリョウは感じた。言葉すら不要な、虫樹そのものと通じ合うこの感覚。風圧はおろか、維管束に行き渡る流水や、虫樹の爪先《つまさき》の感触すら分かる。

それが途切れない。

ソレオレノに宿る精霊と、ソレオレノそのものと、繋《つな》がり続けていられる。操縦桿《そうじゅうかん》や推力ペダルの操作だけでは伝えられない動きすら、ソレオレノに伝わっている。四つの翅も、六本の脚も、体中の気門に至るまで、その感触がリョウへと皮膚感覚で伝わってきている。

歓喜のうねりがリョウの口を衝《つ》いた。

「——ああ！　分かるっ、分かるぞ、ソレオレノ。お前が感じる、風が分かるっ。お前の触れる、砂を感じる！　感じる、感じるぞっ、ソレオレノ!!」

リョウはペダルを踏み込み、両手の操縦桿をうきうきと握り直した。

楽しい。

嬉しい。この感覚だ。

虫樹で駆け、転がり、跳ね、飛び、砂埃《すなぼこり》を掠《かす》めるこの感覚。

蒸気噴流の尾を引いて急加速するたびに、砂のざらつきが痛みへと変わる。虫と虫がぶつかり合うたびに、衝撃が身体《からだ》の骨を突き抜ける。恐怖より痛みが、痛みより闘志が、闘志よりも喜びが溢《あふ》れ出てくる。リョウの五感がソレオレノと重なり合い、交じり合う。

ソレオレノに宿る精霊をひしひしと感じる。

ただ虫樹を動かしているだけでいい。

やりたい動きが無数に浮かぶ。叶えたい身のこなしにやきもきする。じれったさも、苛立《いらだ》ちも、痛みも恐怖も闘志も好奇心も、すべてが愛《いと》おしい。

十年前よりもずっと深く、その愛おしさをリョウは嚙《か》み締められている。

「ユーロ！　俺は見つけたっ」

リョウは言い放ち、ソレオレノの蒸気噴流を雄々しく噴かした。身体《からだ》がぐんと座席に押し付けられ、滑るように後方へと流れていく砂原がその勢いを増していく。

「ソレオレノの中に――俺自身の中に、見つけたぞ！」

突進の勢いそのままに砂丘の天辺《てっぺん》を蹴り上げて、リョウはユーロ目掛けて跳び上がった。

この一撃で決する。

リョウとユーロの決意がかち合っていた。

真正面からの打ち合いだ。シモフリがぐんぐんと迫ってくる。

リョウには見えていた。

ユーロがシモフリの触角と脚捌《あしさば》きで、どうやってソレオレノの角を逸《そ》らそうとするのか。シモフリの翅《はね》の一撃が、どういう軌道を描くのか。シモフリの気門のどこから蒸気噴流が放たれるのか。未来を垣間見て来たような鮮明さで、リョウは分かった。

ソレオレノの切っ先に迷いはない。

シモフリが触角の鞭《むち》と前脚を振りかぶり、ソレオレノの角を払わんとするも、リョウはシモフリの脚ごと角で払い返し、そのままシモフリの腹部を切り裂いていた。

リョウは無我夢中で、その攻防は瞬く間もない。

正面衝突一歩手前の接触だ。互いの装飾植物群が擦《こす》れ合い、激しく苔《こけ》が飛び散った。

ソレオレノは勇ましく飛び続け、シモフリは力なく落ちていく。

裂かれた腹部からまき散る水の量は、リョウの一撃が致命的だったことを物語っている。

リョウは感じ取った。

十年前は神童と言われたユーロだったが、幻覚と雷の翅に頼り過ぎた戦いを十年間してきたせいだろう。虫使いの戦いの基本である「ぶつかり合い」に弱くなっている。この十年間ユーロが虫使いの基本に忠実であれば、致命の一撃を浴びていたのはリョウだった。

「お前の負けだ、ユーロ！」

ふっと我に返り、リョウは叫んだ。

シモフリは砂丘の稜線《りようせん》から滑り落ち、砂原の上でもがいている。腹部からあふれ出す水は止めようもない。乾いた砂を色濃く染めていくのみだ。

しかし、勝負はまだ決していなかった。

シモフリの周囲の砂がどんどんと色濃く湿っていく。腹部からあふれ出す水の量では説明がつかない程の、砂の湿り。その意味するものに、リョウは気付いた。

アフラージだ。

間違いない。ユーロが無尽蔵の水を操っている。

リョウが目を見張るなり、シモフリの足元から水が湧《わ》き上がってきた。シモフリは足元の水溜まりに管状の口吻《こうふん》を差し込み、ぐびぐびと補給している。

「シモフリ！　すすれっ、食らえ、立て、跳べ！　お前の力は、こんなもんじゃない！　お前は負けない。あんなボロクソの虫ごときにっ――シモフリ、お前を負けさせるものか!!」

ユーロが気炎を吐いている。

その鼻っ柱は、まだ折れていない。

ユーロは切り裂かれたシモフリの腹部を、頭部の触角一本で縫い合わせて塞《ふさ》いでいた。水がぶしゅぶしゅと、シモフリの腹部の縫い目から噴き出している。だが、シモフリは虫使いの戦意を体現するかのように、ソレオレノを睨《にら》み上げていた。

烈火の如き闘志がひしひしと伝わってくる。

手負いの獣の剣呑《けんのん》さを漲《みなぎ》らせ、ユーロが噛《か》みつくように口を開いた。

「何度も飛び立てるのは、無尽蔵の水を持つ俺たちだけだ！」

泉の水面を吹き散らし、シモフリが躍り上がった。

シモフリの触角は、もう片方だけだ。裂かれた腹部も応急処置しただけ。体表を彩る白い装飾植物すら、ソレオレノの一撃で所々削れてしまっている。満身創痍《まんしんそうい》だ。

だというのに、ユーロの猛攻は迫力を増している。

ソレオレノの後ろ脚に触角の鞭《むち》が絡みつく感触がしたかと思うと、強烈に引っ張られてリョウの視界が暴れた。天地が激しく入れ替わり、町並みや砂丘の稜線《りょうせん》がぐるぐると回る。

シモフリの触角と蒸気噴流を駆使した、ユーロの投げ技を食らってしまった。

地面の気配が迫ってくる。リョウが空中で姿勢を辛くも立て直し、脚先から砂地へと降り立つと、ソレオレノの鼻先にナツメヤシの樹が迫っていた。

ユーロが鞭の触角を利用して、ぶん投げたものだろう。

リョウはソレオレノの角で真一文字に薙《な》ぎ払った。

薙ぎ払うなり、シモフリの頭部がソレオレノの鼻先に見える。木屑《きくず》と破裂音をまき散らすナツメヤシの樹を隠《かく》れ蓑《みの》に、ユーロが不意を突いてきた。

降下の勢いを乗せたシモフリの凶悪な突進だ。

リョウは真正面から受け止めた。

不意を打たれた動揺すら、負けん気でねじ伏せる。

操縦席のベルトがリョウの身体《からだ》に食い込むも、ソレオレノの体幹は崩さない。ソレオレノの六本脚を巧みに操って砂をとらえ、ずり下がりながらシモフリの突進力を霧散させた。

汗のように飛び散った装飾植物の破片が、ぱらぱらと砂の上に落ちていく。

空中戦はシモフリの領分だが、地上戦はソレオレノの領分だ。

リョウは凶悪な笑みを浮かべ、シモフリの背後を見た。

砂丘に押し込んで圧殺してやる。ソレオレノの角を巧みに差し込んで、シモフリの中脚の根本に絡めて逃げられなくした上で、リョウは駆け出した。

だがユーロは抜けられないと見て取るや、シモフリの中脚の一つを根元から切り離してリョウの一撃をいなした。敵ながら見事な判断力と体捌《からださば》きだ。

地上戦では不利と見たか、ユーロはすぐさま跳び上がる。

リョウも砂を蹴《け》立《た》てて跳び上がり、蒸気噴流の尾を引いて追いかけたが、空中で跳ね返るように反転したシモフリによって、ソレオレノの背中を触角で強《した》かに打ち据えられた。

鈴の音に似た美しい響きが聞こえる。

リョウは聞き逃さなかった。

(ユーロの翅捌《はねさば》きが、違うっ)

リョウは唸《うな》るしかない。

シモフリの翅の音に、かつての瑞々《みずみず》しい響きが戻り始めている。

多脚要塞《ようさい》の足元をくねくねと飛んで抜けながら、リョウは激しくシモフリと打ちあった。二度三度とシモフリと打ちあうたびに、リョウの身体《からだ》を突き抜ける衝撃が重くなっていく。リョウはソレオレノの角でシモフリの翅の一撃を弾き、ソレオレノの前脚でシモフリの放った鞭打《むちう》の触角を巻き取った。リョウは空中で摑《つか》み合うなり、シモフリを地面に引きずりおろそうとするも、ユーロの噴流捌きに振り回されて多脚要塞の脚部に何度も掠《かす》った。ソレオレノの前脚で絡めとったシモフリの触角を手放し、自機を立て直すので精一杯だ。

ソレオレノに利がある地上戦へ引き込めない。

(長期戦はまずいっ)

リョウは下唇を嚙《か》んだ。否が応にも操縦桿《そうじゅうかん》を握る手に力がこもる。

アフラージを手にするユーロ相手に、持久戦は避けたい。

ソレオレノは水喰虫だ。長時間、激しく動き回ることを得意としていない。

(いや、待て、そうかっ。そこが狙い目だ!)

リョウは見つけた。

シモフリは腹部の縫い目から水が溢《あふ》れ出ている。水喰虫のソレオレノよりも、燃費は悪くなっているだろう。シモフリの水切れが近づけば、ユーロは泉を作り出すため地に降りる。

地上戦に持ち込める。

そこがリョウの勝負所だ。

リョウはそう判断するなり、ソレオレノの翅を広げて蒸気噴流を噴き上げた。ユーロのシモフリとつかず離れずを保ち、相手が弱点を晒《さら》すのを待つ。ソレオレノでシモフリの腹部を切り裂いた、あの一撃がもたらした利点を最大限活かす。

リョウは急接近の予兆を見て取るや、シモフリを徹底的にいなし続けた。

目まぐるしく変化する彼我の状態と状況を常に把握し、予見し、己の虫樹がわずかでも有利となる戦法を選び取る。それも虫使いとしての腕の見せどころだ。

それが戦いだ。

それが虫使いだ。

弱点を突こうとしないなど、相手に対する侮辱に等しい。

リョウの意図に気付いたのか、ユーロは猛烈な敵意を翅《はね》に乗せて追撃してきた。

まったくあべこべだ。短期決戦を得意とするソレオレノが持久戦を狙い、アフラージを持つ長期戦に向くシモフリが短期決戦を行うべく死に物狂いで距離を詰めてくる。

リョウはユーロの体当たりを間一髪で受け流し、すれ違い様に六本脚でシモフリの背中を蹴りつけた。そのままリョウは空高く躍り上がり、蹴られたシモフリが勢い余って多脚要塞《ようさい》に突っ込んだ。多脚要塞の外殻を彩る赤い花々が、激突地点で飛び散っている。

ユーロが苛立《いらだ》たしそうにシモフリの片翅で薙《な》ぎ払った。そして花びらの舞いの切れ間から、睨《にら》み上げるようにソレオレノへとシモフリの鼻先を向けている。

「便利な道具に頼り過ぎたから、だからなんだってんだ!?　基本を忘れたから、なんだってんだ。思い出す、思い出すさ、リョウっ。テメェからもぎ取ったもんは、すぐに！」

ユーロが叫ぶなり、シモフリから花混じりの湯気が繭《まゆ》のように放たれた。

凄まじい蒸気噴流だ。どれほどの急加速なのか。

「俺はシモフリとずっといた。ずっと一緒だったんだっ!!」

ユーロの雄叫《おたけ》びと共に、シモフリが翅を畳んで急上昇してくる。重力が逆さまになったのかと錯覚するほど、その突進の素早さたるや急降下に近い。

しかしリョウはその時すでに上空へと突き進み、逃れようと宙返りを繰り出していた。全身の血すら足元へと偏っていく重みを踏ん張って堪《こら》えながら、リョウはほくそ笑んだ。

攻撃の威力が集中する一点——芯《しん》を外すだけでいい。

それがリョウの、回避における経験則だ。

ソレオレノに宿る精霊と繋《つな》がったリョウは、後ろを振り返る事すらしなかった。ソレオレノの感覚器官を通して、不気味なほど鮮明にシモフリの動きを捉えられている。

リョウは彼我の呼吸を読み切っていた。つもりだった。

紙一重でかわした。はずだった。

猛烈な衝撃がリョウの脳天を突き抜けた。

ふわりと意識が体からずれ、そのまま虚空へと霧散しかける奇妙な感覚がする。リョウは下腹に力を込めて堪えたが、意識を保っているだけで精一杯だ。精霊と完璧に繋がったリョウをもってしても避けきれないほど、ユーロの突進は異次元の鋭さを秘めていた。

ユーロの攻撃の芯は、辛くもソレオレノから外れている。リョウの巧みな宙返りで攻撃の芯を外していながら、意識が飛ばされかけるほどの一撃だ。

（組み付かれた!?）

リョウの心臓が縮み上がる。

宙返りの頂上付近だ。蒸気噴流をしぶかせるシモフリに激突され、ソレオレノはもつれあうように勢いよく回転し、地平線が何度もリョウの視界を横切った。

どちらが上か下か、それすら分からない。ソレオレノに宿る精霊と通じ合っているリョウであっても、どうにもならない程の激しさだ。リョウの視界は引っ掻《か》き回され、体勢を立て直すための反応がわずかに遅れた。リョウが気付いた時には真っ逆さまだ。

単純な体当たりなどでは、断じてない。

ソレオレノの背中側から、シモフリが締め潰《つぶ》す勢いで抱きついている。ソレオレノの六本の脚はすべて、シモフリによって抱き固められてしまっていた。

これはユーロの繰り出した技だ。

(この技っ——こいつは!!)

リョウは知っている。

空中で強引に組み付いて敵の視界を振り回し、自機を素早く立て直すと同時に敵機の翅《はね》と脚を封じ、真っ逆さまに地上へ向けて蒸気噴流を噴かす。虫樹の勢いとその高度を、あますとこなく利用する技だ。どれほど頑強な虫樹に乗っていようと関係がない。虫使いに直接ダメージを与える大技中の大技。翅捌《はねさば》きと脚捌《あしさば》きが物を言うこの技を、リョウは知っている。

十一年前、リョウがユーロに教えたものだ。

たった一度シモフリに掛けただけだというのに、ユーロは物にしていた。

「くたばれ、リョウ！」

ユーロが吠えた。

地表の砂がみるみる迫る。

虫使いの首を痛めるほどの急加速——蒸気の噴射が意味するものは、重い。上空から地表を貫かんばかりに加速する虫樹の機動力は、ただの砂地を凶器へと変えてしまう。

このままでは負ける。

虫樹がどれほど頑強でも、その虫使いは激突に耐えられない。本来なら、ソレオレノの蒸気噴流を逆噴射して、落下速度を減じるくらいしか抵抗のしようがない。だがリョウは減速するどころか、地面へ向けてソレオレノの蒸気噴流を激しく噴かした。

地面目掛けての真っ逆さまに、拍車がかかる。

噴流の尾が絡み合い、太さと長さを増していく。

ソレオレノの命知らずな急加速に、ユーロは泡を食ったらしい。シモフリは四枚の翅を大きく広げ、気門から蒸気噴流を逆噴射して減速しようとしている。

リョウはかっと目を見開き、犬歯を剝《む》き出した。

（させるかっ）

リョウは操縦桿《そうじゅうかん》の先端にあるアナログスティックを操り、唸《うな》り声を上げて推力ペダルを踏みこむなり、両サイドの操縦桿《そうじゅうかん》を強く押し込み、オールを漕《こ》ぐかのように大きく引いた。

減速などさせない。

地面はすぐそこ。この機を逃しはしない。

リョウは卓越した脚捌《あしさば》きでシモフリの緩んだ拘束を解くなり、減速しようとするシモフリを地面へ引きずり込むかのように、シモフリの脚を手繰り寄せてソレオレノで拘束し返した。ソレオレノの脚部関節が、もげかねないほど軋《きし》んでいる。空気が硬い。機体がガタガタと小刻みに揺れている。それでもリョウは、推力ペダルを踏み抜かんばかりに押し続けた。

もがくシモフリにしがみ付き、ソレオレノは地面目掛けて一直線だ。

凶器と化す砂地が目一杯に迫るも、リョウはまばたき一つしなかった。

ユーロに見せてやらねば、リョウは気が済まない。虫使いとしての、気迫の違いを。

「――その技ぁ！　それっ、俺のだぁあああああ！」

リョウは叫んだ。

すべては激突する寸前だ。ユーロが減速した一瞬の隙《すき》を突き、ソレオレノの脚捌きと蒸気噴流によってリョウは互いの上下を入れ替えていた。

シモフリの鼻先が砂地に触れたと感じた途端、リョウの意識は飛んだ。

リョウがはっと気付いた時には、ソレオレノは砂上で横転していた。

あったはずの激突の衝撃すら、まったく覚えていない。

衝撃の名残りと思《おぼ》しき鈍痛がリョウの骨に残っているだけだ。

リョウが気を失っていたのは、わずかな時間だったのだろう。もうもうと周囲を包み隠していたと思しき砂煙が、風に払われて薄くなっていく。

真っ逆さまに砂丘へと直撃したせいか、すり鉢状の大穴が作り出されている。

その大穴の中ほどで、シモフリが砂に塗《まみ》れて横たわっていた。

シモフリのボールコックピットは大きく開け放たれ、少し離れた大穴の底でユーロらしき人影が力なく転がっている。激突の衝撃でシモフリのボールコックピットから投げ出されたのだろうか。砂紋を上書きするように、ユーロの転がり落ちた軌跡が描かれていた。

聞こえるのは乾いた風の音だけ。

勝敗はまだ決していない。

横転したソレオレノの操縦席から、リョウは節々の痛みを堪《こら》えながら這《は》いずり出た。ソレオレノの角と頭部前胸装甲が跳ね上がったまま、ボールコックピットは剝《む》き出しだ。

シモフリよりはマシとはいえ、衝撃は虫使いにもろにくる。

技と言えば聞こえはいいが、ほぼ墜落事故だ。

這いずるだけでも一苦労だ。リョウの頭はくらくらしている。

痛くないところを探すほうが困難なほど、全身が痛い。立ち上がろうとしてよろめき、砂の上に顔面から倒れ込むも、リョウは砂を吐き出すなり顔をぐっと上げた。

意地だ。

意地でも倒れたままではいたくない。

リョウは下腹に力を込め、両足でしっかりと砂を踏みしめた。

本音を言うと、倒れたままでいたかった。

そのほうがずっと身体《からだ》に良い。

無理なんかしたくない。

リョウはあの岩窟牢《がんくつろう》から出てきて、間もないのだ。自分の体を労《いたわ》る、そんなゆとりすらなかった。かつての栄光も、虫使いとしての腕も、そのほとんどを失ってしまったというのに、シャハラザードの王女様になんだかんだと勇気づけられ、励まされ、丸め込まれ、恨みつらみも手伝ってとんでもない強敵相手にこうして無茶苦茶な戦いを繰り広げることになった。

せめて今、頭のふらつきと体の痛みが治まるまで、じっとしておきたかった。もっとぶっちゃけてしまえば、涙も鼻水も垂らして、転んだまま泣き言を喚《わめ》きたかった。

けれどリョウの知る限り、勝負というのはその場に最後まで立っていたやつの勝ちだ。

リョウはなんとしても立っていたかった。

砂の上で未だにリョウを踏ん張らせ続けるのは、その一心だ。

リョウの両腕に描かれたヘナタトゥーが、勝利の代わりとばかりに消えていく。古代遺物の筆記具と薬液で肌に記されたこの模様が、落下の衝撃を逃してくれていた。

（ヘナタトゥーがなかったら、どうなってたか……）

リョウはセンに感謝し、真正面を睨《にら》みつけた。

ユーロはシモフリのボールコックピットから投げ出され、砂の上でうつ伏せになっている。身体《からだ》を起こそうともがいているが、起き上がる力が出せないようだった。

ユーロの体から、ヘナタトゥーが消えていく。

ユーロが自身の体に施していたヘナタトゥーですら落下の衝撃を殺しきれなかったほど、リョウの返し技は強烈だったようだ。ユーロの額に、まだ小さな模様が描かれている。何か反撃の手を隠しているのかもしれないと、リョウは短刀の柄に手をかけて慎重に近づいた。

ユーロはもがいた末に、仰向《あおむ》けに転がって肩で息をしている。

もはやユーロには腕一つ動かす力も残されていないようだ。

リョウはユーロの傍《そば》に立つだけで、短刀の柄にかけた手にぎりぎりと力がこもった。

目の前のユーロは、すっかり大人だ。少年期の面影は残しているが、引き締まっていた肢体には贅肉《ぜいにく》が目立ち、目鼻立ちすら荒《すさ》んでいるように見えた。

過ぎ去った月日の無常さをリョウは感じずにはいられない。

シモフリを打ち破ったというのに。

ユーロに勝ったというのに。

いざ仇敵《きゅうてき》を目の前にしても、勝利がもたらす純粋な高揚にリョウは浸れない。憎くて、腹立たしくて、大嫌いで、殺したくて、それなのに、どういうわけだか哀しくて懐かしい。気持ちがぐちゃぐちゃまぜで整えられない。

十年憎み続けた仇《かたき》を前に、罵声《ばせい》はおろか、嫌味の一つすら出てこない。

リョウが言葉に迷っていると、ユーロが空を見ながら苦しげに口を開いた。

「なん、なんだよ、あの技……あんな返し技、ありかよ……」

「あの技はな、ユーロ。地上に激突する寸前が隙《すき》になる。自分だけ無傷でいようとすると、減速のタイミングが早くなる。相手から反撃を受ける隙を、自ら作っちまうんだ」

リョウは自分でも不思議なほど、すらすらと正直に答えていた。

答えながら、リョウは思った。

なにもかもが手遅れだ。

ユーロが皮肉を浴びせようとするように、くしゃと顔を歪《ゆが》めた。

「汚ねぇ……俺に技の肝を、わざと教えなかったのか……」

「いいや。お前が虫使いとして修練を欠かしていなければ、教えなくとも体得してたはずのことだ。十年前のお前は、そういう虫使いだった。俺はそう、思ってた」

リョウがただただ昔の想いを口にすると、ユーロが大きく目を見開いた。

ユーロの瞳《ひとみ》の奥にあるのは、呆然か、動揺か、猜疑《さいぎ》か。

リョウは分からない。ユーロ自身にすら、もはや判別がつかないのだろう。

「……俺は、あんたに、なりたかった……」

ユーロは呟《つぶや》き、リョウを睨《にら》んだ。

「あんたは、なれる訳ないって言いやがった……」

「ああ。言った。誰かになんてなれないし、なる必要もない。ユーロ、お前が俺になろうとしなくたって、お前は俺より立派な冒険者になると思ってた。今の俺じゃどうしたって勝てなかったくらい、優れた虫使いになっていたはずだった」

「……くそ……くそが、今さら……そんな……」

絞り出すようにユーロはぽつりとぼやいて、顔に苦悶《くもん》を浮かべて肩で息をしている。

リョウはぱくぱくと口を開けども、言葉が音になって続かなかった。

なんと言えばいいのか。

鼻の奥がつんとする。

はち切れそうになる胸の内を、リョウは堪《こら》え切れなかった。

「難しいな、ちくしょう……なんでこんな簡単なことが、こんなに難しいんだ……」

零《こぼ》れた呟きをかき消そうとリョウは首を強く振り、胸に湧《わ》いた想いを振り払った。

郷愁など今はいらない。

お互い、もうそんなものでは埋めようのない隔たりの両端にいる。

リョウは鋭い目つきで気を引き締め、ユーロの額の模様へと手を伸ばした。

「返してもらうぞ、ユーロ。そのお宝の本当の価値を、お前は理解していない」

そう言うなり、リョウはユーロの額から模様を引きはがした。リョウが思った通り、その模様は透明な湿布の表面に浮き上がっていたものだった。

リョウの手には、透き通るほど薄い湿布状の古代遺物がある。手のひらほどの大きさだ。透き通るほど薄いのに、伸縮性があり、強く引っ張っても破れない。リョウが湿布状の古代遺物を試しに自らの右腕に貼ってみると、着けている感触がないほど肌によく馴染《なじ》んだ。

体のどこにでも吸着し、肌に馴染む。

これらの特徴を見て取り、リョウは確信した。

（……間違いない）

リョウは十年前にこれを手にした。

これこそまさしく、アフラージだ。無尽蔵の水を操る、三枚一組の伝説の古代遺物。

その内の一枚だ。

蒸気噴流の音と翅《はね》の羽ばたきが、リョウの頭上から聞こえてくる。

女騎士マナトの虫樹だ。

僚機と思《おぼ》しき騎士の虫樹を連れて旋回している。

リョウの元へと駆け付けてきたらしい。虫樹同士がぶつかり合う衝撃音が一つも聞こえてこない。どうやら、シモフリを仕留めたことで勝敗が決したようだ。

センの決死の呼びかけが功を奏したのだろう。

砂丘の麓《ふもと》へと騎士の虫樹が着地し、ボールコックピットが開くなり、センが砂へと降り立った。多脚要塞《ようさい》の頭部避雷針から解放され、センはここまですっ飛んできたようだ。

センがリョウの元へと血相を変えて駆け上がってきた。

「無事ですかっ、リョウ！」

「どうってことないさ、これくらい。手も頭も、ほら、まだ外れちゃいないだろう？」

手をひらひらとさせてリョウが見栄を張るも、センは触診するようにリョウの全身を確かめている。医術の心得があるからか、センの指使いも眼差《まなざ》しも慎重だった。

リョウが最後に繰り出したあの返し技は、傍から見ていればただの事故だ。センはリョウの眼球の動きを確かめて、ようやく無事だと確信を得られたようだ。

「……よかった……」

安堵《あんど》の吐息を長く漏らし、センは自らの胸に手を当てている。

センの手首に痛々しく充血した痕《あと》が見える。多脚要塞の頭部避雷針に縛りつけられていたとき、手首もきつく戒められていたのだろう。体中に鬱血《うつけつ》の痕があるはずだ。

センは痛がる素振りすら見せていない。

ただただ、リョウの無事にほっとしている。

リョウはセンに、敬愛の念を抱いた。

二十歳にも満たぬこの王女の振る舞いは、生まれ持った気質によるもの以上に、この十年で飲み続けた苦渋を糧に磨き抜いてきたものだろう。情熱は火だ。見栄えよく燃えたりしなくとも、どんな風雨に晒《さら》されたって消えずに燃え続ける。セン王女はきっと、そういう火を持っている。抗《あらが》い、粘り、負けない者が持つ、静かに燃え続ける火を。

センの視線がリョウから外れるなり、はっと息を呑《の》む喉《のど》の音が聞こえた。センの口元が真一文字に引き結ばれ、目元が険しさを増していく。

横たわるユーロの姿がある。

リョウは腹のベルトから短刀を鞘《さや》ごと抜き、センの目を見た。

「ほら、短刀一つで事足りる」

リョウが短刀を差し出すと、センは受け取るなり鞘から抜き放った。

センの瞳《ひとみ》の奥には、怒りの火が燃えている。ユーロはエン王やフィルスの仇《かたき》だ。アフラージを欲しいままにし、水がもたらす権力によって民を痛めつけた。

圧倒的な手勢と虫樹の戦力で亡きエン王の遺志を踏み躙《にじ》った、仇だ。

センが殺意を抱かぬはずがない。

すでに力関係は逆転している。大義名分もある。やろうと思えば、やれる。

生かしておけば、ユーロは後顧の憂いとなるだろう。

きらりと光る白刃とユーロの間を、センの剣呑《けんのん》な目が往復すること数度。センは静かに目を閉じて呼吸をゆっくりと落ち着けるなり、白刃を鞘《さや》に仕舞った。

「この男をこの手で殺したら、私は、無尽蔵の水を持つに値しなくなる気がします。私はこの大陸に潤いをもたらしたいのです。復讐がしたいわけではありません」

センは凛《りん》とした姿勢を崩さず、短刀をリョウへと差し出した。

「あなたはどうです？　リョウ。あなたから輝かしいものを奪ったこの男が、未だにこうして生きていることに、納得できますか？」

「納得できない。ぶっ殺してやりたいね」

「なら、どうぞ。お望みなら、ヘナタトゥーを施しましょう」

そう提案するセンの眼差《まなざ》しは、真剣だ。リョウが望めばセンは応えるつもりだろう。ヘナタトゥーの力があれば、リョウは短刀すら使わず、この手でユーロを八つ裂きにできる。

八つ裂きにしたい。

この手で。

ユーロを十年、あの岩窟牢《がんくつろう》にぶち込んでやりたい。岩肌を舐《な》めて渇きを凌《しの》ぐ苦しさを味わわせたい。腐ったナツメヤシを食わせてやりたい。蛆虫《うじむし》を食わせてやりたい。自分の記憶や名前すら疑い始めるほどの、あの孤独と理不尽をユーロにも味わわせたい。

リョウが味わった以上の苦しみを、ユーロに与えたい。

だがリョウがユーロを殺せば、センの傍《そば》にはいられない。単なる復讐者では、エン王の遺志を継ごうとするセンと共に、反撃の狼煙《のろし》はあげられない。エンは言った。この大陸に生きるものすべてに水の恵みをもたらす、と。その『すべて』にはユーロすら含まれる。

センはそう判断し、短刀をリョウへと返したのだ。

セン一人でも、リョウ一人でも、アフラージを取り戻すことは叶わない。

それでもリョウは、ユーロが憎い。

ヘナタトゥーを施してもらうため、腕を差し出すべきか、差し出さぬべきか。リョウはじっと手の甲を見つめ、気を鎮めるように息を細く吐き出して、腕をひっこめた。

「止めとくよ。せっかく手にしたものを、返り血で汚すなんてバカバカしい」

リョウが軽口を叩《たた》くように言ってのけると、センの肩の強張《こわば》りがほぐれた。

「ありがとう、リョウ」

「こっちこそ、何度も助けられた。ありがとう、センの王女」

「では、これでお互い様ですね」

親愛を示すことを躊躇《ためら》わないセンの率直さが、リョウにはまだ気恥ずかしくて頭を掻《か》いた。

「そうだな。……そうだ、セン王女。こいつを見てくれ」

リョウはアフラージを右腕から剝《は》がし、自らの手の平に乗せてセンに見せた。

センは目を丸くしている。

「これは……リョウ、これが……？」

「ああ」

リョウが頷《うなず》くと、センはもう一度まじまじと見た。

センは見たことがなかったのか。

アフラージは透明な湿布状の古代遺物だ。神秘的ではあるものの、伝説の古代遺物と謳《うた》われる割には、その見た目は大したことがない。肌に保湿効果を与えたり、傷の治りを早めたりする古代雑貨にも似たような形状のものはある。無尽蔵の水を操れる伝説の古代遺物——という評判からすると、拍子抜けしてしまうほど小さい古代遺物でもある。

だが、水を制する者はすべてを制する。アフラージがもたらす効力は絶大だ。

効力が絶大であるほど、その危険性も絶大だ。

見た目に騙《だま》されてはいけない。本当に危険なものは、危険だと分かる形をしていない。センもそれを感じ取ったのだろう。注意深くアフラージを見つめている。

リョウはセンへと、アフラージを差し出した。

「セン王女。このアフラージは、まだ俺のものだ。だが、今は預けておく。……力は人を変えていく。良くも悪くも、ただ一人の例外なく。その力が強ければ強いほど」

「肝に銘じておきます」

センは重々しく頷いて、アフラージを受け取った。

センが手にして、やっとだ。リョウはやっと、ユーロからアフラージを取り戻せたような気がする。砂丘の奥に隠れて見えぬルイアンの町を、リョウは手で示した。

「みんな待ってる。見せてくれ、本当のエンの遺志を」

「はい。任せてください、リョウ」

頷いたセンが勇ましく歩みだしたかと思うと、四歩でぴたりと歩みを止めた。リョウが何事かと眉《まゆ》を曲げて訝《いぶか》しんでいると、センはもじもじとして振り返った。

「あの、リョウ。ところで……これはどのように使う遺物なのですか？」

どことなく、センは気まずそうだ。「任せてください」と見得をきっておいて、肝心のアフラージの使い方を聞き忘れていた締まりのなさに、センは照れているようだった。

妙に抜けている。

リョウはまた見つけた。肩の強張《こわば》りを自然と解《ほぐ》す、それもセンの魅力の一つだと。

「体に貼って、念じるだけだ。水よ湧《わ》け、と」

微笑《ほほえ》みながらリョウが教えると、センはいそいそと額にアフラージを貼った。

センはきりりと表情を引き締め、町の方へと砂丘を上り始めている。

すり鉢状の穴より、砂丘はさらに高い。町からはユーロとリョウがどうなったのか、まだ見えてはいない。皆が固唾《かたず》を呑《の》んで見守っていることだろう。

リョウがセンの背中を追おうとすると、ユーロがくぐもった笑い声をあげた。

「お人好しだな、リョウ。アフラージがあれば、何でも手に入るってのに……」

「そうは見えねぇよ、ユーロ」

「……あの小娘に、くれてやるつもりか？」

「どうかな。分からない。だが少なくとも、セン王女は俺たちより相応《ふさわ》しい」

リョウはそう告げて、再び歩き出した。

見上げるほどの砂丘だ。傾斜がきつい。脚が重い。体の節々が痛む。けれど、センの足跡がある。抜けるような青空へと続いている。あまり遅れは取りたくない。騎士たちに囲まれたユーロを背に、リョウは砂の坂を一歩ずつ踏みしめた。

ルイアンの町並みはまだ見えない。

リョウが汗を拭《ぬぐ》うと、どよめきが聞こえてきた。どよめきは雷鳴のような歓声となった。鳴りやまぬ、歓喜の雷鳴だ。

リョウは砂丘を上り、稜線《りようせん》に立った。

町人が、溢《あふ》れ出る清らかな水に群がっている。ある者は一心不乱に水を飲み、はしゃぐ子供たちは水を掛け合い、ある者は岸辺に跪《ひざまず》いて祈りを捧げている。

湧《わ》き水は風すら湿らせる勢いで噴き出し、留まることを知らない。

無尽蔵の水をもたらす伝説の古代遺物。三分割されていながら、その名に違《たが》わない。

王家の歴史書にある通りだ。

湧き出でる水がオアシスを蘇らせ、泉の深さと広さを増しながら、乾いた用水路や干からびた田畑へ滔々《とうとう》と注がれていく。潤えば、緑は驚くべき早さで蘇る。

地中で耐え忍ぶ草花の種も、芽吹きの兆しに胸を弾ませているだろう。

水がある。溢れるほど、ある。

土が湿り、緑が栄え、虫が集まり、鳥が羽を休め、家畜が育ち、作物が実を結ぶ。余った作物を売り、足りないものを買い、衣服や工芸品を作り、詩と歌を交え、絵と劇を楽しみ、必要のないものを愛で、必要のない遊びに喜びを見いだす余裕が生まれる。生きていける。人々が幸せに——誰かの幸せを願い、己の幸せも願いながら、生きていける。孤児を慈しみ、貧者を養い、病人を労《いたわ》り、他者の財産を尊重し、善行を重ね、その死後は楽園へといける。そうなる未来を、信じられる。感じられる。

希望がある。溢れるほど、ある。

リョウはセンの横に並んだ。

大陸中の水を制するとされるアフラージは、三分割されたままだ。センが手にしたのはその一つでしかない。アフラージが本来の力を取り戻すには、まだ残り二つ必要だ。

取り返せたソレオレノのパーツも、鱗粉《りんぷん》の雷撃を操る翅《はね》だけだ。

まだまだだ。

アフラージを三つ揃《そろ》えねば、無尽蔵の水は大陸中に行き渡らない。

ようやく一歩を踏み出せはしたが、まったく足りていない。

それでも、足りていないからこそ輝きを増していくものもある。

民を見守るセンの眼差《まなざ》しは真っすぐで、優しく、どこか勇ましい。苦悩する者のために戦う者を天使と言うのならば、まさしくセンはその薫陶を受けた一人だろう。

センはリョウに気付くと、慈愛に満ちていた口元を厳かに引き締めた。

「リョウ。アフラージはあと二つです。ターレルと、ディナール」

「その二人は、ユーロよりずっと手強《てごわ》い」

「ですが、狼煙《のろし》はあがりました。十年越しの、反撃の狼煙が」

陽をきらきらと照り返す泉を見つめながら、センは決然としている。

リョウは静かに、けれど力強く頷《うなず》いた。

反撃は始まったばかり。

この十年で潰《つい》えたかと思っていたものは、砂漠の地下を流れる水脈のように、まだ脈々と続いている。地表に緑が見えずとも、風が乾いていようとも。

示したい。伝えたい。センがいる。リョウがいる。エン王の遺志を継ぐ者がいる。

我々がいる。あなたたちがいる。

まだ終わってなどいないのだ、と。

GAGAGA

ガガガ文庫

ソレオレノ

喜多川 信

発行　2022年4月24日　初版第1刷発行

発行人　鳥光 裕

編集人　星野博規

編集　湯浅生史

発行所　株式会社小学館
〒101-8001 東京都千代田区一ツ橋2-3-1
[編集]03-3230-9343　[販売]03-5281-3556

カバー印刷　株式会社美松堂

印刷・製本　図書印刷株式会社

Printed in Japan ISBN978-4-09-453066-7